U0086249

三民叢刊169

自由鳥

鄭義著

三民書局印行

自由鳥

余英時題

序

余英時

《自由鳥》是鄭義的一部文集，分為兩輯：第一輯主要是為天安門「八九民運」辯護的論文；第二輯大體上屬於報導文學，是他從「文革」開始，親見親聞，或親自參加過的生活實錄。最後一篇〈自由鳥〉，也就是全書的主題曲，則是寫「金色冒險號」船民投奔自由，卻在美國賓州的約克郡監獄中渡過了四年囚禁的日子。我匆匆地讀過全書，禁不住心潮洶湧，好像又重溫了一九八九年六月四日在電視上所看到的那場惡夢。鄭義的每一篇文字都是用血和淚交織而成的，他所描寫的每一個場面都是驚心動魄的。如果要我在這部文集中選出另一篇題目來代表全書的精神，我想也許沒有比〈我作證〉這三個字更合適的了。

我為什麼這樣說呢？因為鄭義的每一篇文章都是以他的全幅生命為歷史作證的。但這並不是一般的歷史，而恰恰是二十世紀後半葉中國五千年文明在邪惡的火焰中化為劫灰的一段歷史。希臘神話中有火鳳凰自焚之後，再從灰燼中重生的故事。中國已自焚了，這是無可懷疑的事實；至於它能不能復活，實在是很難說的事，至少到今天為止，我們還看不出中國有再生的跡象。這決不是我故意危言聳聽，誇大其詞。聽聽先知詩人陳寅恪的聲音吧！他在一九四九年夏天寫道：

玉石崑岡同一燼，劫灰遺恨話當時。

又在一九五〇年夏天寫道：

誰問神州尚有神。

我不過是用淺近的語言把詩人的深意重述一遍而已。陳寅恪的詩是「詩史」，並且也是以全幅生命為歷史作證的「詩的史」或「史的詩」。萬一有一天，也許要等到五百年之後，中國這隻火鳳凰居然奇蹟似地復活了，那時候的中國人之中總不免會有好奇之士想知道這場大火是怎樣燃燒起來的，燃燒的具體經過又是怎樣的。到了那一天，這些還魂過來的未來中國人終將在思古幽情的激動之下，反覆研讀二十世紀中葉以來殘留的詩文。像陳寅恪的「詩史」、還有鄭義的《自由鳥》，以及其他同類的作品，便將成為最值得寶貴的原始資料。他們也許很難一下子看得懂這批原料，正如我們看不懂《楚辭・天問》、《山海經》、《淮南子》等古籍中所記載的神話一樣。但越是難懂便越會激發他們的探索的興趣。二十世紀的神話也不可避免地將引導研究者去比較遠古的神話。那麼他們便會驚異地發現，有些遠古的神話竟然和二十世紀的神話若合符節。上引陳寅恪詩句中的「玉石崑岡」便出於《尚書・胤征》的「火炎崑岡，玉石俱焚；天吏逸德，烈于猛火。」可見神話傳說中確隱藏著真實的歷史，而且重複地演出過。再引一個更有名的神話：《淮南子・天文訓》說：

> 昔者共工與顓頊爭為帝，怒而觸不周之山。天柱折，地維絕。天傾西北，故日月星辰移焉。地不滿東南，故水潦塵埃歸焉。

對於二十世紀下葉的中國而言，這已不止是神話，而是靈驗無比的「推背圖」了。

二十世紀的中國人之中願意認同於「共工」者比比皆是。但這不能改變在原來神話中「共工」代表邪惡與暴力這一事實。正是因為有那麼多人奉「共工」為至上的天神，今天中國才會落到「天柱折，地維絕」的地步。如果「共工」的作為是值得肯定的，為什麼這一神話還要加上一條尾巴，說什麼「於是女媧煉五色石以補蒼天」呢？（《淮南子・覽冥訓》）中國這隻自焚的火鳳凰會不會復活，恐怕就得看有沒有新的女媧能煉成五色石重補蒼天了。眼前還不見新女媧的影子。

但是五十年來焚燒著中國的烈火並不完全來自舊的崑岡，其中最重要的火苗出於火鳳凰的身上，而火鳳凰則是從西方飛過來的。在上星期出版的美國《時代》週刊（*Time*，一九九八年四月十三日）百年紀念號上，我們讀到了關於二十世紀最有影響的政治領袖的素描，都是由各行的專家執筆的。代表中國的自然非毛澤東莫屬——二十世紀的「共工」。在編者的引言中，有一段專講二十世紀是一個有計劃有系統的殘殺人群的世紀。讓我把其中最緊要的話譯在下面：

在這一世紀的種種光輝成就之中也露出一些歷史上最壞的恐怖：斯大林的集體化，希特勒的殘殺猶太人，毛澤東的「文化大革命」，波布的屠殺場，伊底阿敏的濫殺。我們為此試將罪責予以個人化，好像過失僅止於幾個瘋人，其實是這些社會自上至下都曾擁抱或容忍過這種瘋狂，包括先進的社會如德國。這些社會有一個共同之點，它們都從極權體制中去尋求解決方式，而不是自由。神學家於此必須解答上帝為什麼會允許邪惡的出現。理性主義者所面臨的困境也不在神學家之下，他們必須解釋：為什麼編者在這裡指出「極權體制」是二十世紀最大邪惡的總根源，我認為是完全合乎事實的。但是我們都知道「極權體制」的故鄉在西方而不在東方。以觀念的起源言，它始於馬克思的「無產階級革命」和「專政」；以組織的起源言，它是從列寧開始的。這已是常識中的常識，用不著多費筆墨了。但是《時代》週刊中關於列寧的一篇素描，則仍有一讀的價值。列寧不折不扣地是一個最激進、又最熱狂的知識分子，是他第一次通過細密的分析，把馬克思理論和革命實踐結合了起來。文中引六十年代一位蘇聯的異議分子的分析，指出列寧一生博覽羣書，深思熟慮，文筆也乾淨俐落。但血流成海也就是這樣造成的。他的殘酷，與其歸之於天性，毋寧歸之於下列諸因素：深信他的革命根據在「科學」、在「不容爭辯的歷史規律」、酷愛權力、和政治上絕不容忍異己。這是俄國人的內部評論，應該是可信的。現在前蘇聯的檔案公開了，列寧親筆下令吊死大批的富農示眾，務使遠近皆知的文件也已出現。過去西方左派學術界以列寧為「聖者」而將一切邪惡專歸于斯大林一人的說法今天已成笑柄。我們對於列寧進行革命和建立極權統治的事實知道的越多，便越明白中國「共工」及其追隨者的一切作為，從弘綱到細節無不一一抄自布爾什維克。其中唯一「中國化」的部分則取法於傳統的「流寇主義」。二十世紀是中國人表演破壞力而不是創造力的時代，那裡會有「創造性發展」的奇蹟出現？所以我說，這場大火是由火鳳凰從西方搬運過來的。「火鳳凰」加上「共工」，這幾乎便是二十世紀中國「革命」的全部歷史。

中國的大火已燃燒了五十年之久，一直到今天都沒有熄滅，所不同的是現在燃料已經改變。最初三十多年的燃料是「共工」及其信徒們的無限的「權力慾」，而最近十幾年來，特別是最近五、六年來，由於市場經濟的刺激，代之而起的則是更巨大而永遠無法滿足的「錢財慾」。「權」與「錢」兩種燃料的互相支援，已使崑岡火焰衝天，隔海望去，好像是一片興旺。但是可以確定的是中國人幾千年累積起來的精神資源已焚燒得祇剩下殘灰了。所以這兩三年來，大陸上已出現了不少關於精神危機、道德破產的嚴重信號。就我所知，便有《中國社會的困惑》（一九九六）、《大變革時代》（一九九六）、《關鍵時刻》（一九九七）、《商士論衡》（一九九七）……這些專書，其共同的訊息便是對這場由新燃料所突然加強的貪婪的慾火，發出緊急警報。

鄭義和他的天安門伙伴們其實都是義務消防隊員，但是他們要救的火卻恰恰是「共工」的徒子徒孫輩萬世相傳的富貴根源。所以或逃亡、或流放，他們先後都飛越太平洋，從現場救火變成了隔岸觀火。但是我深知他們是決不甘心長久被迫觀火的，他們的心仍然時時刻刻繫繞著火場。

在這篇序文中，我曾一再引用中外關於「火」的神話來表達我讀《自由鳥》的一些感受。現在讓我再引一段佛經上的「火」的神話來結束這篇急就章：

昔有鸚鵡飛集陀山，乃山中大火。鸚鵡遙見，入水濡羽，飛而灑之。天神言：「爾雖有志意，何足云也？」對曰：「常僑居是山，不忍見耳！」天神感嘉，即為滅火。

一九九八年四月二十二日余英時序於普林斯頓

自由鳥

余英時

目次

第一輯

殘酷的中國夢

在生死邊緣與毛對答

我曾不止一次對自己說：畫展開幕前，一定要寫一篇文字談談高爾泰先生父女，談談那些如夢的往事，一定……卻不料感情一重，便寫不出字來，幾番提筆皆澀滯不堪，只好作罷。紀念六四四周年的香港「中國夢」畫展如期展出了，在報刊上一看到那些畫，又想起那些夢。

高爾泰二十歲出頭以「美是主觀的」這一學術觀點而獲罪，自此坎坷終生。在西部戈壁瀚海中經過長久的沉思，他又說了一句話：「美是自由的象徵。」終於開拓出中國當代美學中極富生命力的一個學派。苦難與成就皆起因於愛「美」，似太失真變形，有點夢的味道了。

高爾泰又是知名畫家，少年時便舞著長棍在他家鄉江蘇高淳縣的大地上畫大畫。既是自由的想像，又是對大尺度的把握。正是憑著自小練就的這一手「畫大畫」絕技，他從可怕的大饑饉中揀回一條命。他永生難忘的「古拉格」——甘肅省酒泉夾邊溝勞改農場，大饑饉時期，兩千難友，很快就有一千六百人被餓死和虐待死。當高爾泰即成餓殍之際，上峰傳令調他到省城蘭州作畫。那是「政治任務」，高爾泰便立時有了吃喝，還每日注射一針抗壞血栓，怕完不成「任務」先死了。人餓得快死了，吃仙丹也不能即刻見效。畫大幅宣傳畫，爬不上高臺，便有警察一左一右架。畫大畫出了名，便有各處來請。因為畫的是偉大領袖老人家的「寶像」，對階下囚畫家也以禮相待。怕回夾邊溝餓死，高爾泰便磨洋工，一幅照著十天半月地畫；其實，他連格子都不用打，甩開刷子就是一幅「紅光滿面」，最後再用軟軟的羊毛刷子輕輕掃去筆觸，頗得領導們讚賞。這不是藝術的玩意兒卻救了他一命：當他畫了好大一圈兒回到夾邊溝，發現勞改農場已然解散，難友們餓死光了。對於倖存者，這一切恍若一夢，只是過於殘酷了。

高爾泰前後至少畫了上百張毛澤東大型油畫肖像，天下恐怕再無人像他這樣與老獨裁者長久獨對。私下裡，他與毛有過許多坦白的「對答」，以個人的名義，以夾邊溝難友的名義。自此他見血見骨地理解了毛和他的黨。早在八九民運之前，他與溫元凱的對話錄中，就白紙黑字地預言了：面對人民的民主浪潮，共產黨一定會開槍殺人。在「八九」之前鶯歌燕舞的一派「改革開放」的「大好形勢」之中，偌大中國，敢作如是觀者大約僅高爾泰一人。所以，六四屠城之後，中共以「為動亂作了精神準備」為由抓他去蹲大獄，平心而論，不算很冤。

匿居於嚴密監控的大學

我們生活軌跡的相交，是因為我妻子北明也是搞美學的，極敬重高先生。但應了「君子之交淡如水」的老話，我們之間過從甚少。六四之後的追捕浪潮中，我們曾匿在高爾泰家過了一段溫馨寧靜的日子。那時，他已從獄中出來，妻子蒲小雨又貧病交加，幾乎死去。他被剝奪了教學和發表文章的權利，國門更不得出，只有在畫布上抒寫自己躁動不寧的心緒。在那些風雨如磐的日子裡，他的「開天」、「奔月」、「追日」、「射日」、「填海」、「鄉愁」使我和北明激動不已。在那些厚重的色彩上，我感到的，是地底深藏不露的石火，是天邊遙遠滾動的奔雷，是我們民族歷經劫難而不屈不死的魂靈，然而，著名如他這樣的思想家、畫家、大學教授竟然沒錢買顏料，只好以油漆、沙子代替；住下來，還發現他們可以窘困到買不起肉和水果！再是熱忱挽留，我們也不忍久居了。告別的那一天，我們冒險到大學附近的村野散步。記得那是一個爽朗的秋日，花農們田地裡一畦一畦的各色菊花開得正艷，藥香醉人。高爾泰興致極好，冒出些入得情境的古人佳句一路上高吟淺唱。在菊花叢中、小茶館裡，我們以茶代酒，依依作別了。非常的境遇使我們四人皆腦後有眼，一致認定有一青年追隨不捨。一種解釋是仰慕高先生的學子，另一種就是「尾巴」。雖然可能性不大，也認真對付。於是匆匆分手，他們夫婦二人返校；我們則甩掉「尾巴」，從校牆外繞至校門口的汽車站登車啟程。待我們繞到川師大門口，竟見高爾泰違反「安全操作」規程，追出大門外與我們遙相面對。此處門禁森嚴，耳目眾多，我們不敢有所表示，只是定定相望，把這個大時代的感覺和相濡以沫的友情埋在心底。車開動的瞬間，高爾泰情不自禁地向我們高高揮手作別。我們也向他揮手。看來，有時，感情的宣洩是超越安全考慮的。

這一段「囚犯」與「在逃犯」在中共嚴密監控的大學裡論詩品畫的日子，該算是一個美麗的夢了。

營救計畫即刻起動

這一別，山山水水地我們終於偷渡到了香港。稍安定，便記起了一個承諾。我曾在不同的語境中多次徵詢過高先生夫婦的意見，每次的答覆都是：走，能走就走，自由與尊嚴超越一切。甚至還準備和我們一起去海邊。我們當然不能同意傷痕累累的高爾泰夫婦隨我們去「撞大運」，便留下一句暗語和一個承諾。

於是香港—美國函電交馳，一個精密的營救計畫逐步成形。卻叫人焦灼的是，高夫婦離家赴京，一時尋覓不著。那幾日，我們幾乎整天守在電話前和成都、北京聯絡。因為需要他們最後一次決定自己的命運。在整個營救計畫即將放棄的最後一刻，當最後一次努力的電話鈴聲響起之際，他們剛剛從北京回來，聽到電話鈴急響，匆匆擰開了門把……

數日之後，一俠士趁夜色來到川師大門口，正發愁如何從門衛鼻子下混進大門，突然大雨如潑，他靈機一動，將手中雨傘向暗處一擲，撩衣蔽頭一下子衝入了大門。然後按照我畫的地圖，未曾問路就摸到了高家。敲開門來，問：「是高爾泰先生家嗎？……我想來看看高先生的畫。聽說高先生近來畫了一組以楚辭神話為題材的油畫……」答曰：「不是楚辭，您可能聽錯了，是上古神話。」——暗語對上了，雙方身分確證無疑。

本來，按照營救活動慣例，一接頭便要即刻上路，以免夜長夢多，徒生枝節。但滿屋一轉，俠士被那些畫深深感動了，破例逗留險境數日，幫助他們將畫一次次轉移出大學。最後，又是一個夜晚，在去火車站的半途，俠士向計程車司機亮出一疊鈔票，於是改變計畫，漏夜馳往重慶。途中泥石流爆發，又雇得農民拖車、抬車。紛亂手電光中，號子喊得三位夜行者心口發熱。重慶，高爾泰恰有一學術活動，然後，登船東行……

後來憶及，彷彿冥冥之中這一切早有安排——

高爾泰岳母在北京家中臥病日久，卻不斷念叨說快有人來接女兒女婿了，她不能再如此拖累了云云。老人總怕誤了什麼，預感有一件大事將臨，便悄然選了六四三周年忌日服安眠藥澮然長逝，並遺囑骨灰撒入長江。於是，才有了在最後一瞬蒲小雨拿起電話，營救計畫即刻起動；才有了以完成母親遺願為由，名正言順離開監視內控的四川師範大學。就這樣，老母親以生命為他們追尋自由的壯舉送了行，並陪送他們，泛舟揚子，長出三峽，黃鶴一去無消息。忠孝不能兩全，則絕孝而盡「忠」。壯哉老母！

特級保密：「中國夢」

香港。

靜寂中數日苦候，終於某日傳來消息：「下午四時已啟航」。抑制著興奮與焦灼不安，朋友們聚一起等候高爾泰夫婦的到來……

仍然是那一臉謙和的微笑，仍然是那一種凝神的傾聽……按照那準確得近乎鐘錶的計畫，加之俠士們對藝術的尊崇，人出來了，畫也出來了。

於是便萌生了六四四周年「中國夢」畫展。

在準備畫展的日子裡，高爾泰畫得瘋魔了。在南國難當的酷暑中，赤膊上陣，揮汗如雨，每日裡從天明直畫到深夜。滿手滿身油彩，椅背門邊也不時有斑駁色彩禍及他人。這一時期，我們兩對夫妻夥居一宅，高爾泰、小雨畫畫，北明和我寫作。讀書寫作之餘，我借得一刨，拾得一鋸，購得一鑿一錘，便給高先生製做油畫框。高爾泰很是不安，其實這是我的榮耀。

勞作之暇，我們常常一起到海邊散步，談人生、藝術，談那片難割難捨的故土母國。中秋節之夜，我們一起躺在海灣裡的遊艇碼頭望月亮。那一晚烏雲密佈，月亮在烏雲裡艱難穿行。漸漸地，話少了，都有一份沉甸甸的心事。我在想八十有一的老母親和數年不通音問的小女兒，高爾泰呢？我沒問，他也沒說。但我猜想他一定在掛念他的小女兒高玲。這孩子重病在身，走時又囿於安全紀律，連句暗示都未撂下。抵港後，高爾泰夫婦多次要求與家人建立聯繫，報個平安，都被婉拒了。道理很簡單：若打算在中共特工眼線密布的香港匿居至來年六四，完成「中國夢」畫展的全部準備工作，就必須嚴加保密，切斷一切可能洩密的聯繫。高爾泰一想起病中的女兒，就禁不住長吁短嘆，每次我都勸慰一番，並對朋友們的特級保密措施加以再三解釋。言之成理，又是為了畫，末了，他每次都只有淒然首肯。

殘酷的夢——高玲

十月初的一天清晨，高爾泰約我出去散步。路上，他平靜地說：「高玲死了！自殺了……」這雷霆般的打擊剎那間驚呆了我。我緊張而疑問地瞥他一眼，他面無表情，彷彿在陳述一件與己無關的往事。

這女兒是在遼遠的大西北流放地出生的。孩子的母親，因受高爾泰株連被逐驅到甘肅農村，不堪折磨死去，時年不過二十五歲。高爾泰只好將三歲的小女兒接到勞改營式的「五七幹校」。小女兒每日在田野裡陪父勞改，野跑，父女倆相依為命。在那個毀滅文化的時代，高爾泰心疼女兒，便親手為女兒繪了厚厚幾大本童話連環畫，作為啟蒙讀物，將美、希望、自由、勇敢點點滴滴注入孩子童稚的心靈。當這些畫集終於得以正式出版之時，小女兒玲玲已上了學，一路念上去，總是學校裡的好學生。八九那個年頭，玲玲考大學，作為市重點中學蘭州三十一中的好學生，她獲得了免試保送。但是坦克車過去之後，父親一生都卻之不去的噩運又一次降臨。在中共上層的無端干預下，女兒大學居然沒上成，父親又下了獄。——輕度精神失常——一個青春的夢幻被擊碎了！不久，又發現患有性質不明的腫瘤。苦命的孩子！

高爾泰夫婦匆忙出走前，曾說一到地方就給她信。不料音訊杳無，國內紛傳失蹤，甚至有懷疑中共下黑手的。三個多月了，孩子終於絕望了……也許她以為父母已不在人世，她唯有追隨而去；也許失學、疾病和無窮盡的政治迫害使她過度疲憊……在生命的最後一刻，她想的是什麼，我們永遠不得而知。可以確認的事實，是這個罪惡的社會將她扼死了。孩提時，父親竭力把她保藏在自己構築的一個美麗的夢幻之中；長大了，當她獨對這卑劣的社會之際，可憐的小玲玲終於發現：她的全部人生竟是一個永也掙脫不了的惡夢！

我的心久久地，久久地隱痛。

關於這個苦命的孩子，我們之間再不提及。只是在高爾泰每日如常默默揮毫作畫的赤裸的脊背上，我讀出了更多的苦難及苦難鑄成的雖九死而不悔的力量！

永恒的紀念

在我們的論辯聲和讚嘆聲中，高爾泰完成了「上古神話系列」大幅油畫，艱苦卓絕。那巨大的力度使人震撼，尤其難得的是，我親眼目睹了一位思想家、藝術家的精魂是怎樣涓涓滴滴注入畫幅。

而且，在每一畫面上，我都可以感覺到那個剛剛辭我們而去的女兒。這些畫不僅是中華民族卓越先民的夢，更是一位父親特意給已經長大成人的女兒鍛造的反抗之夢，一組瀰漫陽剛之氣的偉大的夢。

五月底畫展在香江按原計畫如期舉行，並獲得成功。看到那些我親製畫框並目睹其誕生的畫自然倍感親切，但一群香港女孩兒在畫展上的合影更使我心驀然一沉。這一個個關於我們民族的亘古之夢她們聽懂了嗎？而那個最有資格也極有可能領悟這些生命之夢的女孩兒卻聽不到了。

於是我寫下關於她和她父親的美麗而殘酷的夢，作為我對她的一個小小的祭奠。

還想說最後一句，那幅油畫「填海」。在成都家中所作的，是小鳥精衛在巨大的海的漩渦上俯衝。在香港，構思改為頭佩白花，紅衣紅羽的人形精衛以身填海。我離港時，「填海」仍未定稿，不知後來參展沒有。總覺得，玲玲不正是天帝之女精衛嗎？她不幸溺水了，而靈魂卻化作紅衣紅羽的小鳥，燃著生命之火，去照亮那黑洞般的深淵。玲玲有在天之靈，想必如此的。

就這樣，高爾泰在玲玲痛苦絕望之際所做的那些中國夢的油畫，該算作對女兒的永恆的紀念。而那幅「填海」可能是他關於女兒的凝結的夢境了。

再見，香港

一九九二年春末，一個微雨霏霏的日子，一艘香港漁船載我們夫婦二人逃離大陸，悄悄駛往香港。

柴油機的震響中，大陸的那個小小海港漸漸溶入船尾的矇朧，浩翰無涯的太平洋向我們張開臂膀……我知道，這一刻千金難買。在艱苦卓絕的三年逃亡之後，這一刻便意味著自由！然而卻無絲毫歡欣，我燃起一支香煙，失神地凝望著船尾的波濤，痛惜之情難以言喻！誰在一塊土地上承受過關愛與理解，誰在一塊土地上留下過深深的足跡，那土地便會令人難以割捨。

當黃昏降臨之際，馬達聲突然止息，船體一漾一漾，輕撞著堅硬物體：泊岸了。船老板叫我們從秘密隔艙中出來，笑笑說到了。於是我看到了密集的高樓，知道真的成功地逃離了那張全國通緝令。專制與自由，一條破舊的漁船，如此平凡便踰越了？不禁一時反應不過來，只好再看那些高聳的樓，再三確證。船老板不讓馬上下船，怕人地兩生，被巡警盤問抓獲。

在等待的時間裡，不由得想：香港到底是甚麼樣兒？

從兒時便知，香港是一個小島，大清朝廷打不過洋人的炮艦，割給人家，成了殖民地。文革之後，一次到廣州訪問老市長，說五、六十年代香港遠不及廣州：廣州有立體交叉橋時，香港還沒有一條立交橋；廣州建電視臺時，香港還沒有電視臺，因此他還力主把電視發射塔建得高些，好讓香港同胞也能看上電視……可就在大陸內亂之際，那幾條街的小島，卻悶頭建設，竟成了遠東數一數二的大都會，一顆奪目耀眼的海上明珠！這些年來，內陸人越來越知道，香港是一個金幣流淌的黃金夢。

然而，雖一河之隔，資本主義的香港卻遙不可及，很不形象。而且，在中國地圖上也只是一個沒有形狀的抽象的小黑點，那麼小，甚至容納不下「香港」二字，毫不起眼。

想起來，第一次見到香港人，因而香港變得多少有點形象起來，是八九年的遊行。那一日，我正指揮著數萬人的遊行隊伍自東長安街進入天安門廣場，忽然看見一隊打著校旗的香港學生與我們同向而行。數十個人，溫文爾雅，在鋪天蓋地的大陣勢中似乎有些兒茫然失措。看得出，他們是剛到北京。那麼遙遠的一個小島，也回到祖國大陸來一盡赤子之心，叫人感動，叫人憐愛不已。我揮手阻斷大隊，說：讓香港同學進來。又一揮手，那一小隊香港大學生舉著他們的旗幟橫幅呼啦啦跑進大隊……自此，香港的消息愈來愈多：捐款……百萬人大遊行……我很驚奇，很感動：那一塊遙遠抽象得不能獲得我（恐怕遠不止我一人）認同的土地，竟對中國的前途命運也懷有如此深重的一份關愛！

完成了逃亡寫作計劃，準備撤離大陸時，那個遠遠的孤懸於南中國海的抽象的小黑點竟陡然間變得無比重要。方案曾有許多：黑龍江—俄羅斯，山東—南韓，福建—臺灣，廣西—越南，雲南—緬甸，西藏—尼泊爾，新疆—哈薩克，珠海—澳門……最後，香港成了最佳的孤注一擲的選擇。於是，香港不再是一個地圖上的小黑點和冷漠的地名，香港就是——自由！

當手執香港地圖具體策劃時，在那個大雨滂沱的夜晚，一張火鍋桌邊，友人指著中環一帶，描述著一座又一座大廈，將地圖上的香港在我腦海中矗立起來。想像中，我漸漸熟悉了紅色的與綠色的的士，雙層的與單層的巴士，地上的與地下的電車……我在香港的街道上徘徊著一次次辨認方位，神態自若，信心十足（不十足也要裝作十足）：在見到可靠的友人之前，萬萬不可在登陸點或大街上被警察抓獲——我們被告之：不謹慎行事，有可能莫名奇妙地又落入中共之手——香港有共產黨半個天下。

……船老板「偵察」回來，告我們可下船登岸了。我結好領帶，一手挽著妻，一手拎起裝著寶貴手稿、文件的黑色手提包，從動蕩的甲板踏上堅實的陸地。頭上是淅瀝春雨，腳下是自由的土地……我們默默無語地平靜地走著，心中卻跳動著成功的喜悅。我知道不會被香港警方半途抓獲：通緝令高懸頭頂的日子裡，中共軍警尚無法奈我何！側目一視神色安祥的妻，心說：明明，我患難與共的朋友，深深吸一口自由清新的空氣吧！

順利與友人接上頭，略事寒暄，便被送往警察局作為「非法入境者」自首。簡單審問搜查之後，幾位便衣人員將我們押上一輛小巴，連夜送往「另一個地方」。夜的香港燈火璀璨，但心情卻越來越緊張：「羅湖」……「羅湖」……「羅湖」……車燈晃照的路標，一個接一個明確無誤地把我們導向北方的大陸，那個我們剛剛逃離的囚籠！我來不及細思量，立刻悄聲告訴妻：我們正駛向深圳！妻問身邊的便衣：「要把我們送到哪兒去？」那克制而禮貌的微笑凝在了臉上。回答是：不准說話！「香港有共產黨半個天下」——一瞬間，種種疑點在心中猛烈翻騰：第一位友人不是假冒的嗎？那個頗能證明他身份的房間完全可以臨時佈置！那開車送我們去自首的友人不是假冒的嗎？我從不認識他！這些警方人員不是假冒的嗎？我們從地下車庫進入大樓，並未看到任何政府機構的銘牌，亦無任何正式制服著裝！給幾個人，我也能佈置這樣一個圈套，把「叛逃者」神不知鬼不覺地騙回大陸！撲面而來的路標不斷地證實著我的懷疑：香港畢竟不大，深圳越來越近了！休想！心中冷冷一笑，只要有進一步證據，我一定要讓中共的陰謀破產！我等待著羅湖橋的出現——到那時，我將擊倒身邊的便衣，衝到車前搶方向盤，讓車擦向路邊護欄，製造一起不大不小的車禍。這樣，警車會飛馳而至，中共特工便插翅難逃了……突然，小巴減速轉彎，車燈掠過一路標：這小路通往「皇家香港警察」一處羈留所！全身肌肉頓時鬆弛，手心裡握了一把汗——香港，你這全世界間諜的樂園，你真是一塊危機四伏的土地！

重獲自由之後，香港終以她真實的平常態展現在我們面前。山頂俯瞰輝煌的夜景；海洋公園觀賞聰慧優雅的海豚；中環碼頭海風拂面，長久地靜靜地體味無恐懼的自由；西貢海邊夜市，第一次品嘗新鮮得活蹦亂跳的海鮮；三杯酒海灣夜泳，驚起魚群躍出水面如一彎銀橋……香港並不僅是財富聚集珠光寶氣的大商埠，還是一處美麗怡人的人間樂園！總說彈丸之地，誰知道這彈丸之地上竟有星羅棋布的郊野公園、海濱浴場，竟有如此蔥綠的林野和水晶般透明的空氣！

一日，搭渡輪抵南丫島友人家散心。小島真小，小小的港灣，小小的碼頭，小小的街道（居然路牌上赫然大書「榕樹灣大街」，叫人忍俊不禁），小小的店舖。但麻雀雖小，五臟俱全：一個小小的鄉民委員會，一個小小的警察局（治安極好，警察無事可做，只好打牌），一個小小的郵局，一個小小的圖書館，一個小小的機場（應付如急症病人等意外）……走一圈下來，竟發現這是個極妙的袖珍小鎮。農婦們吆賣著自家菜園裡種植的新鮮蔬菜，老漁夫賣完了今天的最後一尾魚踏上了回家的草徑——啊，好一個在現代已失落了的安謐的田園！

游完泳，在晚照餘輝中穿過曲屈小巷回到小山頂上友人家。男主人去沖涼了；妻陪著女主人在廚房裡準備晚餐；我獨坐樓頂，聽海風習習，聽小海灣裡浪湧輕聲爬上沙灘。暮色中，燈火把這乳白色的小鎮營造成一個晶瑩透明的神話。烤爐裡炭火正熊，不時爆出火星。四只高腳杯，鄉土氣的竹筷粗瓷碗，閃亮的刀叉，一瓶紅葡萄酒，一瓶白葡萄酒……不期然間，瞥見照明的燈竟是兩盞桅燈（或稱馬燈風燈），細一端詳，和當年我插隊的太行山小村裡晚上開會記工分，修「大寨田」挑燈夜戰，馬車趕夜路時用的一模一樣！驀然念及太行山，念及我的不自由的祖國，不禁黯然神傷。同一塊天空之下，有人在污染貧窮的瘠土上忍受困苦屈辱，有人在富足美麗的田園裡享受燈紅酒綠。世事竟不公平至此！

轉念之間，卻又悟出一個道理：一如候鳥總飛往溫暖，溪水總流向低窪，原來，富足與美麗亦總趨向自由。香港的美，都市之美與郊野之美，都是自由所創。於是，我常常忍不住指著那些昂貴的高架快速公路、觸目可見的花崗石、大理石、不鏽鋼和玻璃幕牆，指著那些既豪華又田園的渡假勝地對妻說：這就是財富，這就是美，這就是自由勞動——正如大陸著名美學家高爾泰所說：美是自由的象徵。（為了這句話，他在大西北的勞改營裡渡過了一生中最寶貴的歲月。對剝奪人民自由者來說，他的發現是致命的。）香港如此美麗，因為香港如此自由！

香港是美麗的，香港人是美麗的嗎？

在大陸所聞所見，港商中見利忘義者有之，說大話使小錢者有之，浮華畏怯者有之，似惟有記者學生中真有幾彪好男女。到香港後，見香港人皆謙遜有禮，面容和善，而「六四」燭光晚會，終使舊日印象得以校正。本來，按某種默契，在等待政庇期間，我們不應參與政治活動，不得曝光，但「六四」的祭奠我們還是去了，擠坐在人群中，緬懷故人往事。到達維多利亞公園時，球場上已有數千人。場地正中，一座潔白的民主英雄紀念碑在花叢中莊嚴矗立。三兩結伴而來的香港人皆緩行到碑前虔敬行三鞠躬禮，這情景使人剎那間淚水迷離。會場莊重肅穆。主席臺背後，高懸四大幅白底黑字立幅，分別書以「民主」、「自由」、「人權」、「法制」，其間是一大二小的三個巨型電視屏幕。大會場四周橫幅飄飄：「暴政必亡，人民必勝」、「一片丹心，百世流芳」、「結束一黨專政」、「堅持下去，直到勝利」……歌聲響起來了：「淚眼或已在凝望，或已沒有人願講。不意如今，一起相對，再追憶往昔事，再思念中國。齊共憶起這段情，祭好漢；眾多好漢子，有請到現場，願你能認出，六四時淚光……」開始，我們沒聽懂這粵語歌詞，只見人們歌唱得悲切而投入，妻忙向坐我們旁邊兩位女學生要了一張印有歌詞的傳單。當我們埋首找到那詞句，頓時淚如湧泉，泣不成聲。我不停拭去淚水，努力想看清歌詞：「……願君知我共你是同路。我當天當夕，像你一般痛苦。自困於此處，沒法與君一起並肩上，我亦無詞說斷腸……」憶及「六四」我亦同樣不在現場，只能忍看朋輩成新鬼，束手無策，空說斷腸！不盡的懊悔與歉疚如海潮般衝擊而來！「……還願各位不必悲憤，莫悲憤。六四那一夜，目睹君去後，令我獨含恨；就算未如願，大志仍在心！」這是我們第一次參加公眾祭奠「六四」英魂，鬱積三載的悲憤如閘不住的洪水，一句一淚，一字一淚。大庭廣眾，我全身顫抖著努力克制，不敢痛哭失聲。妻的淚滴打在歌單上，卻默默遞我紙巾。

一個淚水相伴的夜晚。此生從無此經歷。

天色黑盡，四周高樓大廈已是燈火通明。維園如群峰圍擁之下一暗谷。追思的燭光點點燃起……

大屏幕上是八九民運及蘇聯東歐一一崩潰的歷史鏡頭。天安門前的坦克、火光、紛亂的人群、抗議的拳頭，仍絲毫不減撞擊力。李鵬揮拳的鏡頭亦剪輯其中，再佐以毛澤東、希特勒「揮巨手」畫面，獨裁者的殘暴史電一樣閃過心頭。

「六四」的不滅火炬點燃了。在「江河水」低婉的千迴百轉之中，低首默哀的人群把手中的小蠟燭高高舉過頭。從巨型屏幕上看來，八萬支燭光連綴成巨大的一片，在沉沉暗夜中顯得越發輝煌燦爛！那一刻，我心中溢滿難言的感激之情。感謝香港同胞！感謝你們！你們沒有忘記先烈，沒有忘記「六四」！在大陸人民無法祭奠英靈的艱難時事之中，你們勇敢而深情地舉行了這全球最大的公祭！你們不僅僅代表了香港六百萬同胞，也代表了大陸十億同胞！此情此義我沒齒不忘！

宣佈散會之後，人們又唱著歌離去。紀念碑前，致敬的人擁成了堆。人們把未燃盡的燭火攏成一片，各自肅立默哀，行禮致敬，然後又唱著歌走散。主席臺下，近千人仍不肯離去，揮動燭光和臺上支聯會的民主志士們一起唱歌。他們心中有太多太多難以表達的情思，盡化作這久久不去，久久不去……

多麼可敬可愛的香港人！

我又接受了一次靈魂的純潔！

香港是美麗的。香港人、香港人的心更是美麗的。

自港督發表加速香港政制改革的方案以來，在中共的威逼恫嚇之下，香港爆發了一輪激烈的論爭。

初時，我急得半夜打電話，把友人從睡夢中驚起，詢問事態發展，現在，則憂心如焚，唯恐善良的香港人被中共所欺騙，所「分化瓦解，各個擊破」。

我真恨不能在前襟後背寫上大字「香港同胞，共產黨的當再不能上了」到尖沙咀，到佐敦，到旺角銅鑼灣去獨自遊行。

看看大陸吧！想想歷史吧！不要以己之心度暴君之腹吧！團結起來，救香港，救自己吧！——然而我不能去！我只能在心中默默地祈禱，願上帝賜福這塊美麗的伊甸，賜福於這伊甸園裡勤勞而善良的人民！

我們要走了。將有一架飛機載我們飛越大洋，到那個自由女神炬火照亮的國度繼續流亡生涯。此時，方感到香港難捨難分。

我生於四川，自然是四川人；我童年移居北京，在那裡長大成人，捲入文革動亂，我也是北京人；爾後到山西當「知青」，當工人，當作家，也該算是山西人；這次滯留香港近一年，走遍了粉嶺、上水到南丫島、西貢、沙田到柴灣，又同香港人一起經歷了政改風雨，不知覺間，又認同了香港，從情感上又自認為該可是香港人。

當然，也許我那裡人都不算，而是一個浪跡天涯的中國人。

但香港，這個有著世界上最密集樓宇的東方明珠，這個有著世界上最勤勞、最善良、最無暴力傾向、最無種族歧視的人民的國際大都會，這個使我們獲得自由的第一庇護港，在我和妻心中將佔據一角特殊之地。近一年光陰中，我們所衣所食所住所行，皆是香港人民三年前募捐的血汗，還有眾多各界友人竭誠相助。在我們落難之日，香港給予的溫暖與同情是難忘的。雖然某些人士的所作所為後來傷了香港的心，但香港仍然一如既往以她博愛的胸懷關愛著一切處於困境中的人們，不記回報，不記回報。

我希望我們不會辜負這愛心。欠香港如此厚重的一份情，我們當有回報。

離別在即。想最後再跳進香港的海，游一次泳；想最後再回望一眼中環的樓群；想最後再到北角的街市上買幾件廉價衣物；想最後再與友人在尖沙咀的臨海長椅上並肩長坐，一任海風滌蕩；還想在地鐵人潮中故意輕碰哪一位香港人，向他道一句「對不起」，然後看他回眸那友善的燦然一笑……

香港，請允許我不說「別了」。

管他甚麼九七不九七，我要說：

「香港，再見！」

被背叛的光榮

——紀念八九民運五周年

在一份香港雜誌上套紅刊登的一版廣告：「今天是一九八九年民運的五周年。還記得五年前，我們滿腔熱誠，為祖國的民主事業，上過街，流過淚。到現在，無數民族的精英仍在獄中，貪污官倒變本加厲。五年了，讓我們向祖國人民明確表示，向專橫的當權者發出警告：我們絕無忘記民主的理想，仍然支持民運。六月四日（星期六）晚上八時，在維園將有大型的燭光悼念集會。當晚，朋友，我誠意邀請你：你也來！」

我記起兩年前和妻子北明剛剛從大陸偷渡到香港，參加三周年燭光晚會的情景。八萬支燭火的淚光中，我在長期逃亡中變得冷硬的心頓時化作止不住的淚水長流不息。淚水中的成分除了回憶、追悼與懺悔，還有一種被「昔日戰友」圍剿的傷心。種種從「成王敗寇」歷史觀深淵裡泛起的否定非議，使我倍感哀痛，為我們這個缺鈣的民族和尤其缺鈣的知識群體。偌大中國，偌大世界，只是在香港，在維園的燭光中，那個偉大的失敗才得到再一次的如此輝煌的肯定，而昇華為聖潔與不朽。

轉瞬之間，「六四」五周年到了。對於向來健忘的國人，它已經成為塵封的歷史。慷慨悲歌已然落幕，詆毀偉大已不會觸犯眾怒而竟然成為一種表現特立獨行的時尚。對八九民運的反思已從對策略的反詰上升至對運動本體的根本否定。問題已經不是該不該撤，該什麼時候撤，而是柴玲等學生領袖應當與殺人者「同罪」了（戴晴女士語），現在，學生應當為「六四」屠城，為中斷鄧小平「改革開放」大業而承擔歷史與法律的責任。

史不絕書的在歷史低潮時期風行一時的頹唐、動搖、叛賣和助紂為虐，終於在我們面前重演。

八九——一個無可否認的奇蹟

我不知道歷史上是否還有比八九民運更加理性、克制的大規模的反抗暴政的社會運動？隨手拈來一些盡人皆知的事件一比：一九一九年的「五四」運動，示威的青年學生毆打政府官員，焚燒房屋；一九五六年的匈牙利事件和波茲南事件，憤怒的民眾荷槍實彈武裝反共，並把一些惡貫滿盈的共產黨員掛上了電線杆；一九七六年的天安門「四五」運動，示威者焚燒警車，攻擊民兵指揮部；一九八九年的羅馬尼亞，民眾在武裝起義的巷戰中摧垮了暴君的統治；一九九一年的蘇聯，人民是在坦克的支持下一舉粉碎八月政變……結果如何？它們都已經載入歷史，成為人類反抗暴政爭取自由的光輝典範。法國大革命和美國革命，更直接使用了暴力，然而它們以現代民主政治的偉大奠基者的英名而彪炳史冊。八九民運自始至終堅持和平理性非暴力的原則，沒有一個尊重事實的人不為當年北京所洋溢的和平與秩序而感動至深。運動長達近兩月，數百萬人上街，遊行示威一浪高過一浪，卻一塊玻璃沒砸，一個商店沒搶。數十萬大軍突襲北京，民眾和平地將其阻止，這場不流血的「保衛戰」令世人驚嘆。犯罪率下降，交通事故減少……那時的北京洋溢著一種理想主義光彩，人人都為開創一個社會運動的新格局而竭誠努力。人類歷史上歷時長久，規模浩大的八九民運，能保持如此良好的秩序，那是因為和平理性非暴力已經成為全體人民的共識。在一個有著「官逼民反」、「揭竿而起」、「殺富濟貧」、「濫殺無辜」等造反傳統的中國，一九八九是一個歷史的進步，一個無可否認的奇蹟！然而，我們很快就停止了對劊子手的譴責，轉而指責青年和民眾。一些明白無誤的基本事實被故意遺忘。其實有什麼好爭論的呢？誰能否認這個最基本的事實呢？

——依據中共憲法所承諾的基本權利而和平抗議的民眾被當權者用坦克機槍殺害了，鎮壓了。

——歷史很複雜，但在某種意義上又十分簡單，簡單得就是這樣一句話。

那些否定八九民運的人士，如果忠實於他們的原則，其實應該去否定一九四九。中共紅色帝國的建立和其後的統治，才是毫無節制的暴力和血腥。邏輯的矛盾在這裡暴露無遺：他們的「原則」放過了貨真價實的暴力和非理性，瞄準的卻恰好是一九四九暴力的和平反對者。我們至少得出這樣一個結論：他們的所謂「原則」不過是「成王敗寇」而並非真理，他們的「原則」說到底就是權力崇拜。「成王敗寇」當然亦不失為一種歷史觀，不過它眼裡只有權力的歷史，而沒有爭取自由的人的歷史。

八九——一個偉大的轉折

分析八九的失敗，可以談上許多條款，但我越來越傾向於這失敗絕非偶然。以蘇聯東歐的民主運動作為參照，自「五四」運動開始的中國民主運動有著明顯的痼疾。

對人權和民主的認識，在歐洲直接發軔於文藝復興和啟蒙運動。這是一個持續達三、四百年之久的人的解放運動。前蘇聯基本上是歐洲國家，前東歐社會主義國家更直接就處在這個近代文明的發展史之中。這一歷史只是於本世紀初在蘇聯，本世紀中葉在東歐被中斷。但是接受過啟蒙運動洗禮的歐洲知識分子一直與共產極權進行著頑強的抵抗。本世紀初，盧森堡、考茨基就對列寧主義進行過尖銳的批判；二戰之後，吉拉斯、納吉、索忍尼辛、薩哈羅夫、哈維爾等又繼承了這一傳統，對斯大林主義以及整個共產主義思想體系進行了徹底清算。

全民的政治反抗運動更是彼伏此起，一九五三（東德）、一九五六（波蘭、匈牙利）、一九六八（捷克）、一九八〇（波蘭）直至最後勝利。這種思想和政治的反抗運動，雖有失敗，沒有屈服；雖有低潮，沒有中斷。

眾所周知，近代人權、民主思想並非中國傳統文化中固有之物。上世紀以來，戊戌變法之先有康有為倡導的一八九五年一千二百舉人「公車上書」，這大約算得上學生運動之初，但還不能算民主運動。民主成為一面理想之旗功在「五四」。一九一九年「五四」運動既開創了中國民主運動的歷史，同時也埋下深刻的隱患。這就是「愛國」在先，「民主」在後，「救亡」為本，「民主」為用。先輩知識分子推崇民主制度其要義在於國家「圖強」而並非人的解放。因此，當另一種與民主正相反對的以犧牲人性為代價的制度在蘇聯崛起之後，中國知識分子便迅速地轉向專制，並把共產制度確立之後的種種血腥與不義視作國家強盛、民族復興的必不可少之代價而姑息容忍。近年來，學術界一直在談論「救亡壓倒啟蒙」的話題，我認為這絕不僅僅是一個時間上的話題，而更是一種空間上的話題。不僅僅是一次又一次民族危機接踵而至，逼使我們一次又一次放棄民主啟蒙而投入民族救亡；更是民族至上、國家至上在中國知識分子的心理空間裡，一直占據著壓倒的優勢，相形之下，人權、民主則永遠是可憐的祭品。不是嗎？請看歷史——朝鮮戰爭、五十年代初期屬於戰後恢復的穩定與發展，剝奪人民私有財產的合作化運動和公私合營運動，「超英趕美」的「大躍進」運動，原子彈、氫彈、衛星的試製成功，共產主義運動皇權爭奪戰，越南戰爭，「懲越」戰爭，鄧只要經濟放鬆不要人權民主的「改革開放」，直至最近的二〇〇〇年奧運會狂熱和最惠國待遇討論等等——哪一樁哪一件不曾在我們心中激起「愛國主義」、「民族主義」的逆風千里，而同時把人權、民主作為無可奈何的犧牲?!

（我的老同學周舵先生最近在接受香港《開放》雜誌記者專訪時有如下一段話：「這個主義，那個主義，都不重要，我只有一個主義：中國一定要強大，無論如何也要中國強盛，為此可以付出一切。」我不知道他是否明白這幾句話的份量?我知道他的「中國一定要強大」主義中並不包括軍國主義、法西斯主義。我知道他「可以付出一切」的誓言中必定包括人權、民主。經歷過「六四」屠殺的人說這樣的話，應該明白這句話背後的殘忍。）

從嚴格的意義上講，我們沒有過一次純粹的民主運動，更談不上如東歐那樣半世紀之久的堅持不懈，因此，八九年的失敗多半就是注定的了。

然而八九的光榮亦正在於此。它是中國歷史上第一次全民參加的大規模的純粹的民主運動（雖然後來作為一種策略把「愛國」冠於「民主」之前），它所反對的，既非喪權辱國的「賣國賊」，亦非「亡我之心不死」的「外國勢力」，更非共產黨中某一派系。它鮮明地呼喚政治制度的改革，直接把人權、民主與法制，把思想自由、言論自由、出版自由、結社自由、集會自由、遊行示威自由寫在自己的旗幟上。雖然它不可避免地還帶有它脫胎而出的歷次社會運動之國家主義的種種胎記，但它畢竟破天荒第一次在中國兩千年專制歷史中明確無誤地樹立起了「民主女神」。從那一刻起，民主由手段而上升為目的。它雖然失敗了，但它成為自「辛亥革命」以來近百年民主運動史上的一個偉大的轉折。

人民失敗了，但人民前進了。看一看歷史，這難道還不清楚嗎？

八九——奴顏媚骨的犧牲品

偽善與凶殘確實是行之有效的統治術，中共正是使用恩威並施的方式造就了我們這幾代軟弱愚昧的知識分子。對於中共顯而易見的殘暴與不義，我們一次又一次否定良知與常識，以幻想來蒙蔽自己和人民。當這些幻想一次又一次被嚴酷的現實所打破之後，我們總會花樣翻新地製造出種種「理論」，為暴政辯解，並竭力與之「保持一致」。一九四九年中共建政前後，即時處決反對派百萬人以上，鎮壓地富一百萬至二百萬，「鎮反」殺人近千萬。中國知識分子並未如蘇聯知識分子那樣反抗共產暴政，而是試圖理解並與之欣然合作。如果說是因為還沒整到自己頭上尚可理解，那麼一九五七年的「反右」則直接是對知識分子的踐踏。在五十五萬人成為「階級敵人」的大規模迫害之下，我們屈服了，甚而有那麼多著名「右派分子」後來竟成為中共的座上賓、代言人。這種現象在歷史上甚為罕見。五、六十年代之交那場餓死數千萬人的大饑荒連罪魁毛澤東都不得不低頭承擔責任，但我們又莫名其妙地妥協了，不是步彭德懷後塵，代表人民控訴暴君，反而和暴君一同「臥薪嘗膽」，「奮發圖強」。其後接踵而來的文革，知識分子更是被打斷了脊梁。就群體而言，這一次是徹底被打垮了。應該是打破一切幻想了吧？卻不然，又寄厚望於紅色王朝的兩位重臣周恩來與鄧小平。當統治者的籠頭稍一放鬆，我們又感恩戴德，盡釋前嫌地與之通力合作。在中國民運史上具有開創意義的民主牆運動，就是在知識分子群體的蒙昧與怯懦下被絞殺的。

這裡也有我的一本帳。當年民主牆運動的許多投入者，本來是我的朋友。鎮壓民主牆就是鎮壓我，這一點我早就了然於心。魏京生的被捕判刑曾激起我的憤慨，但對鄧小平「新政」的幻想使我放棄了一些最基本的原則，即：不能以犧牲人權來換取國家的強盛，不能以犧牲民主的諸形式來換取開明專制。幾年過後，當「改革開放」初有成效之際，想起還在獄中的魏京生，我曾感慨萬端：「歷史就是這樣在蠻不講理中前進的，一個經濟發展，政治放鬆的社會已經初具雛形，魏京生看來就這樣成為了歷史的犧牲品！」我沒有追究過鄧小平鎮壓民主牆運動及學生運動的罪責，充滿幻想地歌頌「改革開放」，雖然其中亦夾帶了自由民主的

「私貨」，但不可否認的是，我基本放棄了作為自由知識分子對統治者的批判立場。當我知道魏京生還在監牢中這一事實而保持緘默，實際上，我便參與了對魏京生的出賣，參與了對許多不可放棄的原則的出賣。在很大程度上，我投身八九民運，是對自己這一恥辱的洗刷。在組織在京作家首次遊行時，我寫了兩條大橫幅：「學習魯迅精神，挺起民族脊梁！」「跪久了，站起來遛一遛！」大致是我這種心態的寫照。

這一段精神史，使我對八九民運失敗後低潮時期知識分子的軟弱與叛賣之風格外敏感與激憤。有人說：「當革命高潮到來之際，誰都是革命者。」這一幕我們都看到過了。新的一幕正在演出：「當革命（借用此詞）低潮降臨之際，誰都成為叛徒。」這是一種極端化的句式，不必頂真，但時下以反思為名而詆毀八九民運，開脫暴君罪責的確成為一種時髦。八九民運的死難者以及八九民運的崇高理想正在成為我們奴顏媚骨的犧牲品。從來就是「學而優則仕」，從來就甘作統治者皮上之毛，從來就為坐穩奴隸地位而感激好心主人的中國知識分子，是該反思一下自己的反思了！我的另一位老同學仲維光指出：「槍聲可以把許多知識分子趕到共產黨的對立面，但槍聲卻醫治不了先天的軟骨症和近視。看來反思之前先要對反思進行反思。」

當我們懷疑、動搖和徬徨的時候，歷史正大踏步地向前推進。結束中共一黨專政已經不會是十分遙遠的事情了。當歷史翻開了新的一頁，我們將會發現：新時代的奠基者，正是八九民運偉大的失敗！

為柴玲、為八九民運辯護

顛倒黑白的「誘殺策略」

六四六周年前夕，《紐約時報》記者Patrick與《聯合報》記者薛曉光連續發表文章，卡瑪・亨頓(Carma Hinton)透露她即將推出的記錄片，都向我們揭露了一個聳人聽聞的陰謀：八九民運的領袖有一個「秘密的」激怒政府的「誘殺策略」。並以「別人流血，自己求生」的可怕標題對天安門廣場的精神象徵柴玲進行了世界級別的嚴厲的道德審判。關於他們的謊言和曲譯，已有不少論者批駁。我想以親歷的歷史事實，證明所謂「誘殺策略」純屬毫無事實依據的誣陷。

一直被許多人指責的毛像污染事件是一個有力的反證。當時學生與市民扭送幾位向毛像潑油漆的湖南人，絕非被指責的對毛的愚忠，而是懷疑他們是公安部門派來的便衣。我當時正在廣場，聽到這個消息，認為學生與市民的反應正確迅速。摘下要求為魏京生平反的橫幅時我在現場。並非被指責的忘記了民主牆的代表人物，而是避免被中共「抓辮子」。看見大橫幅徐徐從紀念碑上降下來，我心中難免有些心酸，但認為這是一種必要的自我保護性策略。我接觸到的學生、工人、知識分子領袖不在少數，亦可算八九民運的核心人物之一。我可以舉手發誓：從未在任何公開或私下交談中聽到任何與「誘殺策略」有關的一句話或暗示。相反，我們談論得最多的，則是另一句話：「嚴防國會縱火案」。毛像污染等事件正是這一思想的體現。當我們回首往事，對八九民運「和平、理性、非暴力」的原則作更深一層審視時，可以發現：這一原則實際上有兩個思想來源。其積極的來源自然出於理性精神、責任感及歷史教訓。其消極的來源則是對「國會縱火案」式的政治誣陷的防範。不言而喻，後者正是防止鎮壓流血。幾位波士頓人渲染得滿城風雨的「誘殺策略」完全是顛倒黑白！

嚴防「國會縱火案」

再以兩事為證。

五月十六日，在北大三角地召開的《五一六聲明》新聞發布會結束之後，我同大家一起回到作家班宿舍。有人遞過一張傳單：明日全市大遊行，路線途經王府井西單等商業街道，落款為「五一七大遊行指揮部」。閱畢，我把傳單遞給大家傳閱，說明天可能要出事。一時間裡，屋裡沉寂下來。對於規定的遊行路線要經過繁華的商業街道，都感到是個嚴重的問題。即便當局不搞「國會縱火案」，也很難保證沒有極少數人砸櫥窗搶劫。這樣一來，已保持一個月的和平運動將前功盡棄，並立即會招致當局冠冕堂皇的鎮壓。大家議論紛紛，考慮對此危局我們能做些什麼？最後我說了一句：「明天咱們的角色就是警察！」大家一致贊同，無一異議。屋裡人來人往，我們轉移到未名湖畔繼續討論。但議來議去，終無良策。原因很簡單：知識分子沒有組織，無法實行「警察行動」。有人提議每人舉塊牌子，寫上注意事項，在各主要路口站崗。有人提議散發傳單。作家張曼菱掏出紙筆記錄。我一口氣說了幾個「不准」、「嚴禁」，當說到「嚴禁打砸搶，如發現壞人搗亂破壞，任何人都可將其扭送公安機關或學生糾察隊」時，遭到大家反對。都說這是他們的語言，且不能以這種態度對待群眾。最後擬好幾條，一致決定明天「人自為戰」，全力以赴。當晚，我同北明忍痛掏腰包坐出租車趕到天安門廣場，通過幾道糾察線，來到指揮部帳篷。此時，絕食已進入第四天，我好不容易找到空子，與饑疲交加的柴玲、郭海峰等談了明天可能出現的危險。柴玲等亦不知那個「遊行總指揮部」是什麼人組成的，問我的意見，我談了幾個「禁止」。柴玲半躺在一個睡死過去的同學身上，找了支筆在一張破紙上劃拉。見他們接手了，我如釋重負，披蓋著張伯笠為我找來的棉大衣，枕著傳單飲料箱合了一會兒眼。

次日，五月十七日，是運動開始以來最為盛大的群眾遊行。據《人民日報》估計，「從早到晚，數百萬人自發地湧上街頭」。出乎我意料之外的是，遊行隊伍未能進入商業街道。——學生糾察隊封鎖了東單西單王府井前門大柵欄等繁華街道。官方報紙報導：「縱觀整個遊行活動，都是隊伍整齊，秩序井然，幾乎沒有發生任何意外和事故。」（《人民日報》）「今天遊行秩序比較好，學生糾察隊在各個路段進行疏導，並規定了遊行規則。」「廣大學生和各界群眾保持著高度的理智和良好的秩序……沒有意外情況發生。」（《光明日報》）「學生指揮部通過廣場上的擴音器宣布數條「遊行規定」，其中包括：『絕對禁止呼喊有違憲法的口號』，『絕對禁止衝擊政府部門』。」（吳牟人等編著《八九中國民運紀實》）顯然，昨晚柴玲的那張破紙條子起了作用。那一天，我真正感到人民了不起。人人都明白「遊行規定」的意義，人人都在防範共產黨搞「國會縱火案」。當從學生領袖那裡核實了這次遊行連一小塊玻璃都沒砸碎時，我激動地對北明說：「我看到了一種希望：也許，我們將和平地走向一個自由民主的新中國。」

妥協——給趙紫陽一分

戒嚴之前，絕食已進入第七天。中共當局對於學生「真誠對話」的簡單要求都不作回應，天安門廣場上的絕食請願陷入僵局。作為「始作俑者」，經過痛苦思索，我決心打破運動中始終堅持的不與上層接觸的理想主義原則，盡快與十年改革的推動者鄧小平接觸，申訴此次運動意在推進政治體制改革，並無打倒他之意圖，期望他作出某種程度的讓步，以利於學生立即結束絕食，走出危機。遂數次到一摯友家，請他找鄧樸方傳話，通過鄧樸方向鄧小平轉達。但鄧家人已找不到了。（事後我羞愧交迫：太自作多情了！你們並沒想打倒誰，可人家早已把你們視為死敵！你想找人家疏通，可人家正在十萬火急調軍隊！）至於趙紫陽的工作，早就有人在做。十九日凌晨趙紫陽在天安門廣場的淚光，使我感到再不能遲疑延宕了。在金水橋頭的首都知識界聯絡站，問身邊幾位知識界朋友：能否迅速與趙聯絡上？老不同政見者于浩成先生說：能。好！我立即找到廣場指揮部，叫出李祿。據我接觸，他是學生領袖中較有政治頭腦的。蹲在指揮部廣播車下，我談了與趙達成妥協的意見：給趙一分，算是支持改革派；他對學運表個說得過去的態度，給我們一分，以結束絕食，鞏固已獲得的民主成果。李祿立即表示贊同。他憂心忡忡地說：我們無非想推進改革，如果最後的結局是天下大亂，人民遭殃，我們就成了歷史的罪人！我感到震驚。這些二十歲上下的年輕人的政治責任感與歷史感，我實在估計過低了！最後，我嚴肅地問：如果與趙聯繫上了，其他人會不會推翻這個決定？你的意見能代表指揮部嗎？他疲憊不堪有氣無力揮一下手：能。我立刻穿越糾察線，回到金水橋頭，請于先生火速與趙聯繫。

傍晚，于先生親自回來告訴我：未能聯繫上。趙紫陽、胡啟立已下臺！政治局決定：鎮壓！大家怔怔地，一句話也說不出。早有預感的最壞結局終於來臨！

還有什麼可做的？最初的震動之後，大家決定勸學生立即復食，使他們的鎮壓成為無的之矢。馬上派人傳達這一意見，叫學生們痛下決心，立即行動！當我們不放心，又返回營地時，指揮部已亂作一團。來自各種途徑的緊急消息促使他們迅速作出決定，一面安排立即召開中外記者新聞發布會，一面派人向絕食同學報告消息，解釋指揮部決定，說服執行。氣氛嚴肅而緊張。學生們終於搶在劊子手們下手之前完成部署。當大軍向北京開進之前，廣場指揮部已向全世界宣布停止絕食。事實證明：絕食正是這樣以中共的軍事戒嚴和學生的妥協退讓而宣告結束的。

新聞道德與波士頓龍蝦

今天回首那一段剛剛成為歷史的往事，我發現這個大肆渲染的「誘殺策略」實在不該扣在柴玲及任何一位學生領袖頭上。恰恰相反，搞「誘殺策略」的是中共。請《紐約時報》記者Patrick與《聯合報》記者薛曉光以及卡瑪・亨頓(Carma Hinton)解釋：為什麼中共在運動高潮最易出現混亂局面時撤走全部交通警察？為什麼故意在人大會堂和中南海只布置象徵性的警戒？這不是「誘殺策略」又當作何解釋？正是學生糾察隊指揮交通，保衛中南海人大會堂等重地，維持了秩序，控制了情緒激動的民眾，才使這個「誘殺策略」沒有實現。學生糾察隊實際上在行使警察的職能：維持社會秩序，保護中共重地，嚴格自我約束，控制違憲言行；收繳上交民眾搶奪的武器；直至大屠殺開始，還在保護被群毆的軍人……這些通過電視鏡頭已被全世界知悉的基本事實，不正是在全力防範中共的「誘殺策略」嗎？廣場指揮部是在全世界媒體的公開報導下工作的，從來還沒有哪一個權力中心有如此之高的運作透明度。廣場指揮部沒有任何「秘密策略」。

在華盛頓有一座紀念二戰的群雕，幾位戰士在剛剛攻佔的陣地上奮力樹立起星條旗。這座雕像的原型是一張攝於太平洋戰爭中的著名戰地照片，當時便成為美國人民戰勝法西斯的光輝象徵。直至今天，在紀念二戰五十周年時，還到處可見《紐約時報》不久之前還重新發表）。圍繞這張照片，有一段小故事。記者被戰士們樹立國旗的英姿所感動，要求再做一次，摁下快門。這種二次製作，引發了一場關於新聞真實的辯論。攝影者及被攝者都以「偽造」受到激烈的批評，以至多年抬不起頭。這件在我們今天看來完全小題大作的事情，給我以深深的感動。它說明美國新聞界對於新聞真實的觀念已經純潔到了何等地步！

這個故事所體現的新聞自由，不是胡說八道的自由，不是歪曲編造的自由。新聞之自由同一切形式的自由一樣是有限制的。它的界限就是「真實」。從這張二戰照片到八九民運的「誘殺策略」，我看到的是新聞道德的墮落！作為記者Patrick E. Tyler先生，肆意剪裁歷史，羅致罪名，編造出一個根本不存在的置八九民運於死地的「秘密策略」，是否有傷職業道德？有傷良心呢？美國是一個以說謊為罪過的基督教國家。我不知道您是不是基督教徒。你可以把手放在聖經上發誓，說你不是出於某種外人不便揣測的心理在說謊偽造嗎？中國歷史上最享有盛名的羅致罪名者秦檜先生，還不得不說了句「也許有」（莫須有），你們怎麼能連「莫須有」三字都免了呢？

再講一個小故事。

在一九五七年的一個高層會議上，毛澤東說了一句名言：「只要有一個合作社有優越性，就可以駁倒一切胡說。以此為宣傳。」——在一百萬個合作社中找一個「有優越性」的，來否定合作社造成生產力大破壞並已經開始餓死人的基本事實，真可謂帝王氣派！正是這種罔顧事實的帝王氣派，造成了後來餓死數千萬人的大悲劇。

我不是要以Patrick E. Tyler先生與Carma Hinton女士跟毛澤東相比，他們還達不到毛的氣派。比如，他們就不敢明白地說，他們是在廣場上學生領袖的千萬句話和柴玲的百萬句話中找到一句話，經過歪曲，有「誘殺」之嫌，並以此來「駁倒一切胡說」，入人以罪。至於那位「龍蝦記者」薛曉光女士，以揭露吾爾開希在波士頓大擺「龍蝦宴」而聞名全球，其信譽早就大成問題。事情是「老波士頓」蘇煒到廉價市場以三元一隻的價格買了十五隻波士頓龍蝦，拿到住所自己動手煮熟，每人一隻分吃。薛女士身居波士頓，當然知道在盛產龍蝦的波士頓吃頓龍蝦是極普通的事情，與奢侈腐化毫不沾邊。薛女士巧妙地利用世界各地（特別是和中國）龍蝦的差價，一舉放倒吾爾開希。事後，不管再怎樣在媒體上解釋波士頓「龍蝦宴」的事實，但薛女士誤導讀者的第一印象存留至今。薛曉光女士因龍蝦而搶了個頭彩，所以我記不起她大名時只好說「波士頓的那位『龍蝦記者』」，聽者無一誤解。不知薛女士是否承認自己在撒謊？撒謊的手法很多，「龍蝦記者」的方式是知道可能產生誤解而蓄意製造誤解。如果薛女士不是波士頓人，我絕不會說她「蓄意」二字。

堅守廣場正是為了避免鎮壓

「不撤出廣場」一事，今次被波士頓和北京的幾位先生女士利用來作為「誘殺策略」的證據，同樣有失公平。

已經被談得很多的是五月二十七日《首都各界聯席會議關於時局的聲明》第七條：「……

為使政府方面對廣大學生和人民堅定的決心有一個清醒的認識，首都各界聯席會議特在此向全國和全世界鄭重宣布：如果近期內不召開人大緊急會議，那麼天安門廣場的大規模和平請願活動將至少堅持到六月二十日人大八次會議召開。」據我的回憶與分析，不撤出廣場至少有三個重要原因。

第一，《四・二六社論》將學運打成反革命動亂，引起強烈反彈。經過大規模遊行抗議及絕食鬥爭，當局死不改口。此時撤出廣場無疑招致鎮壓。在社科院十二樓的一次內部會議上，撤與不撤，眾說紛紜。我當時說了句十分激烈的話：「現在撤出天安門廣場就是人頭落地！」與會者全體同意。很明顯，不撤退不僅不是「誘殺」，而是期望以人民的支持來抵抗、化解中共的血腥鎮壓。（即當時民眾常說的一句「法不裁眾」。）

第二，在聯席會議上，我不止一次表達過這種意思：「天安門廣場是這次民主運動的橋頭堡，我們在廣場上多堅持一天，全國就會有更多的地方投入！」當然，這並非是我一個人的看法，而早已成為共識。

第三，影響人大。這在運動後期是一個公開的策略。先是五月中旬以來，人大常委們紛紛緊急呼籲立即召開非常會議，研討當前的嚴峻形勢，並通過法制軌道解決危機。後是五月二十一日萬里在北美表態「堅決地保護廣大青年的愛國熱情」，與鄧李明顯不同。（為此，我曾與張郎郎等研究決定：立即找關係用國際長途通知萬里，北京將組織從機場到廣場的百萬人夾道歡迎。可能消息被混入十二樓政治學所的特務掌握，萬里被強行阻止於上海。如果將來證明確實如此，我應該負有不可推脫的責任。）因此，聯繫會議關於堅守廣場的決議是有根據的。

八九民運所取得的帶有劃時代意義的巨大成就，與她的長期堅持密切相關。如果只遊行一兩次，喊幾句口號就散伙，當然不會招致六四式的鎮壓。但也不會破天荒地佔據全世界電視屏幕與報紙頭條兩個月之久，不會造成全國民眾民主意識的空前大覺醒（至少有二百餘城市投入），不會使中共極權統治產生根本性的動搖，不會成為共產主義總崩潰的偉大發端。

偷換概念的「激進」

綜上所述，堅守而不撤出的理由全部出於運動自身的邏輯，無一與「誘殺策略」有關。但是，關於「撤與不撤」的爭論也許還會繼續下去，道理很簡單：我們失敗了。人們善於追究失敗者的責任。只要勝利了，不管你使用了何種手段，多半是無人追究的。正如斯大林首次晤見毛澤東時的那句耐人尋味的話：勝利者是不會被追究的。

八九民運的結局並非必然。也許我們不可能像東歐蘇聯那樣導致一黨專政的結束，但完全可能在人民的壓力下推動政治體制改革。如果是這樣，如果我們堅守廣場導致了勝利，那麼今天被某些人士所猛烈攻擊的「激進」又該作何解釋呢？東德一夜之間推倒柏林牆算不算「激進」？羅馬尼亞武裝巷戰，槍斃獨夫算不算「激進」？葉爾欽宣布解散共產黨算不算「激進」？八九民運一沒要求打倒共產黨，二無暴力，政治訴求與運動操作無一違憲，僅僅是長期堅持，怎麼就「激進」了呢？大可不必再說什麼「理論」、「反思」了罷，成王敗寇爾！

於是我想界定一個重要的詞彙：激進。

從字源的意義上，它顯然是一個相對的概念。激進、穩健、保守與左、中、右一樣，原初只具有相對的意義。自從對這些概念賦予了價值判斷，也就有了絕對的意義。比如激進往往與激烈、過火、暴力、不計後果等貶義詞彙形成固定的意義聯繫。根據一般的形式邏輯，我們可以分別使用「激進」的相對意義或絕對意義，但不能在同一個論說之中不加區別地混用。因為相對意義上的「激進」不等於絕對意義上的「激進」。比如，你參加了一個恐怖組織，但你只是傳遞情報，並不直接暗殺、劫機，這是相對意義上的「穩健」，絕對意義上的「激進」。再比如，眾人在統治者面前長跪不起時，你站起來表達了有限的反抗，這是相對意義上的「激進」而非絕對意義上的「激進」。我發現指責八九民運的論說在「激進」一詞的使用上基本是偷換概念。即把相對「激進」偷換成絕對「激進」。以柴玲為代表的廣場指揮部堅持和平請願抗議，相對於從來就對遊行、罷課、絕食、堅持持有異議的某些學生領袖而言，顯然「激進」，但這只是相對意義上的「激進」。遺憾的是，批評者在以「激進」進行譴責之際，這「激進」已是帶有價值判斷的絕對意義上的「激進」了。和平地要求憲法制訂定者實行憲法是「激進」嗎？要求與政府真誠對話是「激進」嗎？這種退無可退的低級政治訴求及在人民廣場上餐風宿露絕食抗議，不過是跪久了站起來遛一遛。談何「激進」！

偷換概念的「流血」

我還想界定一個最近以來變得越來越重要的詞彙：流血。

我要負責任地說明：六四之前學生們口中的「流血」，與屠殺之後海外批評者所說的「流血」極為不同。現在說的「流血」是指稱屠殺。六四前說的「流血」是指稱上次「天安門事件」式的棍棒毆打。（四五天安門事件沒死一個人。）

沒有任何人估計到了屠殺。不止一個人問我最後是什麼？我說槍托加鎬把，四五個軍警抬一個，扔上車拖回校園。學生領袖蹲大牢，學生包圍起來復課。有哪一位事先估計到了機槍坦克式的屠殺，或者能夠證明柴玲當時說的「流血」是六四式的屠殺，可以站出來作證！

我們支持一項無疑是正義的事業，一旦出現了事前難以想像的後果，是否可以用這後果來對之進行否定？是否可以甚而對之進行道德審判？按照這種邏輯，全世界所有曾對八九民運灑過一掬良心之淚的人們都是客觀的幫凶。如果不是你們起哄叫好，千年古都會遭到屠城之災嗎？當時的天安門廣場上，確實無人想到了六四式的結局。因為中共極權政治的殘暴超出了人們最大膽的想像。連軍隊一路殺到廣場，人們還以為是橡皮子彈！連那些與共產黨抗爭了一生的經驗豐富的老人們都無法預料，又怎麼忍心指責二十來歲的學生？

如果理解了事前事後兩個「流血」的不同含義，如果不以後來發生的「流血」（屠殺）來取代柴玲所說的期待「流血」（毆打），我們就可以多少理解：為什麼二十一日學生領袖們曾撤出廣場。（第一，安排了第二、三套領導班子；第二，這在當時並非秘密。）事後不僅沒遭到追究，而且仍然得到廣場上同學們的信任。因為，如果從當時的觀點看來，學生領袖們被捕入獄是能想像得到的最大代價和犧牲。並不是像我們今天所理解的這樣：自己求生，把同學們丟給中共屠殺。「脅從不問，首惡必辦。」中共從來對民主運動的領袖人物實行最嚴酷的懲辦。再說，學生領袖們把同學們丟在廣場等待清場「流血」，他們又能逃到何方？難道等待他們的不是長期監禁甚至槍決嗎？在這裡，我們又是不自覺地用今天逃亡國外的事實來理解當時的事實。青年們從未想到過大屠殺，也從未想到過事後向國外逃亡。因為歷史沒有提供可供思考的先例。相反，所有的反抗者都逃不出中共「秋後算帳」的天羅地網。我們今天於事後來解譯當時的話語，實在應該盡可能地恢復當時的情境。不顧當時的情境，把某一句話挑出來，解釋為「別人流血，自己求生」是不公道的。我們每個人都有過失言的經驗。或是激憤之辭，或是過分誇大，或是私下談話中放任某種片面的情緒……但聽話的人一般都會給以同情的理解，而不會「揪辮子」。比如說一句「國罵」，聽者不會真的認為你要對誰的母親進行性攻擊。罵一句「你找死呢」，聽者不會認為你真要動手打人。嗔一句「我恨你」，情人也不會理解為仇恨。說一句「血流成河」，沒人會理解為血真的流成了一條河。抓住一句話不放，以一句話入罪，這是中共害人的法寶。（其最極端的例子，便是貴州松桃縣的一句話冤案。地主之子龍某放了一屁被同伴當眾奚落，惱羞成怒，罵了句「惹火了要殺你兩個！」於是追查刑訊，屈打成招，一個涉及十區五縣二省的「反革命暴亂集團」案居然成立。一千三百餘人打成「反革命分子」，致死三十餘人，致殘二百六十餘人。）如今連中共都講「不抓辮子，不打棍子，不扣帽子」的「三不主義」，我們揪住柴玲的一段話不放是否有點顯得過分？退一步講，就算這句話不妥，也是「孤證」。以「孤證」證明自己的觀點，是否有悖行規？卡瑪・亨頓是歷史學家，比我更有發言權。

被抓住的一段話

柴玲被抓住的一段話的前一句是這樣的：「我想我不會（留在廣場）的。……因為我跟大家不一樣，我是上了黑名單的人。」兩家世界上最大的中英文大報的記者死抓住不放，既然為柴玲辯護，當然不能迴避。

「……我跟大家不一樣，我是上了黑名單的人。」——此話怎講？她認為上了黑名單，自己的危險是超過一般同學的。那末，這因為上了黑名單而超過一般同學的危險是什麼？——是「別人流血」的六四式的濫殺嗎？不合邏輯。因為子彈和棍棒式的大清場是不認名單的。那麼，這危險到底是什麼？——只能是秘密逮捕。

就是在柴玲的這個講話之前，已發生了工人領袖及于浩成先生被秘密逮捕的情事。可為旁證。

我這個關於最大危險不是流血而是逮捕的解釋並非孤證：就是在被重新炒熱的同一個講話中，柴玲還講道，她問一個便衣要判多少年，便衣答十七年。柴玲說：「我很悲哀，我在想，過了十七年出來我就是四十歲了，很不甘心啊。」——由此看來，柴玲所關心的是「坐牢」而絕非「求生」。既然事實證明當時並不存在生死抉擇，這「求生」一語，秉持客觀公允的態度，應理解為激憤時的誇張與失言。除非我們能夠證明：柴玲當時已經預見到六四式的屠殺。「別人流血，自己求生！」這種聳人聽聞的說法有失厚道。

從以上分析可能得出的對柴玲不利的結論，至多是有離開廣場避免秘密逮捕之意。（是否如此，請看下文。）

再分析「我想我不會（留在廣場）的。」

第一，兩位記者不約而同地都忘記了告訴讀者：還是在這同一個講話中，柴玲談到她已經辭去了總指揮的職務。我猜想，兩位記者肯定不會不明白：一位在職總指揮與一位卸職總指揮離開廣場其含義大不相同。如此做文章是否有故意誤導讀者之嫌。

第二，卸職總指揮柴玲為什麼要走？是「自己求生」嗎？前文已說過，天羅地網，哪裡走？天安門廣場副總指揮張伯笠回憶：「當時廣場上已處於困境，指揮部決定逐漸把部分力量轉移到全國各地去。叫宣講團，在二十八日前已經開始實施，上海、天津、武漢、瀋陽等大城市都派出了人。柴玲在幾次會議上表示想主持這一計劃。」天安門廣場廣播站站長白夢作證回憶：「指揮部研究出一套『南上北下』計劃，也就是說，把廣場的力量逐漸轉移到全國各地去，」「柴玲選擇了這一方案並打算用自己的主要精力實施這一計劃。可惜的是，這一計劃為時太晚，而且沒有時間全面實施。當指揮部認為廣場上不能沒有她時，又勸說她回到了廣場。」「由於『南上北下』的計劃在策略上的保密性，柴玲在這個錄影講話中無法透露，這也使此一講話本身形成了極大的誤解。」（白夢：《天安門審判》，《中國之春》一九九五年六月號）

再分析被抓住的後一句：「我就這樣想。我不知道會不會有人說自私什麼的。但是我覺得，我的這些工作，應該有人接著幹下去，因為這種民主運動不是一個人能幹成的。」

如果事實與邏輯都證明並非柴玲要「別人流血，自己求生」，為何怕別人責備「自私」呢？——那末，「自私」指的是什麼？還是在這同一個談話裡，柴玲說到她為什麼要辭職：因為在昨天的聯席會議上「那麼多人爭奪權力」，「為了權力，一次次地發動攻勢」，於是「我哭了，」「……我又覺得很悲哀，我實在是無力回天，我一個人太有限了。」事實是，在柴玲所談到的那次會議上，劉曉波等爭奪權力，使柴玲感到心力交瘁。因此，柴玲決定辭職。（當然其辭職動機還有「南上北下」策略之實施。）「自私」一語，指的不是「別人流血，自己求生」，而是因「無力回天」便辭去總指揮職務，並因此而離開廣場。因此，緊接下來的半句話便是為自己辭職並離開廣場的辯解。「但是我覺得，我的這些工作，應該有人接著幹下去，因為這種民主運動不是一個人能幹成的。」

柴玲在辭職之後，在做完這個採訪之後，於二十八日午夜疲憊不堪地回到家，一覺睡了二十個小時。次日晚八點起床後，立即被廣場指揮部招回，重新擔任起總指揮職務。同其他學生領袖一起堅守職責，一直到六四屠殺時走在第一排，把廣場上的同學市民帶離險境。如果真是為了避免秘密逮捕而離開廣場，她為何把丈夫封從德留在廣場指揮部，不與他一同回家，打點逃亡？為何回家安心大睡？聯繫到整個談話及前後的事實，我們只能說，柴玲離開廣場的真實原因是心力交瘁與準備「南上北下」。柴玲以總指揮名義做的最後一件事，就是在目擊屠殺之後向全世界發表了那個曾使千百萬人泣不成聲的著名錄音講話：「我是柴玲，我還活著」。這一回是真的有生死之虞了，她不會不明白這將給她帶來加緊搜索的巨大危險。

不可否認，柴玲的這個談話確是混亂易於造成誤解。但是，如果設身處地地體會她心力交瘁的狀況，並願意作客觀全面的理解，如果不是有「抓辮子」的先入之見，就不會死抓住個別字詞，甚至不惜與邏輯和事實相矛盾。——關於被抓住的這一段話就有了如此兩種截然相反的解釋。很明顯，《紐約時報》、《聯合報》記者與紀錄片「天安門」製作者的解釋是斷章取義。因為他們在柴玲這個長達九千字的談話中只片面地摘取了對他們結論有利的話而不顧與他們結論矛盾的話，因為他們不僅不能合符邏輯地解釋柴玲的整個談話，更不符合事實。

每年一個天安門屠殺

Patrick E. Tyler先生發表在《紐約時報》的文章引述並批駁了「激進派」學生領袖李祿的話：「假如我們撤離了廣場，將發生的事情非常簡單。政府仍會大肆報復。秘密殺人和迫害。」有的朋友細緻入微地進行策略分析，認為在某一時刻撤離就意味著勝利，並將由此開啟朝野良性互動的局面。我認為此說過於樂觀。大勢如此，早幾天與晚幾天怎麼就會從「良性互動」變成慘絕人寰的大屠殺？在這幾天之中，天安門廣場與中南海裡發生了什麼帶有根本性的劇變嗎？沒有！此其一。

其二，所謂「良性互動」要雙方都具有良好願望。學運一開始，早在四月二十日新華門前就發生了血案。兩天後，郭海峰等長跪人大會堂巨柱下呈遞請願書無人理睬，直跪得昏倒在地。再四天後，《四·二六社論》將學運打成動亂，對請願作了回答。此後雙方衝突的焦點就是中共在此定性上是否能「互動」一下，不要「秋後算帳」。事實已經證明，在整個過程之中，中共寸步不讓。而且鄧小平也明說了寸步不讓。不管你什麼時候撤，都要「秋後算帳」。能「良性互動」得起來嗎？能否「良性互動」要看對象。當時北大陸續貼出幾張大字報，從《校誌》上抄錄了段祺瑞政府、「人民公敵蔣介石」等對待遊行、請願的故事。例如某北平軍閥制止學生遊行，軍警與學生發生衝突，逮捕了一批學生。學生代表旋即求見，講明遊行目的。該軍閥聽後，承認學生遊行愛國，即刻謝罪，釋放全體被捕同學。又例如清華某教授為要求政府抗日，宣布絕食，又南下赴京請願。蔣介石立即接見，親自誦念了該教授請願書，表示堅決抗日。教授長跪，熱淚橫流，要求蔣不要食言。蔣先生亦跪地垂淚，發誓抗日。——這叫良性互動。共產黨行嗎？

其三，分析大事，不能只談策略、局部，更要談戰略、總體、歷史。從總體上看，共產黨與人民有過「良性互動」嗎？一九五七年人民「奉旨」「向黨提意見」，隨即便實行「全國搜索」（《人民日報》語，鄧小平時任反右辦公室主任），打了一百萬右派（見丁抒著《陽謀》）。不管是「見好就收」還是「見壞就上」，在這裡都用不上。那一次鬧的事遠沒一九八九年大，但迫害致死的人數以萬計！「廬山會議」的「互動」世人皆知，此處不提了。一九五九年到一九六一年餓死四千多萬人，黨內不滿，老毛拒不「互動」，又打了四百多萬「右傾」。文革中老百姓「奉旨」造反，反對貪官污吏。待老毛皇位坐穩，臉色一變，群眾組織全部解散。學生領袖蹲大牢，工人、市民領袖殺頭。文革罹難者的數字該比「反右」大得多！「四五天安門運動」也沒和共產黨「互動」成功，慘遭鎮壓。「民主牆運動」客觀上於老鄧復出有利，只是利用了一下，也沒「互動」成。頂著世界輿論，反手就判了魏京生十五年！

為什麼中共不能與人民「互動」？話太長，這裡不談，只談事實。

八九年流了血，全怪「非法佔據天安門廣場」，全怪「激進」派學生領袖。很好！那麼八九年之後呢？九四年六月二日，中共中央社會治安綜合治理委員會發布了《目前農村社會不穩定因素和治安問題的報告》。披露了一九九三年及一九九四年第一季度農村治安與動亂情況。對這個報告的詳細分析，我曾在香港《前哨》等刊物上發表過，此處不贅。只簡略引用一組數字：一九九三年發生的動亂事件，跨鄉五百人以上的計有八百三十起；數鄉、跨縣千人以上的計有七十八起；特大、五千人以上的計有二十一起；以上事件中造成黨政人員和農民傷亡八千二百人；衝擊黨政機關的嚴重事件五百六十起；武力鎮壓的嚴重事件三百四十起；武力鎮壓中軍警傷亡二千四百人，其中死亡三百八十五人。一九九四年呢？一九九四年第一季度與一九九三年相比，各項數字都有百分之三十上下的大幅度增長。特別是傷亡一項，增長率竟高達百分之八十二。加之傷亡增長率高於事件增長率二倍多，一個明確無誤的結論是：農民反抗與軍警鎮壓的烈度都大大提高。這是一組血淋淋的數字！一九九三年軍警死亡三百八十五人，手持農具的農民呢？就算比軍警翻一番，大約七百人以上。再加上中共殺一儆百的報復，死刑人數也至少在千人左右。兩項相加，一九九三年農民被殺（當場與事後）當近二千。這些數字，大約至少頂得上一個六四了吧？（一九八九年，軍警不過死亡數十人），我們沒有看到九〇、九一、九二年的統計，但粗略地說每年一個六四大屠殺可能言之不過！當此之時，一沒「非法佔據天安門廣場」，二無「激進」派學生領袖，怎麼還是殺得血流成河呢？

「激進派學生領袖」李祿說錯了嗎？

無論撤不撤出廣場，無論何時撤出廣場，我們所面臨的只能是血腥鎮壓。而且，不在全世界電視屏幕上的屠殺可能更加嚴酷！

檢討歷史的雙重標準

當我為柴玲與八九民運辯護之際，並非認為一切盡善盡美，無可挑剔。我一般地承認如下原則：在反省八九民運時，重要的參與者應當作出真誠的自我批評。正如胡平所言：誰讓我們選擇了民主。但是，一旦進入具體檢討，我卻處處為青年們辯護。最近幾天來，這種「抽象肯定，具體否定」的矛盾痛苦地折磨著我的良心。作人為文應當真誠。是因為親聞親見有所偏愛嗎？似不能否認。但是，這偏愛是否已達到歪曲事實拒絕真理之程度了嗎？卻又不然。那末，問題發生在什麼地方呢？而且，我為什麼這樣大動感情呢？我發現心中鬱積著許多不平。我把這些激憤傾訴出來，請旁觀者給予指教。

我不反對檢討。但又要釐清一個概念，即：檢討的標準。

實際上有兩套標準在目前的討論中交替或混合使用。一個是絕對的標準，盡善盡美。一個是相對的標準，與歷史與世界相比。縱向比較，開啟了中國現代史的五四運動，不是還縱火焚燒私邸，毆打政府官員嗎？決定了「四人幫」垮臺的四五運動，不是還焚燒警車，毆打軍警嗎？橫向比較，規模遠遜於八九民運的群眾抗議，無論東西方，不是動輒便與軍警大打出手嗎？八九民運相比之下，無疑是最理性和平克制因而最成熟的。八九民運為我們中國人將來的爭取自由的鬥爭樹立了一個光輝的榜樣！當然，八九民運並不盡善盡美，正如上帝所造的人類並不盡善盡美一樣。人人生而有罪。人是有原罪的。任何反抗也是有原罪的。但人類社會並不因此而否認傑出與偉大。我們只能背負著原罪去趨向純淨的人生。我們只能從歷史已經給定的條件去完成上帝賦予我們的使命。在這個意義上，我贊同檢討，我們需要不斷純潔靈魂。但我又不能贊同以一個不曾（並不會）存在的盡善盡美來對之苛責。我尤其不能贊同雙重標準：一方面以相對標準說中共比最殘酷的毛澤東時代總算有了某些進步或軟化，一方面以絕對標準說八九民運渾身是錯，民運還不如共產黨。這種雙重標準，使那些對中國民主事業作出過巨大貢獻的青年們事實上已經遭受到了遠勝於對共產黨的苛責！我想試問一些好心的朋友：八九年是中共抬不起頭，現在呢？現在已經是學生尤其是他們的領袖們抬不起頭！從什麼時候開始，「中共殘暴」已成為但書前面的虛飾了呢？在我的知識範圍之內，我找不出哪一次民主運動像八九民運這樣值得誇讚，也找不出哪一次民主運動像八九民運這樣曾遭到過如此苛責！

血沒有白流

許多關於八九民運之檢討，稍一分析，便會發現有一個潛在的邏輯前提，即：「失敗」。一切將承托起論說大廈的邏輯前提，只要不是公理，便需要討論。

八九民運失敗了嗎？與「激進」、「流血」一樣，我們一直不加分析地在使用著「失敗」一詞。我以為，「失敗」至少有兩種。一種是終結性的失敗，徹底失敗。一種是歷史進程中的挫折，局部看來，短程看來是「失敗」。八九民運無疑是後者而非前者。因為以八九民運為肇始標誌的共產主義帶有終結意義的總崩潰已經被歷史所確認。「珍珠港」失敗了嗎？失敗了。但珍珠港的失敗使美國從孤立主義中解放出來，投入戰爭，決定性的扭轉了人類的命運！「波羅金諾」失敗了嗎？失敗了。波羅金諾戰役之後，拿破侖趁勢攻入莫斯科。直到法軍幾乎不戰自潰地開始戰略大撤退，俄軍統帥庫圖佐夫才老淚縱橫地意識到俄國的勝利。那勝利當然不在莫斯科，而在「失敗」了的波羅金諾。八九民運使中共遭到執政四十年以來最沉重的打擊，從根本上動搖了它統治的合法性。當中國民主運動獲得最後勝利之時，誰能否認八九年的天安門廣場就是中國的珍珠港，中國的波羅金諾呢？

被指責得最嚴重的是流血死人。可不可以不流血？當然可以。不反抗就不會流血。（至少不會在天安門廣場上當著全世界流血。）早早撤下來也不會流那麼多血。但我們就事實而不就情感而言，在中國，反抗暴政從無不流血的先例。那位從不媚俗的魯迅先生就曾犀利地說過：在中國，挪動一個火爐都是要流血的！事情就是這樣殘酷地擺在我們中國人面前。沒有流血的人如我之輩去談論他人的流血，總是極為尷尬而有不道德之嫌。但是，如果不偽善，我們無法迴避。比如，評價戰爭勝負，總不能不談雙方傷亡，也不是只要死人就是失敗。勝負是相對而言的。勝負不過是雙方代價的比較。在我看來，八九民運正是以較小的代價換取了帶有決定意義的歷史性的前進。生命是神聖的，不用說數百數千人的生命。但是，為何我們中國人百年以降不惜流血犧牲，前仆後繼為自由而奮鬥？因為自由是高貴的人性。八九年青年們衣衫上頭帶上到處可見的「不自由，毋寧死」「寧願站著死，不願跪著生」「生命誠可貴，愛情價更高。若為自由故，二者皆可拋！」等先人的格言，並非「激進主義」的煽情。在某種意義上，沒有承受過極權暴政的人們可能無權指責為自由而犧牲的英雄主義。剝奪了這種英雄主義，就等於剝奪了被壓迫與被殺戮者的基本人性。暴君們可以剝奪我們所有的人性，而最後的無法剝奪的人性就是反抗。此其一：自由的原則。其二，代價的原則：在我們中國，被無端殺戮被壓迫致死是極其尋常的事情。而且大多並非反抗。那位被慈禧太后殺害的珍妃曾對光緒帝講過一句極深刻的話：中國的老百姓，只要有一口飯吃就不會造反！在共產黨時代，更成了沒飯吃也不會造反。六〇年，不是餓死四分之一個美國，兩個加拿大也沒敢造反嗎？一九四九年以來，從來沒有發生過有如一九八九年這種全國規模的民主運動。但我們屈死了八千多萬！而且絕大多數連一句抗議之聲都未發出而默默死去。毫不誇張地說，世界史上，沒有哪一個國家，沒有哪一個時代流了這麼多血！這麼多的血，這麼多的死亡，也並沒有如八九民運這樣動搖了暴政的根基，有什麼價值呢？（如果說有價值，那也只有在我們這些倖存者勇敢地站起來大聲說出這個殘酷的事實之際。）我們說八九民運代價較小，說天安門的血沒有白流，正是在這個意義之上。

當然，如果說八九民運是「洩憤運動」、「暴民運動」，血就是白流了！

我們中國人

我不否認對八九民運的檢討中有許多深懷責任感與理想主義的人們。但我也想提請注意：確實也有為數不少者具有某種自覺不自覺的扭曲情緒。這可能與我們的民族劣根性有關。

我們有在統治者面前下跪的傳統，有「五分鐘熱度」的傳統，有「窩裡鬥」的傳統，有圍觀執刑且評頭論足的傳統，有圍剿失敗者的傳統，有吃「人血饅頭」的傳統……等等。這些品質不獨我們所有，但確以我們為甚。我久居山西，講一個山西南部在街頭擺攤修理自行車的前「志願軍」師長的故事。由於美軍出其不意的仁川登陸，該師全軍覆沒。在戰俘營裡，許多不滿中共暴政的軍人拒絕返回，而去了臺灣。許多忠心耿耿的人歷盡艱險，受盡折磨回到大陸。三十多年之後揭露的事實是，這些沒自裁而苟活下來的戰俘被認為丟盡了中共的臉面，一回國就被集中到「農場」秘密監禁。多年後回到社會，形同賤民。該師長一回國便被帶去晉見毛澤東。彭德懷一見便賞了他一個耳光，而毛則陰沉著臉一言不發。三十多年之後，該師長在街頭修自行車，一位臺灣富商當街跪倒於他面前痛哭失聲。原來，這是他當年的變節的老部下。老部下以為他堅貞不屈早已做了高官，萬不料淪落於斯！共產黨文化之不人道令人扼腕。西方相反。對於朝鮮戰俘、越南戰俘以及新近的伊朗戰俘的同情態度舉世皆知。在著名政治幻想小說《一九八四》中，民眾對待從專制寡頭「老大哥」監獄裡出來的反抗者深懷景仰。「老大哥」為了消除人民對他們的情感，用盡酷刑，務使他們低頭悔罪。但人民仍然對他們滿懷尊敬。因為人民深知人的肉體的極限，深知人性的弱點。永不忘記他們曾經為人民的自由英勇鬥爭過，他們付出過代價。我常常想起《一九八四》的這段描述，我常常激憤地對自己說這恐怕不是我們中國人！試看今日之海外，那些同樣在天安門廣場而僅僅是子彈未擊中的，那些同我們每個人一樣具有種種人性的弱點但卓越地領導了一場驚天地泣鬼神的民主運動的學生領袖們，不是已遭到群起而攻了嗎？不是有許多人揣著六四綠卡還不承認吃人血饅頭嗎？不是有許多人一邊吃一邊罵嗎？此話是否過甚之辭，只須請看每年北美各地紀念六四國殤的燭光晚會！對柴玲們進行道德審判的人不可謂不多，而手捧蠟燭在烈士的英靈前駐足片刻的人不可謂不少。令人不得不由此而對許多譴責「流血」的言論發生懷疑。我的朋友葛湖從獄中託人秘密傳遞到我手中的信上這樣說：「我相信人類能緩慢地進步，但永遠不能被拯救。群眾作為力量是巨大的，但作為靈魂是卑微的。他們也會有正義的衝動，但終究是利益的奴隸。」「當大潮來臨的時候……民眾的覺悟突然由於歷史的契機而上昇到空前的水平，而且充滿聖潔的真誠和熱情。」但是，當大潮退下的時候又會怎樣？在獄中堅貞不屈瞎掉一隻眼睛的葛湖卻沒有再說下去。他不必要再說什麼。我們目前所身處的，正是這樣一個時代。

變心「卡」

葛湖關於群眾的論說顯然並不完整，但沿著他所提示的「利益」二字似可有所思索。一九九三年的頭幾天，我和妻子北明結束了在大陸的三年逃亡寫作，偷渡到香港，又提著帶有難民標誌的大塑膠袋飛往美國。正如德沃夏克的著名交響樂《致新世界》一樣，我們對這個自由民主的國度充滿了希望。兩年多過去，一部分希望破滅了。

我們以為生活在美國的黑頭髮黑眼睛的同胞，有過專制與民主的體驗，自然比大陸百姓更加熱愛與追求民主。其實不然，我百思而不得其解：中山先生不是講「華僑是革命之母」嗎？一位研究民國史的文友冷笑道：那是革命爆發之後！你去問問孫先生，辛亥革命爆發之前，他和保皇黨康有為同在北美募款，康先生一週之內募得六十萬圓，孫先生呢？五百。連路費都不夠！於是我便明白了為何許多人不願捐給海外民運和國內死難者遺屬一個硬幣，我便明白了最惠國待遇、奧運會、紐約「十・一」遊行……等等。我建議編輯幾期留學生電腦網路中的「大字報」，讓大陸百姓開開眼。在這個網路中，不是毛澤東，而是李志綏醫生遭到群起而攻。文革的正面因素陸續地被重新「發現」，毛澤東「十五年超過英國」的偉大預言「正在實現」……這種佔壓倒優勢的輿論壓力，甚至竟可以達到反對者不敢留下通訊地址之程度！——利益！利益！利益！在國內時，大多反抗那個強大的專制政權，因為承受著苦難與壓迫。一旦定居美國，一紙綠卡，瞬間利益悖反。新的少數民族的弱勢地位，使我們那麼渴望一個世界級別的偉大領袖來驕傲！那麼渴望一個強大祖國來支撐！一位青年說：「我不管什麼中共不中共，只要美國人怕就行！」為了一碗「紅豆粥」，我們民族生活在民主社會之中的一部分人，出賣了最應該為祖國民主事業而奮鬥的「長子繼承權」。甚至也出賣了正在暴動與罷工的故國父老兄弟。大陸擠公車，最下層的踏板被戲稱為「變心板」。一踏上這塊板，巴不得馬上開車，不再上一個人。依照此例，綠卡似亦可戲稱為「變心卡」。一卡到手，立即逃脫中共羅網，再回去，不被奉為上賓，至少也是莫奈我何。漸漸的，大陸百姓的苦難已無切膚之痛。再往後，竟可至無關於痛癢。加之希望有一個體面強大的靠山（現實的，不管什麼樣的），與百姓的利益就此分道揚鑣。人畢竟是環境的動物。對於移民，美國就是他新的家園。這沒有什麼不好。一般而言，「哪裡自由，哪裡就是我的家園。」誰也無權干涉一己私利的選擇。但既然是人，總要有一點精神。對生我養我的故土，總要有一點感情。我們畢竟不能忘記：那張紙片於轉瞬之間所賜予我們的自由，對於生活在大洋那邊的祖國人民，還有一段艱苦而漫長的鬥爭之路！

到底誰有罪？

美國知識分子，總體上素質很好，但「妖蛾子」也委實不少。首先是從學術態度上感覺到的，有一部分人總要把事情反過來說，總要出怪。比如，明明是一張方桌，他硬是要論證成圓桌；白的硬說成黑的。多問些人，才明白：如果他說方桌是方的，便流於俗見，學術地位何在？只要他能邏輯嚴密，自成體系，顛倒黑白也是一家之言。時下相對主義泛濫，無所謂對錯，真理都是相對的。你有你的真理，我有我的真理。是方也是圓，是黑也是白。只要與眾不同，只要出怪就算成功。這在自然科學範圍內可能還有某種意義，但在社會科學範圍內就令人費解了。好在美國有一部堅固的憲法，一切在這憲法保護下的胡說八道都不能動搖民主制度。正因此，他們可以沒有社會責任感，可以信口胡說。正因此，社會可以不理會，由他們去做怪學問。不久之前，我聽到一位從大陸農村出來的青年做了篇博士論文，專論文革給他的家鄉帶來的進步，不禁瞠目結舌。繼而感到深深的悲哀：這麼快就把西方知識分子的毛病學到了！我想：如果農民讀懂了他的論文，如果他要去農村訪問，是否應該帶警衛？

中國知識分子有許多毛病。但中國知識分子極少有做怪學問的。百年以來，全民族都在思索救國救民之路，沒有時間與那份心情。而且，中國知識分子至少有「天下興亡，匹夫有責」的強烈社會責任感。又由於中國一直處於劇烈的社會動蕩之中，知識分子的每句話都可能引起一定的社會反響。其極端的程度，可以一句話遭「全黨共誅之，全國共討之」，並同此之時成為百姓愛戴的不同政見的旗幟。

因此，中國人說話慎之又慎，美國人說話口無遮攔。

從這種角度對三位身處自由世界的新聞製作者加以同情的考慮，可理解為他們以美國知識分子「出怪」謀利的態度處理中國的事情，產生了一個文化錯位。即便鄧小平即將去世，六四平反即將提上日程，在缺乏證據的情況下，我們不能隨意指控他們懷有何種政治企圖。

但是，他們也應該有所意識：由於專制國家沒有新聞自由，他們對於專制國家的新聞報導當慎之又慎。民主國家媒體的某些言論經過新聞篩選之後，往往對那裡的民眾造成誤導。共產黨就常常這樣講：看，連美國的某報都這麼說！這種來自美國的打擊，每每使我們緘口無言。一九八九年，我們中國人率先向共產主義發動了多麼漂亮的總攻，其理性和平非暴力與震撼力都達到了前所未有的程度。結果，連中共都說不出口的「誘殺策略」竟出自西方記者之口！你們的謊言對於八九民運的打擊是致命的。從海外所產生的混亂推測，在沒有新聞自由的大陸，你們「揭露」的「秘密」所造成的後果是嚴重的！無論你們有沒有政治預謀，事實上對將會到來的六四平反已經製造了巨大阻力！這是一件關係十二億人命運的大事，在你們不過是出名得利，形同兒戲！你們知道你們幹了怎樣一件事嗎？如果你們駁不倒我列舉的事實，駁不倒我的分析，如果柴玲等學生領袖們無罪，你們有沒有罪？

（我們似乎也不應完全忘記另一種西方傳統：法國著名社會學家雷蒙・阿隆(Raynond Aron)在他的自傳中這樣寫道：「五十多年來，西方知識分子一直拒絕傾聽別人提出的問題。

他們一勞永逸地判定，集中營有『好』的一面和『壞』的一面，這些集中營由於目的神聖而光彩熠熠，儘管在另一方面它還是集中營。在西方大多數知識分子都在一定程度上犯了這種錯誤，總想找出理由來辯解原諒。」阿隆說，在西方，有誰像索爾仁尼琴一樣戰鬥呢？他認為，沒有，左翼沒有，右翼也沒有。）

在美居留的兩年多，我一次又一次沉痛地意識到一個其實十分簡單的真理：我們中國人的自由要靠自己來爭取。西方靠不住！「革命之母」的海外華人也靠不住！我希望祖國的同胞聽到我的憤懣的聲音並永遠記住！

也正因此，我向所有身處自由，熱愛自由，因而對中國人民爭取自由的鬥爭給予深切同情的人們致敬！去年紀念六四的燭光晚會上，見不到幾個來自大陸的同胞，事情似乎成了香港人臺灣人的。可他們分明沒挨槍。我看到有個美國人舉著牌子，站在四十二街與濱河路相交處紐約市政府命名的「天安門廣場」邊。瀕臨哈德遜河的大道上車如洪流，幾乎所有的車輛都鳴響了喇叭。原來，他的牌子上寫道：「你如果贊同自由與人權，請按響喇叭！」在那響成一片的喇叭聲中，我不禁潸然淚下：我的中國，我的六四，世界並沒有將你遺忘！

試論「打破一環」

最近以來，六四六周年前後，圍繞著八九民運的評價發生了極其激烈的爭論。除了在政治上保持必要的關注之外，我常在思索：僅就思想理論而言，這是為什麼？和老朋友胡平也第一次產生了分歧，使我意識到這是一個重大的理論問題。為了弄清我們之間的分歧，特意找來他發表於一九九〇年初的〈八九民運反思〉。讀過兩遍，才發現：目前關於八九民運討論中幾乎所有重要問題，在這篇長文中已經論及。從發表〈論言論自由〉的一九八〇年起，胡平作為民主運動最重要的理論家之一，始終敏捷勤奮地關注著現實。今次由《紐約時報》和《聯合報》重新引起的爭論中，除了莫須有的「誘殺策略」，幾乎所有問題都沒有超出胡平的文章之外。總體上，我對胡平的文章持贊同態度。特別是他作為一位民運老戰士和理論家那種「苦口婆心」的責任感，給我留下了深刻印象。正因此，我願意同他進行深入的探討。對歷史和未來負責是我們共同的出發點。

超級利維坦——結構

我對胡平〈反思〉一文中一些觀點的懷疑首先出自某種直感而並非邏輯。胡平的論述本身一般邏輯嚴密，極少失誤。但我總感到有問題，問題何在？

看這一段話：「這就涉及到『什麼是權力』這個古老的問題上來了。什麼是權力？權力是指：即使面臨反對，仍能貫徹自己意志的能力。為什麼某人能克服別人的反抗而實現自己的意志？那通常並不是因為這個人本身具有比別人更優越的體力，而是因為他能調動其他一部分人為自己效勞。顯然，這其他一部分人的效勞是出於自願而不是出於被迫。……離開了這一批人的自願服從，權力者就無權力可言。」

胡平的這一思想是一貫的：「『權力』從來就不是什麼超自然的東西，它不是一種異於我們自己力量的敵對之物。」（〈論言論自由〉）

我覺得這不像是在說我們中國的「權力」。

——原來這是一個「古老的」，在發生學意義上的「權力」。雖然現代民主國家通過權力制衡，在更高級的形態上又回復到權力最古老的意義，因此這個「古老的」定義也大致符合民主國家的部分權力現實。但這絕不是我們中國人正生活其中的極權社會的「權力」。

無論我們自願服從、被迫服從甚至拒絕服從，掌權者都有手段行使他的權力。權力重要的特徵之一是強制，而且，對於中國來說，權力最重要的特徵就是強制。極而言之，中國的政治權力就是暴力！在我們中國，異化了的權力正是一種「異於我們自己力量的敵對之物」。

胡平繼續寫道：「倘若人們拒絕服從掌權者的意志，掌權者怎能強迫他們服從呢？靠軍隊，你會說，然而，軍隊也是由人組成的，倘若組成軍隊的那部分人也拒絕服從，誰又能強迫這支軍隊呢？」

據我所知，六四屠殺前，由於全民的反抗和媒體的傾向，由於趙紫陽和部分高級將領的明確反對，軍隊是動搖的。但這支動搖的軍隊為何最終實行了鎮壓？——極權主義的權力結構。由於極權主義是一個人對抗全體人民的格局，它的基點不僅僅在於欺騙下的自願服從，而更在於一個可以消解反抗，強制服從的權力結構。比如，在軍事系統之內，有野戰軍與地方軍的制衡（或稱牽制），有各軍、兵種之間的制衡；在警察系統之內，有公安部隊和武警部隊的制衡。試舉一例：駐某省野戰軍想造反，不僅要考慮軍內黨組織態度，地方軍態度，各軍兵種當地駐軍態度，還要考慮地方政府態度和武警公安部隊的態度。在這種紛繁複雜的制衡結構中，任何一支軍隊造反的可能性幾乎等於零。（出於防止軍事政變的考慮，北京駐軍從來就是山頭林立，派系紛雜。至少有北京軍區、北京衛戍區、各軍兵種駐京部隊、武警、公安、中央警衛部隊在相互牽制。）這就是毛澤東、鄧小平這類極權君王控制軍隊的秘訣。八九年三十萬軍隊進京，本身就構成了這種相互牽制，使得任何一支軍隊都無倒戈之可能。對於軍隊內部，則以軍令軍法加以控制。在最極端的情況下，甚至以「戰場紀律」和「督戰隊」的形式強迫軍人執行命令。由於這種軍令系統極其苛嚴，又由於這種軍令系統本身絕對排他，軍人之間不允許存在其他任何與之抗衡的組織形式，除了極其罕見的情境，軍令是不可能不被執行的。

看來，胡平提問題的方式存在失誤。能強迫軍隊執行命令的，不是一個人格化的「誰」，而是一個非人格化的軍法系統——權力結構。由此，我意識到他整個的論說建立在對具體的「個人」的政治行為模式的分析之上，而忽略了抽象的「結構」。「結構」一旦建立，往往就會變為有生命的自為的活物，反過來對人的行為模式進行嚴格限制。霍布斯早在三百年前就注意到「結構」的能動的力量，把國家的政治權力比喻為有生命的自為的可怕怪獸——聖經故事裡的利維坦，指出：利維坦之所以無比強大，是因為它具有區別於其他一切社會共同體的本質特徵：壟斷行使暴力的權力。後來西方民主制的建立與完善，就是馴服利維坦。應該說，霍布斯尚未預料到二百多年之後極權社會的產生。他沒有想到，這個理應馴服的利維坦，在東方被武裝為人類歷史上超級的恐怖之神。為什麼胡平會疏忽這個關於「結構」的常識？

原來我猜想是為了方便在「強硬派」和「溫和派」之間實施「縱橫捭闔的工夫」。但我看見他在十幾年前寫的文章上，同樣存在這種忽略國家結構的傾向：「事實上，一個國家如果沒能實現言論自由，原因就在於那裡的人民對言論自由缺乏覺悟。」（〈論言論自由〉）這顯然與事實有相當大的距離。在共產黨奪權之前，中國有比現在多得多的言論自由，俄國更多，東歐則基本上是言論自由的。其主要原因自然不是「人民對言論自由缺乏覺悟」，而在於極權主義的國家結構。

作為辦事機構的政治局

正因為胡平忽略了「結構」而偏重於個人，他還認為，掌權者們在任何時候也不是鐵板一塊，用了不少篇幅來分析決策過程中的個人心態。毫無疑問，這種細緻的分析是有意義的。我贊同他的如下原則：「任何政權，包括那些相當專制獨裁的政權，其重大決策過程也是很複雜的。不去認真分析這種複雜的決策過程及其在付諸實施後所引起的更為複雜的變化，滿足於用一兩句粗糙簡單的武斷結論」是輕率危險的。但是，他在細緻分析最高層（實際上是政治局）決策過程時，忽略了一個「粗糙簡單的」事實，即：政治局不過是極權君王的一個辦事機構。如果在他的分析中再加上這個最重要的因素，可能就更為全面。不錯，一切重大決策都要在政治局表決通過。但政治局通過的決議，只是在符合君王意旨時才可能生效。譬如，從一九四三年延安時期起，中共就有一條不成文的規定：在有重大分歧時，毛澤東享有「最後決定權」。譬如，鄧小平是享有這種獨裁權的第二人。八九民運期間，趙紫陽正是因透露這一秘密而構成了重大罪名。而且，不享有這條不成文規定而事實上的君王，對於違背了自己意志的政治局決議，也會千方百計加以否定。一九五七年，斯大林派趁赫魯曉夫出訪芬蘭密謀奪權，等他一回國，便在蘇共中央主席團會議上突然襲擊，以八票比三票的表決結果逼他下臺。赫魯曉夫並不服從這個最高層會議，要求召開中央全會。在中央委員會裡他是多數。朱可夫派軍用飛機火速接來全體中央委員，並陳兵莫斯科。赫魯曉夫反敗為勝。一九六六年毛澤東用的也是這一招，陳兵北京，召開全會，擊敗以劉少奇為首的多數派。此外，極權君王控制「辦事機構」（政治局）還有許多秘密權術。如周期性地翦除可能對他形成威脅的第二把手（如劉、林、胡、趙）；製造和利用矛盾，使自己永遠處於最後仲裁者的有利地位（如所謂「一碗水端平」）；掌握政治局會議的召集權，並規定政治局委員不得私下會面；防範地方勢力坐大，「削藩」；直接控制軍隊，除了通過他本人，任何人調不動師以上的軍隊……等等。極權制度使最高統治者獲得高度組織化的力量，而同時使人民始終處於高度無組織化的軟弱狀態。從表面上看來，是一個具體的「個人」在統治中國，而實質上則是一個抽象的權力「結構」在統治中國。通過這個「結構」，本來屬於人民自身的權力，如勞動、分配、選舉、審判、武裝……等等，統統變成了異己的並反過來壓迫人民的權力。這就是「結構」的力量！馬克思主義的一個重大失誤就在於忽略了權力異化。

邏輯前提的失誤

在以下的論說中，胡平還是犯了同一個失誤：「……『一報還一報』的原則乃是當代學者在研究囚犯難題中提出來的。他正好表明，在雙方存在著利害衝突並且互不信任的前提下，一方通過『見壞就上，見好就收』的策略，會誘導對方作出同樣的反應，從而建立起良性互動的關係。」「見壞就上，見好就收」是胡平提出的一個通俗易懂的策略。它的基礎建立在「一報還一報」的原則之上。在「囚犯難題」的研究模型中，假設的矛盾雙方（或多方），是力量大體平衡的囚犯。在大體平衡的矛盾雙方之間通過具有彈性的對抗與妥協，是可以形成良性互動的。如果囚犯甲選擇一個產生最佳得益的策略，就會受到囚犯乙基於同樣目的而選擇的給甲以最大破壞的反策略。這必然給雙方都帶來傷害。如果雙方都選擇較為妥協的策略，那麼雙方都會得到一個較好的得益。所謂「非零和對策」，用通俗的話來說，就是「雙贏」——現在的問題是：這個模型可否套用來分析極權制度下統治者和被統治者之間的關係？

可能是不行的。

無產階級專政下的中國是一個社會體系嚴重失衡的國家。消滅資產階級和不同政見者，使階級、政治嚴重失衡；消滅私有制，使經濟權力嚴重失衡；消滅一切非馬克思主義，使思想權力嚴重失衡；消滅異黨一黨獨裁，使政治權力嚴重失衡；軍隊政黨化，使軍事權力嚴重失衡……所謂「堅持四項基本原則」，就是用暴力強制社會全面失衡。在這樣一個歷史上前所未有的嚴重失衡的社會裡，人民根本無權，而統治者掌握著幾乎一切社會權力（近似於獄吏與囚犯），這與「囚犯難題」中「非零和對策」的假設前提似不相同。就極權社會而言，對策論中的「零和對策」可能是適用的：一方所得就是另一方所失。——人民得到了言論自由，就等於政府失去了言論控制。人民得到了免於恐懼的自由，就等於政府失去了威懾力。人民所爭取到的權力，正好就是統治者所失去的權力。當然實際政治問題是複雜的，即便在極權社會裡，在解決具體問題時，「非零和對策」也有意義。但忽略對於極權社會權力鬥爭具有重大典型意義的「零和對策」也是不妥的。

胡平的失誤，在於沒有充分意識到極權社會的特殊性，在研究極權社會時不加討論地套用（或選錯）了一個非極權社會的模型。——他沒有重視「結構」，在論說的邏輯前提上產生了先天失誤。

即便在「非零和對策」的「囚犯難題」中，胡平也忽略了這樣一種情況，即：囚犯甲死不妥協。在這種情況之下，囚犯乙該如何動作呢？一、囚犯乙為了避免激化衝突，只好單方面妥協。如果囚犯乙妥協到忍無可忍，就會爆發極其劇烈的衝突。二、囚犯乙一邊妥協一邊對抗，試圖以自己的妥協來誘導對方妥協。如果囚犯甲堅持不妥協，囚犯乙的利益不斷受到侵犯，並且意識到自己的單方面妥協沒有意義，囚犯乙必然會傾向於強烈對抗以至革命——這便多少近似極權社會裡統治者與被統治者之間的關係了。

為何不能「良性互動」

胡平希望和共產黨建立「良性互動」，以利民主力量生長。

我感覺不行。

在〈為柴玲・為八九民運辯護〉一文中，我曾寫道：「能否『良性互動』要看對象。當時北大陸續貼出幾張大字報，從校誌上抄錄了段祺瑞政府、『人民公敵蔣介石』等對待遊行、請願的故事。」最近又從文友處得到兩則史料，補充如下：其一：據周谷城《中國通史》（下冊第二九九頁）記載，北宋末時，宋欽宗罷免了主戰派大臣李綱，消息傳出，太學生與軍民「數十萬人」包圍了東華門，欽宗派大臣出來「慰喻諸生」，想叫軍民退散，反被圍困。軍民要見李綱，等得不耐煩了，殺死內侍二十餘人，「皆臠割之，雖毛骨無存者」，並打得主和派大臣紛紛「走散藏匿」。欽宗只好急招李綱，官復原職，去東華門宣讀主戰的聖旨，這才平息了騷亂。其二：「九・一八」事變之後，全國罵蔣不抗日，有學生五六萬人包圍南京國民黨中央黨部並國民政府長達三個月之久，蔣「絕不採取壓迫之辦法」，「未發生一次衝突」。——這叫良性互動。共產黨行嗎？

歷史上其他政權皆有可能與人民良性互動，為什麼唯獨中共不能？

因為歷史上所出現過的各種國家形態都是自然生長出來的，唯獨中共等共產極權國家是人工製造的。自然生長起來的國家有當然的生命，不到它該壽終正寢時，一般的內部衝突不易使它半路夭折。宋欽宗、蔣介石皆不會因對人民作出讓步而危及統治。而靠陰謀與暴力建立的極權國家是一個人造的系統。這個系統的生命力全憑著精密複雜的齒輪螺絲釘，一旦部分缺損，就會全面失靈。具體分析起來，傳統專制國家權力的來源是世襲，從法統上說，除了近親，旁人一般不易染指，百姓更不易危及最高統治權力。宋欽宗可以在軍民的壓力下收回成命，清順治皇帝可以下「罪己詔」，並不意味著他們在基本人性上比毛鄧高出許多，而是社會制度以及他們的最高權力都不易因此而發生動搖。極權國家比如所有社會主義國家，無一不是憑藉軍事征服建立起來的。與民主國家相比，它們從來沒有進行過一次真正的選舉；

與傳統專制國家相比，它們又沒有世襲制的權力更迭秩序。因此，權力的來源沒有法理的根據，全憑你死我活的爭奪。

例如蘇聯：列寧是在民主選舉失利之後用暴力奪取了政權。（因無法理根據，名不正言不順，懼怕沙皇復辟，於半年之後下令處死沙皇全家。）斯大林是靠驅逐托洛斯基，殺掉加米涅夫、季諾維耶夫和布哈林才得到了繼承權。赫魯曉夫是殺了貝利亞奪的權，然後又在軍隊的包圍下召開中央全會，把斯大林欽定的繼承者馬林科夫等打成「反黨集團」，從而穩固了權力。勃列日涅夫上臺是靠克格勃和軍隊支持發動政變。其後權爭稍趨和緩。戈巴契夫時期又發生了未遂的「八月政變」。中國也是如此：毛澤東正式成為黨魁是靠四二年「延安整風」整人殺人，鬥垮王明，收編餘部。四九年正式登基是靠血流成河的內戰。五九年廬山會議上為了穩住皇位，打倒了彭德懷，繼續反右，造成餓死數千萬人的人為大饑饉。為了打倒劉少奇，奪回旁落的大權，六六年調動軍隊至京郊，強行清黨（文革），以至於劉少奇死無葬身之地。毛死後，劇烈的權爭即刻引發宮廷政變，逮捕「五人幫」餘孽「四人幫」，華國鋒繼承大統。鄧小平口稱「華主席」年輕英明，可領導多年，旋即利用軍隊支持趕走華國鋒，登上皇位。後垂簾聽政，懼大權旁落，調動軍隊開會表決逼走胡耀邦，八九年再次調動軍隊罷免趙紫陽，血洗京城。

附帶介紹一則小資料：據世界人權組織「民主之家」統計，自一九一八年以來，世界上共發生了三五三次戰爭，沒有一次是發生在兩個民主國家之間的。資料沒有說明戰爭與專制國家的關係。但我們隨便就可以想到一些與專制國家有關的戰爭：德國日本意大利與幾乎全世界、朝鮮戰爭、中印邊境戰爭、中蘇邊境戰爭、中越邊境戰爭、越南戰爭、中東戰爭……看來，作為國家，專制政權對外也是不善於妥協的。

極權制度——精密脆弱的人造系統

極權社會裡最高權力的爭奪你死我活，毫無妥協之餘地。任何「局部戰爭」都具有「決戰」的意義，或都會發展成「決戰」。「有限戰爭」很難成立。這一點已經成為共識。那末，在統治集團與人民之間為何也不能「見好就收」，實行某種程度的妥協呢？

一年前，我在歐洲曾請教一位著名的大陸社會學家：共產制度的崩潰最可能從哪些事情開始？他沉吟片刻，說道：用系統論的方法，可以把這種制度看作一個大系統。只要任何一個子系統或環節出了問題，就會引起整個系統的全面崩潰。他的話給我以重大啟發。用這種方法看來，社會主義制度是一個根據馬列主義意識形態構造起來的精密脆弱的人造系統，它不能承受哪怕是局部的破損。比如，人民打破了言論控制，極權主義意識形態用刺刀和謊言維持的壟斷地位很快就會公開崩潰。僅僅從言論自由出發，我們就可以有把握地爭取到通信、出版、集會、結社、遊行、示威、宗教、遷徙、免於恐懼等諸種自由。同理，任何一項基本自由都可能導向全面自由從而造成制度性的總崩潰。再比如，假設統治者允許真正的通信自由，人民可以毫無恐懼地在通信中凝結共識，海內外交通，很快就會形成變相的出版、集會、結社自由，這個看起來最具私人性質的最少顛覆性的自由也將最終導致全面自由。再比如遷徙自由。西元六世紀的羅馬，統治者剝奪了公民選舉保民官的權力，於是人民紛紛棄城而去，在城外興建自己的新城。統治者只好請求人民回來，允許民選保民官。（即便不是極權社會，諸種自由之間也密切相關。）看起來，遷徙自由實際上是個中止社會契約的權力。柏林牆是社會主義國家遷徙自由的象徵。一九六一年，東德為禁止人民大規模向西德逃亡而迅速建造柏林牆，可以說，柏林牆的倒塌便意味著共產黨政權的垮臺。事實上也是如此。一九八九年東德人民繞道通過匈牙利與奧地利之間已開放的邊境大逃亡（其意義相當於「柏林牆」的倒塌），正是導致共產政權崩潰的第一塊骨牌。再比如宗教自由。波蘭是社會主義國家中唯一一個被民間組織搞垮的，而團結工會之所以能存在下來，主要是靠教會的力量。八九民運則是從遊行自由開始而迅速擴展到集會、結社、出版、新聞、示威、免於恐懼等基本自由。

六七十年代之交，北京插隊知青的自由沙龍裡有位趙金星寫了篇離經叛道的哲學論文，其中有句名言我記了三十年：「內容是形式，形式是內容。」後來胡平在分析民主牆運動時更加強調了形式的重要意義。回顧八九民運，民眾的訴求各異，前後期口號也有變化，但有一點是共同的，即堅持體制外的反抗。在這裡，訴求的內容成了形式，提出訴求的形式——體制外的反抗——則成了內容。在極權制度下，任何不是通過統治渠道而公開表達的訴求，不管其內容是結束一黨專制，經濟自由還是肅貪、工資、物價、住房、治安、甚至假冒商品，都為統治者所不容，都帶有「打破一環」的重大政治意義。也許可以這樣說：從任何一個局部出發，只要是公開表達抗議之聲，都會奇妙地導向對極權統治的整體動搖。因此，中共當局對私下大罵共產黨鄧小平可睜眼閉眼，對公開抗議苛捐雜稅，公開成立「消費者權益保障協會」卻嚴厲鎮壓。鄧小平說一步不退，說一退就會得寸進尺，正是這個意思。從統治集團立場來看確是妥協不起。這就是為什麼每一次我們都覺得抗爭的目的甚低，而中共一步不讓的原因。哈維爾在《無權者的權力》一文中有如下表述：「極權制度的謊言生活形成的堅硬外殼是一種十分奇特的材料。只要它能夠完完全全把整個社會密封起來，看起來就如石頭般堅硬。但是，如果一旦有人——那怕只是一個人——打破了這硬殼……一切就會發生變化，硬殼突然變成薄紙，一觸即裂，並不斷地不可挽回地撕裂下去。」

（在諸種基本自由中，經濟自由是極有特殊性的。與言論、集會、結社、出版、新聞、示威、免於恐懼等自由相比，它不可能即刻實現，不會給極權統治造成立即的威脅。同時，雙軌制會造成國家財產向權力者的迅速流失，而且還可能有新加坡式東方專制變種之前途。因此，統治者在萬不得已時一般會從經濟上開始退卻。當經濟自由這「一環」被完全「打破」之後，極權社會也會發生根本性變化，只不過其過程較為漫長。）

胡平認為八・一五學生與李鵬對話之後撤就會鞏固勝利。因為政府在某種程度上承認了學生愛國，不好再進行報復。此話差矣。當危機度過之後，當迫使中共作出暫時讓步的壓力（大規模遊行、示威、集會、絕食、全民聲援、國際關注等等）消失之後，中共憑什麼要兌現「免於恐懼的自由」這張空頭支票呢？在統治權威受損和食言失信之間，統治者肯定選擇後者。因為這個政權本來就是建立在人民的恐懼之上而不是建立在社會契約之上的。因為這個政權本來就是建立在大規模的殺戮與不間斷的迫害之上而不是建立在民主選舉之上的。還因為這個政權從來就食言，但每一次都成功地找到了「充分」的理由。（疾呼抗日卻避往敵後，游而不擊，最後反稱在正面戰場上抗擊了百分之八十日軍的國民政府要「下山摘桃子」。靠土改爭取農民奪得江山，幾年之後又從農民手中奪走土地，美其名曰社會主義。號召「整風」卻打右派，自辯「樹欲靜而風不止」，「陽謀」。「大躍進」要搶先進入共產主義，餓死百姓卻諉過於「三年自然災害」「帝修反聯合反華」。文革要建立「巴黎公社式的」「自下而上的」廣泛民主，最後卻大殺群眾組織領袖，恢復「黨的一元化領導」……等等）胡平提出「見好就收」的出發點當然是良好的。一般而言，政治鬥爭要適時適度妥協。但我很難同意「政治是妥協的藝術」，因為這句話在邏輯上不通。沒有鬥爭談何妥協？我更難同意把這句話套用到極權社會的政治鬥爭中去。不需要太高的智商，人人都會明白：能否達成妥協，主要看矛盾的主要方面，要看力量強大的方面。共產黨獨占一切權力，從不妥協，你還要叫人民妥協。完全無權的並且已經每日每時就生活在妥協中的人民還能怎樣妥協呢？八九民運最後的訴求不過是「對話」和「不要秋後算帳」，如果連這都違反了某種「政治藝術」而要遭到譴責，這個民族將萬劫不復，而且活該！

感性引導理性

那末，為何人民也堅持對抗，（在某一要求，往往在一個極低要求上）不肯妥協呢？最直接的原因顯然是沒有表達與反抗的自由。因此，一旦因某種歷史的契機而獲得這種自由，便不會輕易放棄。而且，任何一件微小的抗議，都會導向根本性問題。胡平說四・二七遊行取得勝利之後，見好就收，如統治者實行秋後算帳，「我們不難再度發起大規模的統一行動」。這一說法極不現實。在極權主義的政治結構中，人民是分散的無組織的力量。（如果有組織，極權制度就不可能存在。毛澤東說過：地富有兩千萬，但他們是分散的。）過於微小的組織不能形成大規模的群眾運動，而且無一遺漏地被撲滅在萌芽階段。民主牆、四五與八九兩次天安門運動以及其間爆發的學運，毫無例外的都是利用了歷史的契機。在歷史的某一時刻，一個帶有象徵意義的事件就會成為權威的號召者、鼓舞者與組織者，使人民大眾克服恐懼，於轉瞬之間組織起來，造成極權社會漫漫長夜裡的輝煌奇觀。人民從自己的經驗中感到這種契機是極其寶貴的，機不可失，時不再來，抓住就不願撒手。

另外，人民從自身的長期經驗中知道共產黨從不向人民妥協，而人民始終在妥協，已經妥協到完全喪失自衛手段之程度。當某一契機使人民重新獲得了對抗的手段（團結、遊行、示威、抗議……），自然傾向於激烈的對抗。

當然，我並不是說民眾當時就具有這種事後式的理性的分析。準確地說，它可能是一種集體直覺。細心的朋友會說：哈，你不是說八九民運是理性的嗎？怎麼又說起直覺——非理性來了？——我現在開始小心翼翼地步入一個理論的沼澤。

如果不過於學院式的挑剔，（學院式的挑剔也行不通：從笛卡爾、休謨、康德、黑格爾直到馬克思，在關於理性的研究中也因為缺乏固定的術語而造成混淆。）我們可大體上把直覺、感性、非理性、潛意識、集體無意識視為含義相近的而與理性相反的詞彙。在通俗的論說裡，它們一般只具有負面的意義。但在理論的論說裡，並非如此。在佛洛伊德和榮格的具有現代意義的深層心理學裡，它們具有極其深刻的意義。佛洛伊德學派強調指出：那個向來為顯意識不曾覺察的潛意識具有巨大的心理能量，它實際上指揮著顯意識，是人類行為的根本動機。為什麼在他們的學說裡感性、直覺、集體無意識具有如此重要的地位呢？因為這些詞彙所指稱的，正是我們人類與生俱來的最深刻的生存欲望、先天本能。中國著名的美學家高爾泰極為強調感性的力量，提出了感性引導理性的著名論點。以我的粗淺理解，可作如下通俗解釋：譬如我們都有這種體驗，某一時期極想吃糖，細一想，原來是減肥節糖已久。我們並非首先經過化驗知道了體內血糖含量偏低，或首先想到長期節食，而是感覺首先非理性地不講道理地命令我們去補充。如果我們較有理性，事後以缺糖的理性追認嗜甜的感性之意義，就只好承認感性在引導理性，而並非理性在引導感性。又譬如，女性以乳房豐滿、臀部寬碩為美，理性將美感翻譯為乳房容量和產道尺寸，這不過與女性最重要的分工——生育哺乳密切相關。在這裡，同樣是感性在引導理性。佛洛伊德的重大貢獻在於科學地否定了自文藝復興以來的理性至上主義，肯定了感性直覺非理性是人類最重要的生命本能。從而成為與達爾文進化論、牛頓經典力學齊名的重大發現。榮格進一步提出集體無意識，把心理分析學說由個體擴展到人類群體，從而為分析人類歷史現象提供了科學的心理學基礎。榮格說：「一個時代就像是一個人，它有其意識觀的缺點，因此需要補償和調節。這完全是集體潛意識影響而促成的，因為一位詩人、先知或領袖，不知不覺的都要受到當代使命的委託，用他的言論和行動指出一條每個人在冥冥之中所渴望、所期待的目標或大道——不論這個目標帶來的是好是壞，是拯救還是毀滅了那個時代。」北明在她的美學著作《史前意識的回聲——中華民族生命流假說》中發現：「迄今為止的世界歷史，在我們所觀照的範圍內，以西方和中國為兩大文化圈，呈現出不同的歷史模式。即：西方——平行互動、平行互補的共時對峙型歷史模式；中國——循環互動、循環互補的歷時消長型歷史模式。」粗略地說，在西方較為寬容的民主傳統中，生命的壓抑與抒發是共時性的，健康而不易造成社會振盪。在中國的東方專制主義傳統中，這種壓抑——抒發的機制呈現出歷時性形態，心理能量守恆，過於長久的壓抑必然造成過於猛烈的爆發。這就是中國歷史由專制壓迫和農民起義所共同造成的「治亂循環」之心理學解釋。「治」就治死，「亂」就亂透。所謂歷史的懲罰，也是個「一報還一報」。

集體無意識——打破一環

以上的引述涉及到感性、直覺、集體無意識的目標與強度兩個層面。從目標上來說，每次民主運動都扭住共產黨不放，大目標準確；都扭住某一個自由不放（民主牆——言論自由；

八九民運——免於恐懼的自由），試圖打破極權結構之一環，具體目標準確。從強度上來說，壓迫越深，反抗越強。從純學術的不帶有價值判斷的角度看，一切群眾運動都有天然的合「理」性。（這裡借用一句帶有價值判斷的黨文化語言。）胡平寫道：「有位美國朋友曾經問我：為什麼你們中國的群眾運動，每一次都以失敗結束？」西方民主社會裡，政府和人民之間在權力上始終保持著又有對抗又有妥協的平衡，從他們的這種政治傳統出發，自然會奇怪中國人為什麼不懂妥協。如果問題提得再深刻一點，應該是這樣：為什麼中共不懂得妥協？這才觸及到問題的核心：極權社會的政治結構很難妥協。胡平繼續寫道：「我回答說：因為它不失敗就不結束。」然後列舉了無堅強組織、山頭林立、缺乏兼具聲望與謀略的領袖，最後，「缺乏見好就收這一策略原則的明確觀念。這是關鍵之所在。」「八九民運之所以未能見好就收，在更大的程度上，還不是因為人們對何時為最佳點有爭論，而是因為相當一部分人頭腦中本來就沒有見好就收的概念……如果廣大民運人士都對『見好就收』的原則有明確的共識，八九民運的結局斷然不致如此。」在我看來，第一，事實上，至少從五・四宣布復課開始，撤與不撤始終是激烈爭論的一個問題。不是不爭論，而是爭得過於激烈，甚至發展為「政變」「綁架」等非常行為。參與決策的不只是學生，還包括一大批中國最有思考能力的知識分子。不能過低估計他們的政治經驗和智商。我個人也不是從始至終主張堅持。五月下旬，當我主張撤時，體會到一種深深的無力感。許多當年在天安門廣場的人有一種「宿命」感。現在看來，就是撞上了集體無意識。第二，看來，胡平不僅以不適用的理論模型（囚犯難題）推導出一個不適用的理論（見好就收，見壞就上），也過低估計了感性、直覺、集體無意識不通過理性而直達真理的睿智。過細地分析起來，八九民運並非沒有妥協，從推動政治體制改革，提出全面的自由（言論、新聞、出版、集會、結社、遊行、示威……等）步步妥協，等退到「平等對話」「不許秋後算帳」之際，已是退無可退。人民集四十年身受壓迫的經驗，憑直覺堅守在「免於恐懼的自由」上。正如胡平所言：「中共政權是建立在暴力之上的。」「恐懼感的消除是專制制度破產的最基本的，甚至是唯一的條件。」八九民運憑直覺達到了這個真理，試圖打破一環，堪稱輝煌的策略藝術！八九民運付出了慘重的代價，但中共付出了更為慘重的代價。一夜之間，中共威懾了人民四十年的恐懼「儲備」消耗殆盡。從心理上說，最令人恐懼的是屠刀高懸頭頂的時刻。當屠刀砍下來之後，恐懼反而消失了。從後來人民可公開咒罵共產黨，從公開組織民間壓力團體，從最大規模的簽名運動，從不同政見者在監獄裡幾進幾出並引以為榮，可以說，這個打破一環的目的正在實現。

請注意：我並非高揚非理性（感性直覺集體無意識）而貶抑理性，從一個片面走向另一個片面。我只是提請不要忽略了那個在人類行為動機中更為重要的非理性，並科學地承認它在本體論和認識論上的正面價值。我所希望的，第一，我們必須充分肯定被壓迫人民的反抗天然地符合人性，並具有直達真理的能力。感性引導理性。第二，但同時又必須承認過於猛烈的爆發有毀滅社會的可能，而應該以適當的策略來加以理性的修正。第三，我們所要的，既不是非理性壓倒理性，也不是理性壓倒非理性。正如現實的人格（自我），是原始欲望（本我）與道德制約（超我）之間的平衡一樣，我們所追求的，是感性與理性，直覺與思辯，集體無意識與政治責任感之間的盡可能的平衡。在我看來，八九民運不僅憑敏銳的群體直覺固守在免於恐懼的權力上，而且還以自覺的理性精神，感召全體人民在長達五十天的時間裡保持了世界群眾運動史上罕見的克制與和平。八九民運堪稱理性與非理性的幾近完美的平衡！

在寫作以上段落時，我心中充滿疑慮：可能有人會「非理論」地斷章取義地說：看，你也承認八九民運是非理性！其實，僅用八九民運的和平、秩序、維憲，便可以駁倒「非理性」之說。但如果與胡平和與胡平一樣有著一定理論素養的朋友進行嚴肅的探討，僅在常識的意義上使用概念有礙討論的深入。不願意跟我們繞這些理論圈子的朋友，我們完全可以在常識的層面上繼續討論。各種層次上的討論應該是等價的。我無意在一般討論中引進現代心理學理論。我只是希望在以非理性來貶斥人民的正義反抗時，或者多少有一點常識，或者多少有一點學問。總不能信口開河，一頭不占。

要重視常識

因為常識是人類長期實踐總結出來的基本經驗，所以在理論與常識矛盾時，要格外注重常識。常識一般是可靠的。比如自由是人的天性，比如反抗是被壓迫者不可剝奪的權力，比如人民有武裝自衛的權力……等等。目前流行海外的某些與常識相悖的理論，我猜想是出於一種理論背景的錯位。我們身處西方，不知覺間開始以西方民主社會的觀點去框中國的事情。前面已經說過，對抗導致妥協，這是西方民主社會裡政治鬥爭的規律之一。在多大程度上可以套用於極權主義的中國，需要加以談論。此外，在西方爭取自由的歷史中同樣充滿了戰鬥。

比如以所謂「誘殺策略」誣陷八九民運的《紐約時報》記者的祖國——美國。

一七七五年，美國革命爆發。在此之前，著名的暴力事件有「波士頓大屠殺」和「波士頓茶宴」。前者是英軍在平息騷亂的過程中殺死了幾個平民，後者是一群波士頓人冒充印第安人偷偷上了英國船，將一船茶葉扔進了波士頓港口水中。用今天「反思」八九民運的觀點來看，英軍殺人是有一定道理的，不騷亂就不會殺人，而且殺得頗為節制。我們應深感震驚的不是屠殺，而是美國人的不寬容：何必把小小的衝突聳人聽聞地渲染為「波士頓大屠殺」並永誌不忘?冒充印地安人是嫁禍於人，倒茶葉是「打砸搶」，美國人是否作了深刻的反思?

「波士頓茶宴」之後，大部分美國人考慮的僅僅是捍衛自己的利益，保護昔日的自由，並未想到擺脫英國的統治。英國方面，也有不少人認為僑民的要求是可以理解的。大西洋兩岸都期待和平解決糾紛。然而，突然爆發的暴力事件破壞了這種妥協寬容的氣氛，和平的希望破滅：一七七五年四月，麻薩諸塞州康克鎮和來克辛頓鎮的武裝僑民開始襲擊行進中的英國士兵。消息迅速傳到其他殖民區。革命開始了。

在來克辛頓鎮和康克鎮戰鬥之後不久，一位抵美時間不長並相信暴力重要性的人裴恩(Thomas Paine)號召人們為保衛天賦人權起而戰鬥。他在一本小冊子中這樣寫道：

「我……相信，自由是這片大陸的最好選擇。任何自由以外的東西都不足稱道。任何其他的協定都不是永久不變的。如果我們現在不戰鬥，戰爭便留給了我們的孩子們。如果我們現在遲疑，如果我們拒絕走向不遠的未來，我們便會失去將這片大陸建成地球上最輝煌之地的機會……」

「我們有力量使這個世界重新開始。這種情形，自諾亞時代以來從未發生。一個新世界的誕生近在咫尺。人類的一個種族——也許和現今居住於歐洲的人一樣多——將從最近幾個月的事件中，獲得他們的自由。」

在這位後來被追認為美國歷史上偉大理論家的裴恩的號召下，戰爭的目的變為獨立革命。

六年之後，革命成功，一個新的國家誕生了。

裴恩的那本小冊子叫"*Common Sensn*"。中國人翻譯為《常識》。

胡平稱之為「見好就收，見壞就上」的策略實質上就是堅持對抗，適當妥協。作為一種現代政治鬥爭的原則，在目前已經開始的「後鄧時代」，可能發生重要的作用。因此，胡平的論述是有極意義的。（本來這個理論是平衡的，但胡平最近的論述傾斜於妥協。）我不反對妥協。我所反對的，只是以將來的可能苛責歷史。而且不要忘記，除了妥協，還有法國革命、英國革命、美國革命、蘇聯東歐革命等改變了人類命運的可稱之為偉大的鬥爭。

至於我所提出的「打破一環」，更無標新立異之心。我只是試圖說明一種現象，至多是試圖提出一種思路。我可能是錯誤的，在深入的討論中得以修正。也可能有部分真理，在集體智慧中得以豐富，拋磚引玉罷了。過分誇大理論的作用是危險的，尤其是把一種理論視為絕對。直到今天，我們中國人還在承受那位德國特立爾人創造的理論之苦。黑格爾有一種審慎的歷史哲學觀念：歷史是無限數目的人類事件的故事，它們在原則上不可能被預見，而只可能被理解。他警告那種「訓導世界應當是什麼」的哲學。相反，哲學只能「把灰色的東西描述成灰色」，哲學是真正的「後思」。在《法哲學》序言裡，黑格爾有一段極為精彩的語言：

「哲學是它的在思想中被理解的時代。妄想哲學能超越它所處的時代……這是愚蠢的。……當哲學把它的灰色描繪成灰色的時候，這一生活形態就變老了。憑藉把哲學的灰色描繪成灰色，不能使生活形態返老還童，而只能使生活形態得到理解。密納發的貓頭鷹只在黃昏降臨時，才會起飛。」

等待審判
——我在八九民運中應該承擔的責任

我——「激進派」知識分子

六四六周年以來，追究學生領袖在八九民運中應負責任的討論十分熱烈。有人揚言還要把「激進派」學生領袖架在火上再烤一陣。我看不必了，現在該烤烤我這個「激進派」知識分子了。

一九八九年冬，當我隱匿在大陸西部奮筆寫作《歷史的一部分》時，自認為我和妻子北明所投身的是一種璀璨的光明。其時，北明尚在囚禁之中，我漫長的逃亡途中，到處見得橫站的長槍和瘋馳的警車。我懷著一種對光明的無尚崇拜，懷著一種隨時可能被捕的命運感，秉筆直書，以給囚禁中的妻子寫信的書信體，回憶那場剛剛被絞殺的運動，真實地記錄下自己的思想與行動，以留給歷史。我寫道：我知道，在隨時可能被捕的情況下，我在起草一份審判自己的起訴書，但這首先是審判劊子手們的起訴書！在眾多深明大義的普通人英勇掩護下，我並沒有被鷹犬們捕獲，因此，《歷史的一部分》終於未能成為中共審判我的起訴書。一九九〇年春，手稿由一位日本學者帶出大陸，寄到普林斯頓。其中還有一份著作權委託書和一封致劉賓雁信。我請求劉先生代我在海外發表此書，並告訴他我將繼續在大陸和中共進行這種危險的遊戲。一九九二年春，我和北明完成了三本書《歷史的一部分》、《告別陽光》、《紅色紀念碑》共計百多萬字的寫作之後，在國內地下組織的安排下，偷渡南中國海，踏上了新的流亡之路。使我們大為驚異的是，在國內逃亡寫作三年，孤陋寡聞，不知桃花源外已是天地翻覆。挨批的不再是十里長街上大開殺戒的劊子手，而是死裡逃生的青年！屠殺六周年前夕，更由《紐約時報》與《聯合報》記者與記錄片獨立製片人卡瑪聯合爆出聳人聽聞的「內幕」——學生領袖有一個誘使中共屠殺的「誘殺策略」。一時間裡，群起而攻。長安街頭的鮮血，現在要「激進派」學生領袖們分擔了！有人指責八九民運是「洩憤運動」，有人指責「激進」，有人說柴玲應與李鵬一起上審判臺……據說在留學生的電腦網路裡，很有罵聲。直到親眼看見那些電腦「大字報」，看到「六四是傻×和王八蛋運動會」等奇文，我尚不敢相信眼睛……學生領袖們紛紛反思，那位剛從監獄裡出來不久的文弱溫和的王丹已經反思到「我的功過是三七開」，「即七分負面作用，三分好的作用」之程度……

那些追求自由的可敬可愛的青年們，已經被槍彈絞殺了一遍，難道還要被文字再絞殺一遍嗎？

六四那天，我沒能在長安街上同青年和北京市民們一起並肩抗擊坦克，只能遠在數百里之外聽著電話裡傳來的槍聲，使我終身追悔！今天我享有充分的言論自由，應該為青年們擋住幾排文字的子彈。如果青年們要為流血負責，那麼我更應該負責！如果王丹的功過是三七開，我的功過就是一九開，甚至罪而無功！寫到此，我不禁生出一絲淡淡的悲哀：看來，我的那本八九民運之後最早的回憶錄，竟真成了審判自己的起訴書！

我是打架的

以下是《歷史的一部分》（一九八九年底完稿，一九九〇年送到海外，一九九三年出版）一書記錄的我所參與的事件。

一九八九年四月十四日，我和北明及幾位山西文友赴京參加一個我的作品討論會。次日胡耀邦逝世。開始，我們只是旁觀者和大字報抄錄者。漸漸為青年們的熱情所感召而投身其中。

四月十九日晚在北大作家班向張伯笠等首次建議在不得已時可發起絕食。

四月二十日，目睹衝擊新華門。

四月二十一日，為第一個知識界集體上書徵集簽名，當晚與遠志明謝選駿等到中南海、人大會堂遞交簽名信。

四月二十二日在北大作家班再次向王丹等學生領袖建議絕食。

四月二十五（二十六？）日回太原家中安排工作，換洗衣服，補充糧餉。五月三日赴京參加當年度中國電影家協會「金雞獎」評審委員會工作，同時參與民運。

五月四日參加五四大遊行。

五月十日組織第一次作家遊行。遊行後邀蘇曉康等幾位作家在王兆軍家討論，決定：一、起草《五一六聲明》，二、召開知識界會議研究局勢及下一步行動。

五月十一日起草《五一六聲明》。

五月十二日，和趙瑜、蘇曉康主持知識界討論會，決定：一、全力支持學運，發起五月十五日知識界大遊行；二、委託我與趙瑜負責組織、指揮；三、分工在全國範圍內火速徵集《五一六聲明》簽名。

五月十五日和趙瑜以總指揮名義指揮第一次知識界大遊行。

五月十六日，和李陀等在北大三角地召開中外記者新聞發布會，正式發表《五一六聲明》。

五月十六日晚，向柴玲、郭海峰建議控制次日大遊行，嚴禁進入商業區。

五月十九日午，徵得絕食團指揮部同意，請于浩成先生與趙紫陽聯繫，表明想與他達成妥協之意圖，希望他公開表示個說得過去的態度，學生便可結束絕食。傍晚，于先生回來說趙已下臺，中共已決定鎮壓。立即建議指揮部強行宣布停止絕食，使戒嚴令成為無的之矢。

五月二十日午，指揮絕食團指揮部廣播車，繞北京內城一周，起草《告全市人民書》，宣布「目前所發生的，是一場反黨反人民反改革的反革命軍事政變」，號召人民「團結起來，保衛天安門廣場！保衛北京！」

五月二十一日深夜，建議絕食團指揮部調動外地同學堵住廣場附近的地鐵出口，防止軍隊突襲。

五月二十二日，和趙瑜以總指揮名義指揮第二次知識界遊行。是為戒嚴以來最大規模的遊行。

五月二十三日，參與成立首都各界聯席會議，出席每日例會。

五月二十三日（?），在聯席會議休會時間，與張郎郎等研究決定策動萬里返京——通過關係轉告萬里：北京將組織從機場到天安門廣場的百萬人的夾道歡迎。請他主持人大緊急會議，依據憲法，解決危局。

五月二十四日（?），在聯席會議上提出：是否可號召人民擠兌國家銀行？因擠兌同時會造成國家經濟損失，請會議斟酌利弊。會議因無經濟專家，遂將此提案擱置。

五月二十六日，離京返回太原。

現在，有些朋友已宣稱自己及多數知識分子是「勸架的」。看來我不是，我「激進」，我是「打架的」，而且永遠不會成為遊走於人民與統治者之間的「勸架的」。

需要略加說明的是：我的「激進」與「打架」不過是作為一個公民爭取行使憲法承諾的公民權利。我的全部目標與手段、策略皆沒有逾越法律界限與非暴力運動的界限。如果這是「激進」，那麼「穩健」是什麼意思呢？

我沒有自覺承擔歷史責任

但我的架打得不夠好。

我首先應該為五月二十六日離開北京一事承擔責任。在《歷史的一部分》中，我回憶了當時的情況：

五月二十六日，咱們收捲起發臭的衣衫返回太原。其時，戒嚴令已宣布六天，軍隊毫無進展；學生、市民已開始懈怠疲軟，遊行隊伍亦日見稀少；交通已開始恢復……一些學生、知識分子問我對形勢的估計，我說中共已抓準了學運的最大弱點：怕拖。學運不怕壓，就怕拖，一拖就疲，一疲就垮。從學生角度分析，雖然高潮已過，想撤中共也不給臺階，必然是僵持下去，形成曠日持久的消耗戰。問我結局如何？答曰：待學生、市民更加懈怠之際，突然襲擊，衝入廣場，幾個兵抬一個學生，塞進汽車拉回學校，封起門來秋後算帳。

前瞻消極，加之赴京日久，彈盡糧絕，疲憊不堪，只有回家休整。

——在八九年底完成的書稿中，我顯然沒有對自己的這一行為作出反省。主要原因是當時還沉浸在六四屠殺的悲憤之中。次要原因是自認為並非在情況危急時逃跑。

由於劉賓雁先生怕刺激中共加緊對我們的搜捕，手稿一直未能出版。新完成的兩本書也只能遭到如此命運。這是使我們下決心去國的原因之一。

一九九二年夏初，在《歷史的一部分》即付梓之際，我在〈附記〉裡寫下了如下的一段文字：

聽到一些流亡海外的學生領袖的自我反省，為他們的迅速成熟感到高興，也有一絲疑惑：對這些年輕人，人們是否苛求了？作為現場參與者，我認為這句話十分中肯：他們已作到最好。

要多反思一下的該是知識界。恐怕我們尚未作到最好。我自己尤其是。

有一夜，誤傳鄧小平下臺，改革派大獲全勝。我拉著妻悄悄撤出廣場，打算就此脫離運動，讓學生領袖們去打掃戰場，處理勝局俗務。

五月二十六日，形勢僵化，無力挽狂瀾之策，又是撤出廣場，一撤就撤回了數百里之外的山西，棄別人於熱鍋上煎熬。至六四屠城，方意識到辜負歷史重託，愧對慘死同胞。

我介入較早較深，本來應擔起到更重要的作用，但我始終未能意識到，而總認為知名度不夠，年齡不夠，總希望扶持別人，自己只是出謀劃策。

不敢挺身而出領導！
不敢承擔歷史責任！
如果我更自覺地承擔起責任，雖亦不可能改變六四悲慘結局，但至少知識界的許多工作可能做得更好。
…………
天安門六四之夜的撤離行動，更使我羞愧萬分。劉曉波等四人所起到的關鍵作用，證明只要勇於承擔歷史責任，在任何困境中都可能有所作為。而我卻只能恥辱地枯坐電話前，聽著電話線傳來的屠城槍聲！
也許這並非偶然。
也許我和大批與我相同的知識分子永遠不可能承擔起這種歷史的責任。
因為我們懼怕良心的責任：我有權領導（號召、驅使）他人去為一個那怕是崇高理想而鬥爭，從而承受苦難與犧牲嗎？我有權決定自己命運，但是我有權決定他人命運嗎？
——逃避責任。
這樣的知識分子注定不可能成為政治領袖。

（《歷史的一部分》第一一三、一一四頁）

我極端地蔑視權力。運動當中一些人爭奪權力和「押寶」的行為令我極為不屑。我的過錯在於把權力與責任混同。

其實，沒有權力不等同於沒有責任。古人云，「天下興亡，匹夫有責」。況且，我也不是沒有權力。運動後期成立的各界聯席會議雖然名義上只是一個協調機構，但實際上具有極大的權威。既然出謀劃策，就必須為這種出謀劃策承擔責任。勝也撤離，僵也撤離。形同散兵游勇，視國家大事如兒戲！想來就來，想走就走，真是把「革命」當成了「節日」！特別是八九民運流血的結局，使我這種逃避責任的過錯升格為一種罪行。雖然沒有人要我為此承擔責任，但一種無可言說的負罪感幾年來一直沉重地壓在心頭。

說實話，應該是我去死的。應該是我用胸膛為年輕人擋子彈，事情卻反了過來。我是從六四的血泊裡趟出來的。我真心地承認並會永遠記住：他們是為我而死的！烈士們已化作一顆顆寒星，從遙遠的天際默默看著我，看我怎樣走完餘生的旅途。

（我之所以能在全國通緝且有秘密通道的情況下輾轉半個中國堅持逃亡寫作三年之久，與逃避責任而感受的恥辱多少有關。我之所以強烈地為學生領袖們辯護，更與此有關。青年們一無經驗二無聲望，卻自覺地承擔起歷史使命，卓越地領導了一場人類歷史上罕見的波瀾壯闊的民主運動。他們剛剛從血泊裡站起，便遭到了無數的指責。我、以及眾多與我相同或大不如我者，不敢挺身而出，不敢承擔責任，無人追究。那些當年的怯懦者更真理在手大加撻伐而不覺稍有臉熱。事情就有些荒誕起來。）

我願為絕食接受審判

王丹在承認「我的功過是三七開」時，具體提到他所起的「負面作用」，只舉出一個例子：「比如我也是堅決主張絕食的成員之一」。顯然，他認為主張絕食是他最大的過錯。此外，還有朋友指出：知識分子推波逐瀾、出謀劃策者，「將『文革』絕食經驗傳授給學生」。我很感謝他們沒有點名。作為絕食的始作俑者，我該再「說清楚」一次了。（順便說明一句，絕食的發明權不在文革。）

據張伯笠回憶：

兩天過去了，中南海沒有任何動作。（指對學生們提出的七條要求。——鄭義注）四月十九日晚，鄭義和北明又來到我的宿舍找我，鄭義建議，實在不行就絕食，這是非暴力鬥爭最有效的武器。我趕緊從書櫃上找出《甘地傳》，研究甘地是怎麼絕食的。鄭義說，應該先寫個絕食的標語，但商店已經下班了，買白布也來不及了。我把我床上的白床單拿下來，鋪在地上，兩大瓶墨汁倒在飯盒裡，鄭義撅在地上，像寫他的《老井》那樣認真寫著「絕食」兩個大黑體字。同學們都誇他字寫得好。他笑道：「文化大革命時練的。」

當我把「絕食」的床單帶到新華門前時，正是四月十九日午夜了。幾個北大的同學把床單鋪在新華門前，北大數學系的一位同學很認真地徵集簽名，那些守門的軍警毫無表情地看著他。

（《中國之春》一九九三年六、七期合刊：《長歌當哭》。下同。）

晚上，（指四月二十一日。張伯笠記憶有誤，應為二十二日。因這次談話中涉及郭海峰跪遞請願書。——鄭義注）王丹、熊炎、郭海峰等人來到我的宿舍，商量籌備北高聯的事，鄭義和夫人北明也參加了，鄭義對形勢作了精辟的分析。他認為這是一場偉大的民主運動，從這幾天發展的情況可以看到大學生的成熟和穩健。他告訴我們他這幾天四處奔走，已開始徵集著名知識分子簽名，他們將以公開信的形式上書中共中央、國務院和人大常委會，要求他們能認真聽取同學們的意見，鄭義還就遊行、靜坐、罷課或絕食等步驟提出建議，讓我們參考。

根據我的回憶：

當晚（四月二十二日胡耀邦追悼會後——鄭義注），氣氛頗緊張，盛傳各高校要實行軍管。咱倆又匆匆混進門禁森嚴的北大。我急著叫人找來學生領袖，要專門同他們談一個問題：絕食。這是一個屢試不爽的強大的群眾鬥爭武器。在一間學生宿舍裡，王丹、郭海峰、熊焱與咱們見了面（在場的還有作家班張伯笠、陳建祖）。簡單寒暄兩句，立即進入正題：如果當局實行軍管，不准貼大字報，不准示威、請願，不准出校門，便可立即宣布絕食。既不違法，又是困境中最有力的鬥爭方式。我向他們簡略講述了文革中我親自參與的一些絕食鬥爭。只要有數十人宣布絕食，就會有數百上千人響應，就會有數萬人圍觀，捐款捐物捐藥。而絕食者的請願條件，便立即會成為全社會的議論中心。過二十四小時，體弱者開始昏倒；過四十八小時，開始大量昏倒；七十二小時是一重要臨界點，每一分鐘都會有救護車呼嘯而去；穿梭不停的救護車將成為這座城市的主要景觀；在政治高壓下平素沉默不語的社會，立時會燃成憤怒的火山……此外，我對他們堅持非暴力的和平方式表示大加讚賞，回顧了文革武鬥給人民帶來的痛苦；暴力脫離民眾，而且，暴力往往導致新的專制獨裁……我提請他們注意：盡快通過全校大選，成立合法的新學生會，儘快出版自己的報紙，以事實上的組織與出版物來爭取憲法上一紙空文的結社出版自由；穩定領導核心，不要搞書生氣十足的大民主，走馬燈似地撤換領導核心……

（《歷史的一部分》第二三、二四頁）

我並不年輕，也不糊塗。早在當時，我就有承擔責任的精神準備。

聽說是北大王丹發起，我心裡一震。如果絕食有了善果，推進了政體改革，一切都好說。如果出了意外，我是難辭其咎的。

中午，北大二百絕食同學進入天安門廣場；我聞訊趕到已是傍晚，正值清華、北師大、科技大、北航、理工等校絕食隊伍入場。在場群眾不多，數千而已，氣氛不是大遊行似的興奮，壓抑、輕微的悲壯。標語口號已成哀兵必勝之勢：「絕食請願，實屬無奈」、「絕食，不吃油炸民主」、「鏟除官倒，從中央做起！從領導做起！從現在做起！」、「媽媽，我餓，但我吃不下」、「改革需要犧牲」、「永別了，媽媽」……

當一面巨大的黑色的「絕食」大旗在紀念碑前正中旗杆上升起時，我眼中含滿了淚。

在這個巨大的廣場上，也許只有我一人才明白學生們邁出了怎樣的一步！破釜沉舟，義無反顧！這是退縮與堅定的界溝。一旦越過，你便再無退路。青年們在宣誓了：「我立誓，為了促進祖國的民主化進程，為了祖國的繁榮……」心裡油然而生由衷的敬愛。我不了解他們內部討論與決策的過程，但他們分明把這進可攻退可守的超級武器運用於擺脫低潮，把民主運動推向前進。這就是赤誠、勇敢！這就是智慧！

南來的風，鼓起了繫於兩根旗杆間的絕食大旗，如一面黑帆。這黑帆將載我們去何方？我說不清。也許，我們將抵達民主與自由的彼岸；也許風暴將把一切都埋入深深的海洋。無論結局如何，這些勇敢的年輕人都將付出沉重的代價！

難道歷史的車輪要靠代代精英的鮮血來潤滑?!

根據「絕食請願團」正式宣布，絕食從五月十三日下午五點二十開始。

患軟骨症的民族不應忘記這個時刻。

（《歷史的一部分》第四三、四四頁）

——所說「意外」，僅指絕食者死亡或終生殘疾。至於說到要為絕食造成運動升級而因此「造成流血」承擔責任，我當時還不具備這樣豐富的想像力。

當我逃離大陸之後，特別是當我了解到在九一年巴黎會議上大家為絕食發起者、絕食書起草者到底是誰頗有爭執之後，便不願再提這段往事。今天，當絕食已成為「激進」的重要象徵，當人們已經開始在共產黨之外尋找應對流血負責的人士之時，我不宜再保持緘默。對於一個決心永遠與權力保持距離的自由知識分子，在政治上爭功是一件可笑而不智的事情。但現的情勢，使我不得不站出來為自己的言行承擔責任。

我對我在八九民運中所作的每一件事情負責到底。

我願意接受道德的、歷史的以至法律的審判。

我在文革中的絕食經驗

憶及先後向張伯笠、王丹等人建議絕食，這思路源於文革中的直接經驗。

我一直認為存在「兩個文革」。一個文革，毛澤東的文革：自覺地利用群眾運動，摧毀政敵，奪回最高權力；一個文革，老百姓的文革：自覺不自覺地利用合法條件，反抗專制統治，爭取基本民主權力。這「兩個文革」互相利用交錯纏繞，情況十分複雜，但人民追求自由、民主、正義的傾向不可抹殺。一九六七年夏，打著「造反」旗號摧毀中共地方政權的鬥爭已進入高潮。其時，我正在貴陽，參加首都紅代會清華井岡山駐黔聯絡站工作。

一個突發事件震動了貴陽：造反派的一支「毛澤東思想宣傳隊」在從省城至畢節縣的幾百里山路上被分割包圍。這支以唱歌跳舞來宣傳造反的「遠征軍」被沿途各縣武裝部巧妙切割：每縣只攔截住車隊的尾車，致使從貴陽到省界畢節的漫長道路上各縣都成了圍鬥造反派的「戰場」。斷絕飲食，不許下車大小便，多人被毆傷，孤立無援，情況萬分火急！

鞭長莫及，在省城占優勢的造反派只有遊行集會，向顯而易見的禍首貴州省軍區強烈抗議。但軍頭們根本不怕遊行示威，不予理睬。在一次緊急會議上，一些人提出一個方案：組織一支龐大車隊去把人搶回來。我堅決反對，理由十分簡單：在山間公路上攔截與切割車隊易如反掌。不久之前，在四川宜賓城郊，我就有過失敗的經驗。於是組織車隊的方案被否決，絕食抗議成為決議。

次日，數百絕食，數千後援的學生隊伍占據了市中心大十字路口，交通立即斷絕，政治氣溫驟然高升。我向王丹張伯笠等學生領袖所描繪的絕食景觀正是那次絕食的實況。救護車滿城飛馳，市民包圍著絕食學生，而拯救遠在天邊的宣傳隊頓時成了全市人民的中心話題。一天多之後，省軍區終於坐不住了，派人來與學生談判。他們也怕觸犯眾怒；另外，他們更怕學生幾個小時一封告急電報，引起了中共高層直接干預。但開始的談判失敗了：學生們的條件過高，軍頭們下不了臺。大約在絕食四十八小時前後，我們聯絡站開始干預，勸告學生放棄「承認錯誤，追究責任」等過高要求，只要先把被圍困的同學撤回來就是大勝。理由頗能說服人：文革中的絕食，大多在六、七十小時左右中共高層便開始干預，不好表態時一般便電令「復食鬧革命」。根據目前政治局勢，高層絕不會一邊倒地支持我們，萬一來一個「復食鬧革命」就前功盡棄了！——所以，必須利用軍頭也怕上面干預的心理，馬上達成協議，把受困同學救回，只要軍方事實上低頭了，危機解除了，我們就獲得了重大勝利。根據我們提出的這一策略，學生與軍方徹夜談判，迅速達成協議：雙方派員共同組成一個「調查組」立即上路，盡快把學生撤回貴陽。

翌日黎明，我作為學生代表隨「調查組」出發。約近午時，車隊來到雲貴高原上幽清險峻的鴨池河畔。我們還未過橋，便目睹一慘劇如電影慢鏡頭般歷歷展現：在「調查組」三、四輛解放牌大軍車前，一直有一輛大客車，裡面是十來個熱心救援活動的學生。他們並非「聯合調查組」成員，但誰也不曾禁止他們隨隊出發。鴨池河兩岸峻峭，千仞石壁刀削。我們目送那大客車如何爬上對岸削壁，又目送它如何突如其來地一個跟頭栽下百米深的河中，炸彈般激濺起沖天大浪。人們驚呆了，車隊不由自主地停下。

幾位學生領袖跳下卡車，拉開駕駛室門，拽住軍方首席代表（一位軍區副參謀長）脖領便要打。我迅速跳下車，拉住了哭喊著的失控的學生。不能打！和軍方代表在這裡打起來，貴陽的絕食怎麼收場？那是關乎全省造反派政治前途的大局！又驚又氣變了臉色的副參謀長整整風紀扣，急步向橋頭哨所走去，命令守軍下河救人。其實士兵們早已自覺跳下寒徹肌骨的高原河撈人了。

當我們的車駛上對岸峭壁，事故原因一目了然：為了攔截造反派擬議中的救援車隊，在險要之處設置了大青石路障。一會兒，從半崖下抬上一具屍體：跳車的司機。腕錶還在走動。又一會兒，救起兩個學生。

突發事件使人頭腦異常清醒。我問：最近的縣城在前還是在後？在前。便留人留車繼續打撈，裝上急需搶救的傷員和屍體高速向前。從這一刻起，我從茫然失措的軍方代表和悲憤欲絕的學生領袖手中自動接過指揮權。

到達前方第一縣城，傷員送進醫院，便立即到縣武裝部安排放人。軍方代表與當地武裝部長密談片刻，一切問題解決：立即派醫、派車，把被圍困多日的學生送回貴陽。現在，問題倒出在學生一方了：不肯回貴陽，要堅持鬥爭到底。我自報家門，以急切的口吻三言兩語談完貴陽絕食的微妙處境，要求他們顧全大局。「回貴陽！現在！馬上！」學生們再無二話，即刻上車返回貴陽。現在，至關緊要的是封鎖消息了！與「聯合調查組」學生領袖們談：死人消息千萬不能傳到絕食現場，否則群情激昂，局面失控，前功盡棄！一致同意。好，分頭執行：他們安排暫不往回送死人和傷員，我到郵局打長話（不用官方電話，怕露「底牌」）請貴陽控制事態，防止抬屍遊行。每到一縣，皆照此辦理，先到武裝部嚴令放人，再到學生處發表五分鐘局勢演說。晝夜兼程，寢食俱廢。一直挺到那遙遠的省界縣——畢節。

此時，貴陽那剎不住車的絕食早已越過了七十二小時「警戒線」，我向軍方要了輛英國吉普，連夜返回貴陽。一路上，我不斷催促司機加速，我必須趕在高層電令「復食鬧革命」之前趕回，主動宣布絕食獲得勝利。數百里山路，趕到貴陽已是午夜或凌晨，驅車直駛絕食中心，跳上指揮車，拿起話筒，宣布：最後一批被圍困的戰友已在安全返回貴陽途中，我們的絕食鬥爭獲得了完全的勝利！「哦……」成千上萬的學生與群眾發出勝利的歡呼！學生領袖們開始擬寫正式宣布停止絕食的文告，我癱坐著，迷迷糊糊地意識到：一副千鈞重擔已從肩頭卸下——苦鬥兩天兩夜，一場超逾一百小時的絕食鬥爭終於……撲滅！

這種事還幹過一次。從貴陽星夜趕赴遵義，成功地「勝利結束」了一次陷入僵局的絕食。在《歷史的一部分》中有較詳細記載，此處不贅。

我應對絕食陷入僵局承擔主要責任

然而，在一九八九年的天安門廣場，我卻一籌莫展。我不停地詢問自己：鄭義，你這位

「勝利結束」絕食的行家，你該如何動作？

一百小時之前，我尚沉得住氣。

因為我感覺學生們提出的條件不高，一條否定四・二六社論，一條真正對話，只要當局有心結束危機，不難做到。那怕僅僅是部分做到，便可以動員知識界作學生的工作，肯定有限成果，結束絕食。未曾料想，中共死硬得寸步不讓，這就把絕食鬥爭推向僵局。

在天安門廣場的日日夜夜，每當我聽到「讓世界充滿愛」的晨播開始曲那安詳和平的聲音，便猛然一震：又是二十四小時過去了！怎麼辦！

救護車將淒厲的笛聲傳遍全北京。昏厥的頻率已按幾何級數在劇增，醫護人員緊張地抬著擔架穿梭跑動。

從表面看來，這個已擴大到整個天安門廣場的巨大營區一切依然如故。但我卻真切地感覺到，這裡的氣氛已緊張到足以繃斷任何堅強神經！這裡發生的事件，現已超出了我的經驗和政治智慧。我一直自認為是一個沉著的人，但近日來也感到了無法承受的精神壓力：雖然絕食是王丹等人發起的，但當那面黑旗升起的一瞬，歷史的責任也雷霆萬鈞地壓上我雙肩，壓得我呼吸困難！出路何在？經過痛苦思索，我決心打破運動中始終堅持的不與上層接觸的理想主義原則，盡快與鄧小平接觸，申訴此次運動意在推進政治體制改革，絕無打倒他之意圖，以期他作出某種程度的讓步，結束絕食，走出危機。但鄧家的人已找不到了。又徵得絕食團指揮部意見，託人與趙紫陽接觸，尋求妥協之途。聽從趙紫陽勸解，給趙一分，算是支持改革派；趙對學運表個說得過去的態度，給我們一分，以勝利結束絕食，鞏固已獲得的民主成果。但趙已下臺，我為結束絕食所作的努力毫無成效。最後，這場無法收場的絕食運動以戒嚴令的頒布，以對抗形式的轉化（堵截軍隊）而結束。

我所犯的錯誤是沒有認清對抗格局。文革中的絕食能收放自如，是因為對方是地方當局，在許多情況下，地方當局也畏懼最高當局的仲裁，不敢擴大事態。更重要的一點：文革造反帶有「奉旨造反」的色彩，毛要利用造反派打擊政敵，對某些「越軌」行為也只有採取懷柔政策。而八九民運的絕食運動則是與最高當局的直接對抗。如果最高當局採取非理性的死硬對策，一步不讓，甚而刺激，就成了僵局。將彼時彼地的經驗不加分析地套用於此時此地，使絕食陷入僵局，我應承擔主要責任。而且，在一百小時之前不積極尋求控制事態的途徑，實際上是對中共在最後關頭的讓步抱有希望。事實證明這是幻想。我願承擔絕食的責任，是我不可能推卸這個責任。不僅在於是我最早建議絕食，還在於我對學生有一定的影響力，還在於所有具有影響力的學生及知識分子中，只有我有發起絕食和平息絕食的經驗。

我應為號召堵截軍隊承擔責任

二十日宣布戒嚴。但深夜開進的軍車被英勇的北京人堵截在城外。我意識到能否堵住戒嚴部隊，是成敗之關鍵。二十日午後，我向副總指揮李祿建議把絕食團指揮車開出去轉轉，停在廣場上發揮不了作用。必須把我們堅守廣場的決心公之於眾，號召群眾堅決堵住軍隊。（大約十八日後，指揮部便轉移到一輛大客車上。因車門便於把守，開會可少受干擾。車上安裝了擴音設備）李祿同意了，把車交給我，由我指揮。我趕緊到廣播站叫上北明，安排她與另一個女學生輪流播音。再把學生領袖悉數請下車（怕公安機關扣押廣播車抓人），然後把車開上長安街。稿件是《告全市人民書》，由我匆忙中起草，僅三、二百字，辭句激昂。大意是：李鵬、楊尚昆等一小撮野心家陰謀家擅自宣布戒嚴令，調動數十萬軍隊包圍北京，使用了從催淚瓦斯到坦克、武裝直升機的現代武器來對付手無寸鐵的學生和人民。他們撤消了趙紫陽總書記的職務，發動了一場反黨反改革反人民的反革命軍事政變。他們的反革命行徑，遭到人民的堅決反對，數十萬大軍被人民成功地阻擋在北京城外，未能進入北京一步！在這個決定中國命運的嚴峻時刻，我們號召一切工人、農民、知識分子、市民團結起來，保衛愛國民主運動已取得的勝利成果，保衛天安門廣場，保衛人民的首都北京！

這個《告全市人民書》得到群眾極其熱烈的反應。每一段，甚至每一句都引起歡呼。我將軍隊入城定性為「反革命軍事政變」，原因之一是他們打倒了總書記，而且那兩日鄧小平也杳無音訊。有人估計是反改革派乾脆連鄧也一起打下去了。我們沿長安街西駛，以步行速度經西單—宣武門—前門—崇文門—東單—天安門，在市中心繞了一圈兒。廣播車後緊隨著上千自行車和步行者，好像是一支遊行隊伍。寫稿抄稿找不到筆了，只要向車窗外喊：「筆，誰有筆？」馬上就會有幾支筆遞進來。好幾次被攔住，人們硬要往車上成箱地送飲料、麵包、口罩（防催淚彈）等物品。推辭不下，只好收下。其實車上堆滿了這些東西，吃、喝、藥、用，應有盡有。群眾的熱情使我深為感動。尚未聽清廣播內容，遠遠望見「絕食團指揮部」幾個大字，便是一陣歡呼。在北京市公安局門口，我請司機停下來，專門衝著大樓廣播。許多警察都擁到門口窗口來靜靜地聽，卻無人衝出來抓人。至此，我懸起的心才放下來。剛才讓學生領袖全部下車實在是過慮了！有這麼多群眾保護，中共是不敢輕舉妄動的。我悟出一條道理：只要軍隊進不了城，戒嚴就是一句空話，運動就不會被扼殺。此後，我還建議調動外地學生防守地鐵，巡視堵軍車「前線」等等（見《歷史的一部分》第八八頁～第九三頁）

這些無疑皆屬「激進」之舉。最近查閱資料，發現我寫的《告全市人民書》可能是戒嚴之後最早的正式文告之一。我把戒嚴定性為「反革命軍事政變」，也是最為激烈的言辭。如果堵截軍隊是嚴重的「激進」事件，我應承擔煽動罪。

我還有一項嚴重的責任：未能估計到屠殺。我這樣一個閱歷豐富的對國情有較深了解的作家尚且如此天真，就不要再責備青年們了。嚴格說來，這是成年者的集體罪過。我應分擔極其重要的一份。

但六四後海外媒體上曾報導的「正義者同盟」非我所組織領導。暗殺與地下武裝鬥爭並非我的信念。

從自由出發

在表示承擔責任的同時，我心中懷著巨大的憂慮。絕食和堵截軍隊無疑是構成八九民運的主體事件。沒有絕食與堵軍車，就不會有五月高潮，當然也不會有公開屠殺，但也就不會有全國二百個以上城市的抗爭，也就根本不會有徹底否定中共統治合法性的八九民運。

個人毀譽事小，國家興亡事大。

如果競相認錯悔罪，是否為了個人道德完善而置人類正義於不顧？

如果連比較溫和的王丹都是三七開，過大於功，那麼柴玲、李祿、封從德、張伯笠、韓東方、嚴家其、包遵信、陳一咨、萬潤南等又該如何論罪？

如果站在第一線的人物皆過大於功，是否在邏輯上構成對八九民運的嚴重否定？

如果隨波逐流聽任否定爭取自由的英勇鬥爭，是否更加不道德？

如果譴責為爭取自由而付出的犧牲，是否推翻了一整部人類史？

如果必須為反抗而招致的公開屠殺承擔責任，是否更應為不反抗而延續那數量更大的例行屠殺承擔責任？

我心中充滿痛苦！

我們這一代人，從來就不是書齋裡的智識分子。壓迫與反抗已成為我們血液中不可改變的深在。我一刻也不敢忘記：我就是囚禁在西北勞改營被活活折磨而死的右派，我就是瀕臨餓死手持棍棒揭杆而起的雲貴高原農民，我就是金沙江邊像柴垛一般燃燒的戰死的造反者，我就是被活活剖腹挖心分而食之的廣西少年，我就是像狗一樣蜷縮在破麻袋片上曬太陽的因勞致殘的老農，我就是奶頭上掛著孩子煙熏火燎地煮食雜糧野菜的大嫂，我就是挎半籃雞蛋去換食鹽的倚杖而行的大娘，我就是刺血而盟秘密分田單幹的貧下中農，我就是長安街上被坦克碾壓被槍彈洞穿的學生，我就是四處流浪受盡凌辱的打工妹……——我不可能完全是安坐於太原及普林斯頓書房裡的那個我。我不可能不為我所目睹我所經歷因而我所代表的苦難問一聲為什麼！

我們如此認錯悔過，是否在不動聲色地剝奪人民反抗暴政的基本權力？暴君們可以剝奪我們所有的權力，而無法剝奪的最後的權力就是反抗。

為什麼我們嘴上講的是從自由出發，而實際上卻主張從功利出發？

我並不想把自由與功利人為地對立起來。自由是好的，功利也是好的。當兩者不可得兼之際，我們該如何選擇？

在〈為柴玲、為八九民運辯護〉與〈試論「打破一環」〉兩篇長文中，我以擺事實講道理的方式論述了八九民運的和平理性非暴力、妥協、避免流血、維憲守法、柴玲「五・二八錄影講話」、檢討歷史的標準、失敗、集權政權的不妥協、極權社會的反抗、理性與非理性等等。在這些論述的基礎之上，現在要談的是八九民運的精神。

裴多菲的一首小詩如此寫道：「生命誠可貴，愛情價更高。若為自由故，二者皆可拋。」這首詩無人不曉，竟成為一代又一代中國人爭取自由的戰鬥口號。本來，自由具有功利的成分，因為它體現為一系列基本權利。但是，當它一旦成為人類公認的基本價值觀念，成為一種理想，就獲得了超越功利的精神價值。讓精神屈從於功利，生命就返祖為一種本能的生物性存在。人類為自由、尊嚴和愛情而不惜捨棄生命，並非對生命的否定，而是對生命的最高的積極的肯定。因為人是有精神的。沒有了精神，人就不成其為人！正是有了自由精神，人類才成為天地間最輝煌的存在！有人曾這樣假設：如果半個世紀前中國人不抵抗日本人侵而甘作順民，那麼今天不僅會享有富足的生活，而且隨著世界潮流也會自然地獲得民族獨立。從日本對東北及臺灣的經營來看，這種假設並非沒有一定道理。但這種假設忘記了一個常識：自由是人類的天性。幾乎所有的國家和民族都有為自由而戰而流血而犧牲的歷史。僅就社會主義國家而言，舉其大端，一九五三年在東柏林，一九五六年在布達佩斯，一九五六年在波茲南，一九六八年在布拉格，一九七六年在北京，一九八〇年在格旦斯克，一九八九年在北京，一九八九年在布加勒斯特，一九九一年在莫斯科，人民都曾為自由而戰，並已經成為人類尊嚴的光輝篇章！如果選擇一個場面選擇一個鏡頭作為八九民運的精神象徵，相信多半會選擇王維林隻身擋坦克。一個手無寸鐵的平民屹立在一大隊鋼鐵武器前毫不退縮，正是經典地表現了這種「不自由，毋寧死」的人類尊嚴。以「激進」來責難否定八九民運的朋友們，可以試著先批判一下王維林。批判他「以卵擊石」、「不會妥協」、「浪漫煽情」、「期待流血」、缺乏「責任倫理」、不是「建設性的反對派」……總而言之——「非理性」。我猜想你們是作不到的。王維林烈士的壯舉感動了全人類，因為他體現了從自由出發的最高貴的人性！這一畫面，已作為人類對生命的終極理解和對自由的無上崇拜之最經典的詮釋而載入史冊！

中共憑藉武力建立了一個歷史上最殘暴的政權，對於一切人民的反抗，不管是政治的，經濟的，文化的，哪怕僅僅是思想的，他們非抓即殺！據估計，他們在和平時期殺死的人數是奪權時的二十倍！在這種恐怖統治下，我們手不能做口不能說心不能想，甚至一則日記一封家信一字筆誤都會惹來殺身之禍！就連在刑場上，他們都不允許就義者最後的一聲呼號：用棉花塑料堵嘴，用膠粘嘴，用竹筒彈簧塞嘴，用手術線縫嘴，用鐵絲勒嘴，用繩索套頸，注射麻醉劑，口服抑制劑，刀刺軟肋，割斷喉管等等。雖然人民一直沒有停止反抗，但這種滲入血肉的恐怖畢竟達到了目的：絕大多數的人被抓怕了殺怕了。八九民運的空前規模的英勇抗爭，正是中國精神黑夜裡一道燦爛的理想之光！每一個民族都在自己的歷史中給捨身取義的英雄留下了一席最尊崇之地。這不是對功利而是對精神的崇拜。失去了這種精神，就失去了理想，失去了魂魄，失去了一個民族賴以生存的根據。特別是在我們今天這個物欲橫流的墮落的時代。一個民族可能遭受失敗或挫折，但只要這種自由精神不死，就不會被征服，就一定會復興！

八九年的中國比一千個太陽還亮！

那塊苦難大陸上迸射出令全人類眩目的光！

我們中國人釋放出心中壓抑已久的自由之火，並在那聖潔的火焰中純淨了靈魂！

那五十幾天勝過渾渾噩噩的一百年！

——請不要忘了那些值得驕傲的日子！

在我即將結束本文之際傳來消息：中共中央軍委四月十八日發布一九九五年十五號命令，將中國大陸城市分為五級，規定駐軍人數，加強戒備。國務院撥款十五億五千萬作為軍隊部署的特別款項。目前，不算正規軍，中共已成為擁有六百多萬警察部隊（公安部隊四百五十萬，武警部隊一百五十萬）的超級專制國家！在這種超級恐怖政策之下，如果我們民族還想尊嚴地生存下去，如果我們中國人還要從自由出發去重塑我們的生活與靈魂，我們別無選擇，只有如守護火種一樣在黎明之前守護八九的自由英魂！

那位參與戊戌變法策動護國討袁的梁啟超，曾悲憤地要向國會磕一百個響頭「求賞憲法」。我不能與梁任公相比，奢望亦不及他高，但悲憤之情卻同樣難以言表！我要向在六年前也曾灑過一掬純淨淚水而今天鳴鼓而攻的各位朋友們磕頭。我向你們磕第一個響頭：請不要褻瀆八九民運！我向你們磕第二個響頭：請不要褻瀆八九民運！……我向你們磕第一百個響頭：請不要褻瀆八九民運！

在《歷史的一部分》中，我寫了如下的一段文字：

> 八九民運之偉大，不僅在於慣於忍受的中國人第一次挺直脊梁站了起來，要求結束做

奴隸的歷史，還在於天安門廣場上的英勇抗爭事實上成為共產主義世界總崩潰的開始，它已經成為確定不移地樹立起來的歷史的界碑。當歲月逝去，回首歷史之際，我們可能會更加準確地評估八九的光榮。

我們應當為自身的種種過失和道德缺陷反思懺悔，尤其是當我們憶及那些永別了我們的死難同胞之際。

但是，我們無權卑瑣地「每日三省吾身」，以懺悔反思之名去玷污八九的光榮。因為八九民運不屬於我們個人，它早已屬於全體進步人類。

我今天仍然不悔。

我不願為一碗紅豆粥或者哪怕如山的黃金出賣自由！

那怕只剩下我一個！

第二輯

賓陽大屠殺紀實

道縣——廣西屠殺的「樣板」

感謝作者賈雲月，也感謝《瀚海潮》及《中國之春》的編者。一九六七年湖南道縣大屠殺的秘密終於被挖掘出來，屍臭衝天地裸陳在世人面前。道縣、道縣、道縣！二十餘年來，我一直在呼喚著這個名字。文革之中，我已經風聞道縣大屠殺，在廣西屠殺的兩次調查中更一次又一次聽到這個名字。有許多廣西人告訴我，廣西屠殺的「樣板」就是道縣。不僅僅是血雨腥風自然地越過湘粵邊界的山地向廣西傳播死亡，更有許多大屠殺的組織者親赴道縣「取經」，把一九六八年道縣失控的瘋狂提高到一九六八年廣西的程序化的冷血。當年在廣西，我就同北明講：道縣，我們一定要去道縣！但來不及了，一九八九年的抗爭及其後的流亡，使我們遠離了那塊浸血的土地。但我知道有人去過道縣，寫過文章，不止個人，文章被封殺了。所以我要格外地感激《瀚海潮》的編者，當今中國，已不是有沒有人敢寫，而是有沒有人敢發。道縣大屠殺的數千罹難者和他們的上萬遺屬都會永遠感激你們！

我想，還應該感謝「六四」屠殺的受難者。鄧小平的十年改革，曾一度蒙蔽了我們的眼睛。使我們這些歷史罪行的知情者幾乎「不計前嫌」，「自我約束」式地放下了手中的刀筆。正是「六四」的血，使我們猛醒：今日之殘暴，正是昨日殘暴之延續，正是姑息歷史罪行的報應！我不認識賈雲月，不知他是否也有我這樣的精神歷程。我猜是的。否則道縣大屠殺的文字何以只是在「六四」後的今天得以面世？

行文至此，心中油然而生厭惡之情。為什麼我們總要在人民的血泊中猛醒？而且總要在自己眼前，總要流了親人朋輩的血才肯猛省？我們骨子裡是那種東郭先生式的寬容與偽善啊！最令人心驚的是，血跡一乾，我們就又遺忘了！「六四」屠殺僅僅幾年，不是又有許多人淡忘，又要「不記前嫌」地「向前看」嗎？也為自己悲哀：我手中筆，蘸的都是我們父老兄弟的血！我蘸著人血寫作，我蘸著人血吃饅頭！一個奇怪的悖論出現了：雖則如此，我還是要用血來寫這歷史。蘸著人血寫作，已屬殘忍。但更殘忍的是那種將死者再謀殺一次的遺忘！在我們這個民族的這種醜陋德行尚未根除之前，天良未泯的作家的筆下，少不了流血。

殺機隱現的寂靜（七月二十二日～二十四日）

據《湘南大屠殺紀實》所述，道縣的屠殺起於民眾，止於駐軍。我這裡寫的賓陽屠殺則恰恰相反。這是一個在當地駐軍嚴密組織指揮下的大屠殺事件。時間是一九六八年七、八月，恰恰在道縣屠殺近一年之後。

十八年後，一九八六年春夏之交，我來到賓陽。關於賓陽屠殺，文革後新修的《賓陽縣志》簡略陳述道：

> 一九六八年七月底，縣革委主任王建勛（六九四九部隊副師長）、副主任王貴增（縣人武部副政委），以貫徹落實《七・三佈告》為名，動員向所謂階級敵人開展猛烈進攻，致使全縣被打死或迫害致死三千八百八十三人，加上貫徹《七・三佈告》前被打死或迫害致死六十八人，文革中全縣被打死、迫害致死、失蹤三千九百五十一人，造成了一大冤案。

《七・三佈告》是一九六八年七月三日由中共中央、國務院、中央軍委、中央文革聯合頒佈的淩駕於法律之上的文件。以廣西各地近來出現破壞鐵路交通，搶劫援越物資，衝擊軍隊等「反革命事件」，要求更加嚴厲地鎮壓一切階級敵人。雖無「格殺勿論」的字句，但殺戒大開的意味滲透全篇。

七月二十三日，縣革委召開全縣電話會議，號召貫徹落實《七・三佈告》。

七月二十二日，縣革委在縣城所在地蘆墟召開萬人大會，駐軍副師長、縣革委主任王建勛在會上作了貫徹《七・三佈告》的動員報告。副主任余××講話，稱《七・三佈告》是：

毛主席的偉大戰略部署，是加強無產階級專政，廣大群眾穩、準、猛打擊一小撮階級敵人最最強大銳利的武器……

再一日，成立「賓陽縣落實《七・三佈告》領導小組」，四名成員，清一色軍人（王建勛：駐軍副師長，王貴增：縣人武部副政委，黃智源：駐軍教導員，淩文華：駐軍炮營政委）。一眼望去，已是殺機隱現。

——短短三日之內，一場即將血洗賓陽的屠殺已經佈署就緒。二十五日，全縣偃旗息鼓。事後，人們發現這是風暴來臨之前的寂靜。

流血開始（七月二十六日～二十八日）

二十六日，賓陽縣公檢法軍管會召開會議，對區、鎮一級黨政領導、公安人員、派出所長發出殺人指示。王建勛指出：湖南早已行動起來了，賓陽是國民黨時期的「模範縣」，必然有潛伏的階級敵人。並指責新賓鎮貫徹《七・三佈告》不力，還親自點了居民黃德三、羅桂昌二人姓名。當晚，新賓鎮革委雷厲風行，在南橋頭開批鬥會，將黃、羅二人打死，拉開了賓陽大屠殺的血腥的帷幕。

二十七日，新賓鎮墟日（集市貿易日），被王建勛督戰的新賓革委組織遊街，打死「四類分子」十四人。首開成批打死人先例。

同日，縣武裝部組織各區武裝幹部到新賓觀察殺人現場。蔣河公社民兵營長吳××等立即通知民兵連長押送「四類分子」到公社集中，於二十八日晚十時集體屠殺。一批共二十四人。

二十八日，縣城蘆墟墟日。王建勛授意在最熱鬧的縣城中心遊鬥大批「二十三種人」，《賓陽縣文化大革命大事記》第二十八頁註解：

文革期間所說的二十三種人是指地主分子、富農分子、反革命分子、壞分子、右派分子、國民黨區分部書記、三青團骨幹、保長、鎮長、警長、憲兵、反動會道門、勞改釋放人員、勞動教養釋放人員、勞改就業人員、勞教就業人員、投機倒把分子、被殺、被關和外逃反革命分子堅持反動立場的家屬。

——僅列二十二種人，疑遺漏「資本家」——這種「二十三種人」的提法，不知除了廣西外，還流行於南方哪些省份?），煽動群眾以木、石當場打死八、九十人。其中包括縣醫院院長、副院長及內科、外科、婦產科、藥劑科主任等。縣醫院的業務骨幹基本殺絕了。

駐縣醫院宣傳隊負責人李明聽說這件慘案十分震驚，趕到王建勛辦公室彙報。這次彙報，在李明當時的筆記和後來的證詞中有生動的描述：

李明：我向你檢討來了。先彙報一下情況（隨即彙報了縣醫院被打死人的情況）。

王建勛：那裡有什麼反映？

李明：好人感到高興。有問題的耽心。也有個別人講，不該死的死了。可能多了一點。

王建勛：死就死了嘛，有什麼值得檢討的？回去要和大家講，不要以為死了幾個人就灰心喪氣。還要硬著頭皮頂著幹。醫院一百多人不死他十幾二十多個算甚麼？現在剛剛開始呀！

李明：原來我對首長指示理解不深。

王建勛：原來叫你們去鬧個天翻地覆，現在給你們震動一下！該認識認識了吧？還要回去給他們講清，要鼓起勁，挺起腰桿幹下去。不要死了幾個人就怕了。

李明：現在被打死的家屬不上班，過幾天準備找他們談談。

王建勛：要對他們說，不幹工作，人家連他們也要幹掉。

屠殺示範（七月二十九日～三十日）

二十九日：

七月二十九日上午，縣革委主任王建勛在軍管會召開的政法幹部會議上，推廣新賓鎮打死人的經驗，對打死人的對象、時間、手段、辦法和指標要求都作了具體佈署。他在會上說：

我們打這一仗，時間從七月二十六日至八月十五日為一段落。鬥爭的鋒芒主要是叛徒、特務、死不改悔的走資派和沒有改造好的地、富、反、壞、右，次要的是投機倒把分子，賭頭，領頭鬧分生產隊的首要分子。縣的重點在新賓、蘆墟。現在新賓已拉開序幕，不要看不慣，氣可鼓不可洩。這個任務要執行，但又不能開大會，大張旗鼓去發動，只能個別點火。群眾認為是壞人的要專政，你們不要束縛群眾的手腳。

還講：

當運動起來，積極分子開始開槍殺幾個問題不大，但我們要引導用拳頭、石頭、木棍打，這樣才教育群眾，教育意義較大。現在賓陽有四千多名『四類分子』，你們對他們改造十幾年，我看一個沒有改造過來。群眾也花了不少精力監督他們，我們有那麼多精力去發展生產不好嗎？這些人交給群眾專政，用不到三天時間就幹完了又不花一槍一彈。這次行動，時間三天，現在告訴你們一些底：這次運動要對敵人砸死的大約三分之一或四分之一。

（《賓陽縣文化大革命大事記》第十四頁）

《大事記》略掉的一些生動的語言，對於我們了解王建勛其人的性格、氣度頗有補益，特續貂於後。一上來，王建勛就從他的樣板新賓鎮談起：

> 這兩天新賓、蘆墟搞了不少壞人，你們有什麼感覺？前兩天我講話你們聽不進去的，現在大家都知道了吧？要求公安人員要走在運動的前面，不要走在運動的後面像小腳女人走路一樣，這是不對的。大家是否認為這兩天殺多了？如果這樣認為就是右傾表現。為什麼呢？多殺幾個也可以嗎，這兩天殺了幾個是整個運動剛剛開始，再往後會殺更多的。我在新賓點了一把火，看你們怎麼行動！
>
> （《關於王建勛策劃、指揮大量殺人的犯罪事實》第三頁）

屠殺在王建勛嘴裡顯得十分瀟灑、胸有成竹，舉重若輕。他真的不知道他在鼓動殺人，在觸犯天條嗎？他實在知道得太清楚了：

> ……今晚會議我講的只能在座的知道，回去後不能說是上面佈置的，就算你們說是我

講的，我是不認帳的。

（《關於王建勛策劃、指揮大量殺人的犯罪事實》第六頁）

就在這一夜，王建勛還主持了全縣各區武裝部長和公社民兵營長緊急會議。王建勛向不願動手殺人的單位施加壓力：

有些單位在那裡看，拖拖拉拉不動，回去後要統一行動。為了達到這個目的，我們的手段是放手發動群眾，把敵人暴露出來，然後開展鬥爭。該死的交給群眾處理他們。民兵營長要帶頭抓幾個壞人。

（《賓陽縣文化大革命大事記》）

——就這樣，從軍人「領導小組」成立，五日之內，大屠殺的輿論、示範、組織工作全部就緒，地獄之門豁然敞開。轉瞬之間，紅色瘋狂席捲全縣，把賓陽民眾投入歷史上從未有過的大屠殺恐怖之中。王建勛講話之後，幾乎是立即——當日下午和次日，全縣到處召開萬人「殺人樣板會」，再次示範。其後，全縣一百七十二個大隊（小公社），隊隊狂抓亂殺。大屠殺進入高潮。

其間，一批公安幹部以「觀察員」身份遍佈全縣，監督基層屠殺，並每日上報殺人進度。縣、公社領導不斷打電話向「進度」較慢的單位施加壓力。到處都在狂叫：

> 不要浪費子彈，要用拳頭、木棍、石頭！

數以千計的無辜者被瘋狂毆打。

殺人狂潮（七月二十九日——八月二日）

王建勛的屠殺動員令以我們今天難以想像的速度即刻傳遍全縣，沒有任何過程，屠殺立即進入高潮。

同日（二十九日）下午，大橋區豐洲公社黨支部書記黃某某召開領導班子會議佈置殺人。當晚把張維玉等五名「四類分子」批鬥後用木棍打死。次日黃某某再次組織動員將「四類分子」及「二十三種人」共三十人綑起，再兩人綑作一團，全部推入村邊極深的廢煤坑裡淹死。

同日（二十九日）下午，新橋區革委主任張某某和區革委副主任韋某某在新橋墟召開屠殺「樣板」萬人大會，將林臣茂等十四人以揑造的「反共救國軍」罪名全部用木棍打死。會後，韋某某等還到數個公社監督殺人，並親自點名殺人計有林學光等八人。這一期間，新橋區共打死一百九十三人，自殺十八人。

次日（三十日），大橋區紅橋公社民兵營長彭某某與公社主任韋某某召開會議，傳達縣、區民兵營長會議精神，然後，分組討論，當場「規劃」打死人名單。彭某某親自指揮將「規劃」中的三十三人綁到新街嶺，用刺刀、木棍、石頭全部打死。

是日（三十日），蘆墟區國太公社主任謝某某、副主任胡某某、謝某某被區革委主任覃某某批評「行動慢」。謝某某等三人立即召開會議，決定集中全部「四類分子」到公社集體屠殺。黃蘆片集中的二十人在送到公社的途中已被打死；其他各集中到馬蘭墟的三十二人除了幾人要取「口供」，或留下作「活教材」之外，當晚先用木棍後用槍，共打死二十四人。

是日（三十日），與王建勛和六九四九部隊直接關聯的事有兩件，其意義皆極其重大。一是王建勛本人給思隴區領導打電話，嚴詞批評思隴區領導殺人「動作太慢」，要他們立即採取「緊急措施」。區武裝部長、區革委會副主任黃某某立即召開「擴大會議」，制定出三條「緊急措施」。一、立即把王建勛的批評傳達到各公社；二、檢討殺人慢的原因，如果下面不敢殺，把人交上來殺；三、區糾察隊、下鄉宣傳隊監督執行。八月三日，根據這個王建勛直接授意的「緊急措施」，區糾察隊負責人韋某某指揮持槍糾察隊員十二人，將四個公社送來的三十四名（一說三十七名）「四類分子」於六進坪一次集體槍殺。

第二件事與王建勛副師長本人無關，卻與他的搭檔——六九四九部隊師長董永興有關。本日（一說三十一日）新客鎮東風街主任謝某某帶一夥糾察隊到熊世倫家抄家。（一說將熊世倫打死後，懷疑家中藏有武器，方去抄家）熊家閉門不開，並擲出一土造手榴彈（未炸）。這夥只會屠殺毫無自衛能力的無辜者的殺手，被一顆自製手榴彈嚇得躑躅不前，只會猛烈射擊卻無膽衝入捕人。新賓派出所所長黃某某等到師求援，要借四十枚手榴彈。董永興師長說：「不用了，我們部隊出兵，你們糾察隊配合。」隨即六九四九部隊派出二個班的兵力，攜四挺機槍包圍熊家（一說四個排）。凌晨三時，發起衝鋒。董永興親臨前線指揮。手榴彈、步槍機槍一齊上，戰況極為壯觀。攻占熊家後，人們發現熊家三口早已被打死，仔細搜查後，亦未發現任何槍枝武器。清晨，三位敢於自衛者的屍體被拖到南橋頭示眾。

三十一日，蘆墟區武裝部長賴某某到河田召開河田片幾個公社的幹部會，會上「規劃」了二十七人的「專政」名單。會後，賴某某親自到德明、中興、深柳三公社督陣，組織指揮打死五十六人。中興公社舉行「批門大會」，「規劃」名單上的農民吳日生拒絕列會，並閉門執刀。賴某某聞訊大怒，提著手槍將吳日生押上門爭會。吳日生先被割掉耳朵，然後推下河去以亂石砸死。吳妻韋清才撲到丈夫身上，大哭道：「生同生，死同死！」大女兒吳來英（八歲）背著二弟（三歲），拉著大弟（六歲）亦隨母親來到河邊，同赴父難。此案被當地百姓稱作：「四屍五命六含冤」（五命：吳妻尚有六個月身孕；六含冤：大女兒重傷昏迷未死，次日被人發現悄悄背走，含冤終生）。

八月一日晨，原大橋區連朋公社治保主任宗××率糾察隊員將十六個人五花大綁押到公路旁，用棍棒活活打死。此時，王建勛坐小車經過，特地下車觀看了現場。

八月一日上午，新賓區勒馬公社將全公社的「四類分子」和「二十三種人」集中關押，民兵營長韋××召集幹部會議，決定遊鬥後全部打死。下午一時，武裝民兵押解這批「階級敵人」到新賓遊街，當街跪下，一次集體槍殺二十三人。一位陳姓女地主嚇得奪路逃走，被圍觀者用石頭當場砸死。

八月二日，黎塘區補塘公社民兵營長楊××、支書侯××等五人在公社辦公室召開緊急幹部會議，決定學習新賓經驗，把「四類分子」統統幹掉。緊接著又召開民兵排長以上幹部及糾察隊員會議，以村為單位，分工包幹，落實專政對象。當場，民兵營長楊××點高嶺村十三人，並負責組織打死；公社主任呂××點新阜村四人，民兵副營長張××負責「落實」補基村七人；支書侯××負責「落實」三擇村十三人；公社會議張點吊塘村二人。次日，楊

××與張××指揮民兵和糾察隊，將以上「規劃」的三十七人押到北溝舊煤窖，排為一橫隊，行刑隊在後面，楊××一個手勢，三十七人一同飲彈身亡，屍體全部投入煤窖深水之中。

八月二日，大橋區豐洲公社民兵營長黃××在公社會議上傳達了王建勛的講話，會議決定將關押在公社的「四類分子」共二十七人全部幹掉。立即將他們用繩子捆綁拉到離會場三百米遠的一個水深十幾米的廢煤坑旁，強迫後者推前者往下跳，實在不敢推，幹部民兵才動手。

有一位船家婦女會水，落水後游至坑邊，幹部、民兵便用石頭猛砸。一民兵用尖刀朝她胸部連刺數刀，鮮血頓時染紅了水面。史稱「豐洲煤坑慘案」。

直殺得兇手心虛膽寒（八月二日～六日）

殺戒一開，嗜血的魔鬼便再也收不回去。殺！殺！殺！瘋狂的人們憑著「無產階級文化大革命」的名義殺紅了眼，越殺越順手，越殺越刺激，越殺越酷虐！直殺到始作俑者王建勛也心虛膽寒之地步。

八月二日晚，賓陽縣革委會召開各區（鎮）革委正副主任、宣傳隊長緊急會議，王建勛開門見山，擬定了議題：「今晚會議要解決一個問題，即各區貫徹執行《七・三佈告》的情況，做得好的要學習，不好的也要講。」彙報上來，全縣十五個區、鎮，在短短的一周之內，已殺了一千九百九十七人。這個差三人即滿兩千的數字，終於把一直鼓動、督促殺人的王副師長嚇住了：「不要再殺了！殺得太多了！殺罪大惡極的得了！」為了掩飾內心深處的恐懼，王建勛仍然堅定不移地宣稱：「我們猛烈地向一小撮階級敵人進攻，大方向是對的。向敵人專政是保護廣大人民群眾。如果對敵人專政手軟，就是國民黨的立場。」

所以「該殺的還得殺！」

這個所謂的「剎車會議」之後，各地仍然大殺。怕以後不易再亂殺人，許多地方還加快「進度」。如鄒墟同德公社八月三日傳達了會議精神，馬上打電話通知原訂的十八個「專政對象」，每個人自帶一根繩到公社集中。宣佈完「罪狀」，用受難者自帶的繩子綁起來，亂棍打死，投屍獨石江中。其中有位生產隊幹部覃采雲，正在田裡勞動，接通知後立即回家，衣沒換，水沒喝，拿了「語錄本」和一條繩子就走。被縛時，哀求公社幹部：「我沒有什麼罪，請留我一條命，做工養小孩！」已毫無憐憫之心的人們照樣用木棍將其痛毆致死。

直至八月六日，集體屠殺紅色風暴才止息。多年後，人們評價說：這個「剎車會」實際成了「動員會」。

直到八十年代中期，人們才第一次從官方文件上俯瞰到賓陽屠殺的全貌。據《賓陽縣文化大革命大事記》（內部文件）披露，在貫徹《七・三佈告》那短短的十一天裡（一九六八年七月二十六日～八月六日）：

> 全縣被打死和迫害致死三千六百八十一人。其中國家幹部五十一人，工人二十七人，集體職工七十五人，教師八十七人，農民、居民三千四百四十一人。一批打死的最多有三十四人，被槍決、刀刺、繩勒、叉戳、棍打、水溺、石砸還有個別活埋，手段十分殘忍。有三家（三兄弟）全部男性十人都被打死；有一百七十戶妻離子散，家破人亡；有十四戶被斬草除根，全家滅絕。一家被殺害兩人以上的有一百九十戶，四百三十五人。

瘋狂的賓陽

一九八六年春末夏初的一天，我站在賓陽縣城中心打量這塊曾經浸浴在血泊中的土地，不禁感慨萬端。街市繁榮，燈火輝煌，叫賣之聲不絕於耳……那末，連交通都為之阻絕的一具具屍體呢？那用石灰掩蓋不盡的滿街鮮血呢？今日之繁榮，將十八年前血腥覆蓋了，往事變得無法理解。數字與簡單過程只能勾勒事件之輪廓，我想了解人：狂暴的人、絕望的人、被殺的人、殺人的人、被煽動被裹脅的人……我想，只有了解了人，人的思想與情緒，那看來無法理解的大瘋狂才能得到起碼的解釋。

除了談話和看案卷，我採訪了幾位人物。

賓陽縣法院王院長：我認為殺人風是無法的概念，以「革命」取代一切。毛主席講：「專政是群眾的專政」。當時全國上下，沒有一個人站出來反對，只記得一位縣裡派駐公社的宣傳隊長在村裡說一句話：「專政是群眾的專政，但也不是全部殺掉。」說是亂打死人，實際上也不是全沒有標準。事後，法院判了五十二人，僅四人屬於挾嫌報復。農村挾嫌報復，宗族矛盾多些，但殺人名單到公社審批時，還是按當時原則辦事的。

紅衛兵黃某某，一九四七年出生。一九六六年十月在縣委操縱下成立了第一個紅衛兵組織。黃某某親自參與殺害四位老師事件，用手槍執刑。參與殺害九名武鬥戰俘。

在押犯盧某某老初二學生，曾將一位被害青年屍體剖腹解恨。特地將他從看守所提到一個專供談話的小屋裡。談笑自若，似無愧疚之情。

黃、盧二人談的皆殺人現場的一般情況，綜述如下：

「批鬥會」一般在街上，每家必須去人。按名單把要打死的人推到前面，一一宣佈「罪狀」。「罪狀」一般十分簡略：某某右派；某反動學術權威；某某投機倒把分子……然後背誦一段「最高指示」（法律依據）：「毛主席說：專政是群眾的專政。」然後高聲煽動群眾：「對這些牛鬼蛇神，大家說，怎麼辦？」在場的者皆大呼「幹掉！」「殺！」於是一擁而上，亂棍打死。局面從未失控，無當場亂點名打死的，全按名單來，場面混而不亂，雖是亂打群毆，但不會傷其他人，被打死的人與群眾之間，保持一段距離，分得很清。

一般群眾也參與打人，打幾下就下不了手了。較殘忍的有這樣幾類人：光棍、舊軍隊兵痞、流氓、「戴罪立功」的小「走資派」、對立派的「反戈一擊者」，還有各種諸如，害怕如不努力表現而輪到自己頭上的人。從年齡上看以二十歲左右的年輕人居多，十四、五歲也不少。群眾下不了手時，便逼「四類分子」動手，人都處死之後，再把動手的「四類分子」打死。收屍掩埋也是「四類分子」埋完了再打死掩埋者。不少「四類分子」自知難逃一死，只好自盡。

在縣城裡，蒙難者一般並不綁縛，因他們無處可逃，亦毫無生望。一聽傳喚，便老老實實的踏上死亡之途。不叫罵，不求饒，不分辯，表情冷漠，毫無反抗意識，跪地上任人痛打至死。若被打倒，令其再跪好，再打倒，再跪好，直至昏迷……

絕望！深入骨髓的絕望！

恐怖與絕望

在《第三帝國的興亡》一書中，被納粹軍隊集體屠殺的猶太人也表現出類似的絕望。在戰爭結束後的大審判裡，當年的目擊者向法庭描述了這樣一幅圖景：人們全身赤裸，一絲不掛地走到已填滿死者的萬人坑裡。劊子手殺得累了，在坑邊抽菸稍息。即將被處決的人都利用這最後的時間同親人們擁抱告別。有的孩子不明白正在發生的事情，於是父親便親切地向孩子解釋，並舉手指向孩子示意天上那個最後的歸宿。然後，躺在屍體上，等候屠手們走過來射殺……這證詞令法庭大為震撼！我猜想，這震撼正是在劫難逃的絕望！

在毛澤東的紅色中國，在一九六六——一九六八的「文革」大屠殺中，入了「另冊」的人絕少有逃出生天的。「革命」像風暴，像瘟疫一樣籠罩了九百六十萬平方公里的遼闊國土，你沒有戶口沒有糧食，沒有「路條」，沒有軒昂的革命氣宇，滿臉掛著恐怖與驚惶，你究竟能逃往何方？無處可逃亦無人逃的絕望，寫成了人類文明史上最殘暴的一頁。

在這種令我們的後人無法想像的絕望之中，人們紛紛自殺。其中，死得最為艱鉅者該算是新賓鎮的黃應基了。在弟弟黃寧基被活活勒死，弟弟黃朝基被打死，妻子羅淑賢鬥打投環自盡之後，黃應基悲憤欲絕，走投無路，當即撞牆尋死；未果，又以斧自劈頭部；仍不死，最後懸樑上吊，總算達到了目的。當時氣氛之恐怖，不僅無人敢收屍，連家屬亦不敢一哭。武陵鄉一女哭夫，背上背的幼子被扯下來扔在地上，用鐵鍬鏟死。一女哭夫，說同情階級敵人，下批便將其打死。屠殺之初，無人害怕，連看熱鬧的孩子都不知道怕。直到後來屍橫街道，汽車停駛，將桂南這一重要公路樞紐交通斷絕，直到縣城所在地蘆墟（廣西歷史上著名的四大名鎮之一）汪起了血泊，人們才懂得了害怕。一入夜，縣城中心行人絕跡。殺人的，被殺的，目擊的，家家關門閉戶，毛骨悚然。一種巨大的恐怖如天羅地網罩住了賓陽民眾，無人得以逃脫！

數日採訪，一幅又一幅當年的圖畫在我眼前浮凸出來，我逐漸大致了解了瘋狂中的賓陽人，於是賓陽大屠殺逐漸變得可以理解。不禁想起文革之初的北京「紅八月」，何其相似乃爾！都是毛澤東之煽動，都是當權者支持，都是執法者協助，都是泰山壓頂之勢向「階級敵人」實行「群眾專政」，都是數日之內即令被害者精神崩潰，喪失一切反抗意識，都是為時短暫但瘋狂至極，都是開始「發動群眾」，後來自己被殺人狂潮嚇住，出面「講政策」、「急剎車」以求洗刷罪責，等等……「紅太陽」身邊可以有「紅八月」、「大興屠殺」，邊陲之地何不可有賓陽大屠殺！

然而，理解決不等於原諒。這次賓陽歷史上前無古人的大屠殺，使賓陽縣文革期間「非正常死亡」人數在廣西名列榜首！抗戰時期，全縣被日軍殺害的群眾三百餘人。這是民族戰爭。中共建政之初，「剿匪」鎮壓三百餘人。這是拿槍的敵人。何以在和平日子裡，眨眼之間將十三倍於戰亂死亡者的人民私刑處死？

賓陽屠殺整整十五年之後，一九八三年，賓陽縣黨政當局對文革期間被無辜殺害和迫害致死的三千九百五十一人全部平反昭雪，並以縣政府名義給死者家屬發放了「平反通知書」。不知這一紙「通知」是否可以撫慰那慘死的數千亡魂？

頭號劊子手逍遙法外

甚為遺憾的是：依據共產黨以政策代替法律的非法之法（對廣西當局三令五申：歷史問題宜寬不宜嚴，宜粗不宜細），全縣僅判刑五十四人。查閱案卷時，我隨手記下三例：其一，原公社武裝部長賴××，組織殺害五十四人，有期徒刑八年。其二、黃××，原大橋區豐州公社黨支書，組織殺害三十三人，有期徒刑七年。其三、莫××，原縣宣傳隊駐鄒墟區同禮公社工作組負責人，刑訊逼供，製造八十三人的「反共救國軍」假案，僅倖存十餘人；並親自組織、指揮殺人若干，有期徒刑十五年。算起來，平均每殺害七十人，才判處一人有期徒刑。全縣判刑的五十六人之中，僅一人死刑。也就是說，一命抵三千九百五十一命。這簡直是對社會正義與法律的嘲弄！

量刑如此之輕已令人咋舌。然而，更令人驚詫莫名的是：被法辦者紛紛大呼冤屈！難道這不算寬大無邊嗎？不是，因為賓陽大屠殺之首犯，那位六九四九部隊的副師長王建勛被軍隊包庇至今。被判刑的凶手們申辯道：若不是王建勛煽風點火，打氣督戰，我們也不會殺那麼多人，落到今天這步田地。於是紛紛主動上交當年的筆記本、電話記錄、會議記錄，王建勛一手製造賓陽血案鐵證如山　！賓陽縣紀委書記李增明神情凝重地遞給我一份打印文件：《關於王建勛策劃、指揮殺人的犯罪事實》，文後落款為「中共賓陽縣委員會」。我立即感到事有超出常規：依照慣例，此類公事理當由職能部門出面辦理。一反常規，由黨委親自出馬，顯然表達了一種異乎尋常的情感與決心。果然，這是一份行文極為克制，卻字裡行間噴發著怨憤之火的起訴書。從來對上俯首貼耳的基層黨委，在近四千條血債面前，在嘲弄輕蔑面前，終於起而抗爭了。口氣盡量和緩，但時間、地點、罪行、人證、物證、個別案例、全縣統計毫不含糊，字字如板上釘釘。在陳述了全部犯罪事實之後，這份長達二十八頁的文件以肯定的語氣宣稱：

以上的大量事實充分證明，王建勛就是我縣出現亂殺人這一慘案的首犯。殺人數量多、手段殘忍、民憤極大。我們認為該人已構成故意殺人罪。

最後，一反向上行文的謙恭，毫不妥協地提出要求：

我們意見：應逮捕法辦，從嚴懲處，以平民憤。

中共賓陽縣委員會

一九八四年九月十五日

——凶手們的冤聲，賓陽縣委的抗議，究竟從何而來呢？——賓陽大屠殺之首犯王建勛至今逍遙法外。這位親自策劃、組織並指揮了大屠殺，雙手沾滿了賓陽民眾鮮血的劊子手，反而步步高升，官至廣州警備區第一副司令，最後以此銜光榮離休，在幹休所的深宅大院裡安度晚年。

——為何量刑如此之輕，甚至給首犯以安撫庇護？——「自己人」！這些對無辜百姓大下殺手的劊子手們是毛澤東、共產黨的「自己人」。他們犯下的一切罪行，都是得到默許甚至直接秉承聖意。他們的失誤，最多是太熱情，太忠實，太瘋狂，把「好事」幹過頭了，把「經」念歪了。往屁股上拍兩巴掌也就是了。依照刑律坐牢、殺頭是萬萬不可的！否則，再需要瘋狗咬人之機，還有誰敢於效命呢？

當李增明書記遞給我《起訴書》時，我注意到文件簽發的日期是一年半之前。也就是說，在長達一年半之久的時間裡，賓陽縣委親自出面的這一紙訴狀仍無人受理。我感到這幾十頁紙張的沈重。我不敢抬眸去承接李增明那探詢的目光。在一個毫無新聞自由、出版自由、言論自由的國度，我一介書生，毫無回天之力。我只有真實地記錄下這些可怕的事實，留給時間，留給我們的後人。

總有一天，他們會審判這殘暴的一切。

屠殺在繼續

每當提筆寫這種文章，我的心就流淚。

每當想起我們中國人的奴性與忘性，我的淚水只能往肚裡流。

我知道，有不少的人會在心裡不以為然：總翻老帳有什麼意思！今天大陸不是挺好的嗎！

還要殺到什麼程度我們中國人才能猛醒呢？就在我們這一代人的生活的年代裡，還沒有殺夠嗎？血流漂杵的內戰不去說他了，雙方都有槍。那麼中共建政之初的「肅反」、「鎮反」呢？「反右」呢？「大躍進」造成的數千萬人餓死的人為大饑饉呢？還有「治世之亂」的「文革」呢？漸行漸遠，都不去說它了。「六四」呢，也過去幾年了，也淡了，忘了。忘了就好了。忘卻了曳光彈織成的火網，那些火，那些在自己身邊倒下的青年，忘卻了日夜守候在電視機前以淚洗面的日子，在自己的車上貼的抗議暴政的中英文標語，那些堅貞的誓言……——忘了就好了。心靈就會平靜，行動就會自由，一笑泯恩仇。

因此，老帳不提也罷了。但「改革開放」竟又「和平演進」出若干新帳來。

一九九三年鎮壓農民：軍民雙方傷亡一萬六百餘人，僅軍警一方死亡三百八十五人。

在這近半個世紀以來一直在進行的屠殺面前，在這永遠也流不盡的鮮血面前，我們這些苟活下來的人，我們這些奴顏媚骨的人，我們這些善於遺忘，善於盡釋前嫌的人應該感到羞恥。

由於利益所在，由於知情有限和寸光鼠視，由於精神枷鎖，更由於奴性與忘性，我們往往寬容暴行。歷史沒有這些局限和人性的弱點，因此歷史是無情的。我們的後人會記下我們今天的奮鬥，同時也會記下我們在暴政面前奴顏媚骨的恥辱。

我作證

——中國廣西吃人大瘋狂之調查

一九六八年，在中國震驚全世界的「無產階級文化大革命」中，我曾到過廣西。肆無忌憚的大屠殺令人恐怖，但有關人吃人的消息卻被我誤認為惡意攻擊的傳聞。

十六年後，人吃人的悲劇得到一位作家朋友的確認，並且，又得到劉賓雁的確認。於是我決心去揭破這共產黨嚴密封鎖，諱莫如深的可怕罪行。從一九八六年至一九八八年，我同我的妻子北明（人類學研究者）曾二赴廣西，取得了證據。

未及開始寫作，我們雙雙捲入一九八九年春夏之交的偉大的民主運動。六四鎮壓之後，我被全國通緝，被迫逃亡；北明被捕入獄，九個月後釋放，擺脫中共警察的嚴密監視和跨省追蹤，與我會合，一起開始了艱難的逃亡寫作生涯。

至一九九一年秋，我終於完成了一部以廣西大屠殺、人吃人悲劇為發端而揭露毛澤東及中共數十年來一貫殘暴的重要著作《紅色紀念碑》。並且，我的妻子機智果斷地將該書的微縮膠卷託付給一對素不相識的澳大利亞夫婦帶出國境。當我們接到他們安全出境的訊息，感到背負已久的歷史的重負頓然解脫。為了進一步向全人類揭露這一嚴重罪行，我們攜帶了有關廣西人吃人事件的文件偷渡出境。其時，至六四屠殺已近三年。

一九九二年六月起，在得知我們安全逃離險境之後，劉賓雁先生在香港數家刊物發表了我於逃亡之初（一九八九年底）完成的一部書信體自傳《歷史的一部分》。其中廣西事件的章節引起了廣泛的注意。但有相當的讀者認為空口無憑，證據不足。這是很自然的，因為在寫作《歷史的一部分》時，我匆忙出逃，手中沒有任何文件。直到北明釋放，才將我們早已轉移的文件運到我藏身之處。現在，我們有義務公布我們掌握的有限的文件，以期證實：共產主義是超越希特勒法西斯的暴行，它給人類所帶來的，是超出人類經驗的令人髮指的殘暴。

在廣西的調查活動，我的身分除了作家之外，還持有《中國法制報》介紹信。這是中國司法部的官方報紙，介紹信是由我的朋友、作家老鬼開出的。現因八九民運逃亡美國，當時他是該報編輯兼記者。這樣，在這種半官方身分的掩護下，我的調查活動得到了從中共廣西自治區政法委員會開始的各級黨政機構的認可，雖後來遭到封鎖，但畢竟獲得了大量文件。現摘其部分發表如下。

鄧記芳被吃案

鍾山縣清塘鄉四哨村。

一九八六年六月五日，我在縣人大常委主任楊旭松與清塘鄉文書鍾永文陪同下到案發地四哨村採訪了兇手易晚生。事前經多方了解，案情如下：被害人鄧記芳，父親為四哨村地主，土改時逃上深山為土匪，後與兩兒一起被中共抓獲槍斃。一起上山的幼子鄧記芳因年幼，只判刑勞改二年。釋放回村時，母親早已投繯自盡，在本村已無立錐之地，遂到鄰近的康平大隊認貧下中農陶某為父。後，繼父陶某為他操辦了婚事，據官方文件證實，鄧「結婚後一直老老實實在家種田種地」。❶不料文革之中，在階級鬥爭的瘋狂中，四哨村無人可殺，忽憶起老地主之幼子尚在鄰村，黨支書記黃炮賜便命武裝民兵去抓。鄧從窗口看見老村民兵來，自忖死期已至，為逃避非人折磨，即刻上吊自殺。幹部民兵衝上樓將他放下，押解回村。半途，任打死也不再走一步。便塞進竹編的豬籠（運豬用），抬回村去。村人將他綁在電線桿上，打得死去活來，尚不解恨，便「用燒紅的鍋鏟燙他的臉部（和）脊梁。」❷種種酷刑把

❶ 鍾山縣公安局預審卷宗：易晚生殺人案（鄧記芳被殺害）。《關於鄧記芳的剖腹調查報告》第二頁。

❷ 同上，第四頁。

人們刺激得更加瘋狂，老黨員、老幹部、老「土改根子」（土改鬥地主積極分子）、老貧農提出要殺掉。更有甚者提出應剖肚子。於是趁鄧昏死之際，拖到江邊石灘上，五六個人「用松樹（枝）條壓住他的手腳，老貧農易晚生用菜刀將鄧記芳的腹部剖開……」❸

在一座破舊低矮的農舍裡，我們見到了這位名揚四方的兇手易晚生。他對一切罪行供認不諱，並理直氣壯：「對，我什麼都承認！我反正八十六歲了，反正活夠了，還怕坐牢？」❹說罷，老人挑戰似地望著我。但我並未應戰，只誘導他講清殺人原因。

「為什麼要殺他？他們上山當土匪，弄得全村不安。我那陣子是民兵，每天站崗放哨，幾十天時間，槍托子把衣裳都磨爛了！……他父親有什麼罪惡？有一年春荒，不借糧，反倒借外村人。上山當土匪，還帶土匪來攻村子……還叫人把村裡準備燒石灰的幾萬斤草一把火燒了，害得燒不成石灰！……是我殺的，誰來問也是這個話。……不怕！那麼多群眾支持，殺的又是壞人，不怕！……怕不怕冤鬼報仇？哈哈，幹革命，心紅紅的！毛主席不是說：『不是我們殺了他們，就是他們殺了我們！』你死我活，階級鬥爭！……我犯了錯誤，應該由政

---

❸ 同上，第五頁。

❹ 在以上卷案之首頁上，一位領導人曾作了如下批示：「易晚生殺人手法野蠻殘忍，應追究刑事責任。」但終未法辦。有關人員向我解釋道：年齡太大了，抓不抓沒意思，一抓起來肯定死在監獄裡。

府來殺，不該由我們來殺……我動的手。頭一把刀割不動，扔了，第二把刀才割開。掏心肝不是我幹的。」

這一關鍵細節上，易晚生顯然撒了謊。據官方案卷記載：「在把鄧記芳的腹腔剖開以後，易晚生去掏心、肝、膽、腎。因胸腔的血很熱，無法下手把心、肝、腎、膽等臟腑拿出來，易晚生就往鄧記芳的胸腔裡挶過河水，在把腹腔的溫度降低以後，易晚生即把手伸進鄧記芳的胸腔裡把裡面的心、肝、膽與臟腑挖出來，用刀切碎後放在板子上。❺

易晚生對我說：「心肝取出來，切成手指頭粗細，群眾都來搶，人多，連我也沒吃上。」但官方案卷卻說：「黃炮球（疑為前文黃炮賜——引者）一刀就搶去了大半，回到家在門口用鍋頭□□（疑為油炸二字——引者）來吃，而且分一部分給群眾吃……易晚生拿了三個指頭大兩寸來長的肝回去吃。」❻

鄭建邦之子鄭啟宏被吃案

上林縣喬賢鄉木山大隊。

---

❺ 同上，第六頁。

❻ 同上，第六、七頁。

一九八六年五月二十四日，我到上林縣檔案館查閱了參與吃人的五名殺人犯檔案。

謝錦文，策劃殺害鄭建邦，並參與吃人肝，八四年三月二十二日開除黨籍。

黃彥新，六八年八月八日晚參與殺害鄭建邦之子，並親自剖腹取肝，與同夥煮吃，參與殺害三人，八四年三月二十二日開除黨籍。

鄭編才，直接組織殺害十人，參與剖腹取肝、吃肝，八四年三月二十二日開除黨籍。

潘吳波，參與策劃殺害一人，參與吃肝，八四年十一月二十六日開除黨籍，行政記大過，取消一級工資。

藍登崗，一九六八年七月，上林縣白墟公社龍樓大隊殺害韋硯康和蘇國安二人並剖腹食肝。藍參與煮吃；除此，藍還參與指揮打死群眾十二人，其中親自動手殺七人，參與輪姦遺屬一人。八四年六月二十一日，縣委要求追究刑事責任，縣法院依法判處十三年有期徒刑，以平民憤。同年七月二十一日，中共上林縣紀委將其開除黨籍。但是，八五年三月十二日，中共南寧地委政法委員會「根據區黨委桂發（一九八三）五四號文件關於『宜寬不宜嚴、宜粗不宜細、宜少不宜多』的方法」，決定不予追究刑事責任。❼

❼ 見於《中國共產黨上林縣委員會上報文件。上報字（一九八四）二十四號：關於藍登崗在「文革」中殺人手法殘忍的調查報告及處理意見的報告》及《藍登崗文革問題檔案》第九、二十三、四十、四十

五月二十六日，在信訪科副科長樊家偉陪同下前往喬賢鄉，鄉長韋懷昌及木山大隊村委文書周蘆光陪同我們驅車新甫村，在一座高堂瓦舍裡，見到了吃人凶犯之一謝錦文。謝是當時的革委主任，後又任大隊黨支書。此案曾由中共上林縣紀委莫樹謀副書記向我作過介紹：「喬賢公社木山大隊鄭建邦，老游擊隊員，曾被打成右派，死時是勞改農場領導之一。被誣為『反共救國軍』政委，逃走月餘，後被抓，半路打死，擲一洞內。其子不服，被批鬥，然後晚上糾查隊剖活人肝，大隊部裡煮熟，十餘人分食。……吃人肝的兩個黨員受處分，群眾無法處分，僅向家屬道歉，付一點錢（一般百餘元不等）以示賠償了事。」

謝錦文對當年的罪行並不否認，但一再強調中共的階級鬥爭路線是他犯罪的歷史原因。並解釋在中共游擊隊時期，他便參與過吃人，殺掉一個奸細，剖腹取肝分而食之。因吃人可壯膽強身，是勇敢的象徵。我突發異想問道：「打游擊時用瓦片烤的肝好吃還是這次煮的好吃？」答：「還是烤的好吃，香，這次是腥的。」

午後，我又在幾位幹部陪同下採訪了鄭建邦的遺孤鄭啟平。在木山中學的一間破舊小土

八、五十一、七十八、七十九、八十七、九十一、九十五、九十六、一百〇五、一百一十四、一百二十三、一百四十一、一百五十一、一百五十二、一百五十四、一百六十一、一百六十七、一百七十二、一百七十三、一百七十八、一百八十三頁。

房裡，鄭啟平含淚向我陳述了往事：

「……我父親被打死後，才過兩天，母親又被他們打死，再推到河溝裡，說我母親是自殺。打死我母親，是說我母親用毛主席像做紙人。……什麼紙人？就是晒場上嚇麻雀的紙人，用舊報紙做的，報紙上有毛主席相片，我二叔『木山慘案』被打死了。同一天晚上，大哥也死在『木山慘案』，還給他們吃了肝。（據官方案卷記載：一九六八年八月七日，一派官方支持的群眾組織在木山初中為一武鬥死亡的民兵召開萬人追悼會，當日私刑處死七十二人，次日瘋狂繼續，兩日之內打死一百五十餘人。史稱『木山慘案』。）二哥不能走路，是個殘廢，活活餓死了。我們一家五口被害死後，風聲越來越緊，他們到處找我，想斬草除根。姐姐怕出事，又悄悄把我從她家轉移到三里的親戚家。正好趕上『三里慘案』，（一九六八年八月十六日凌晨，三里公社革命委員會內部人士自爆辦公室，嫁禍無辜『階級敵人』，當日在匯水橋頭集體屠殺一六七人。史稱『三里慘案』。）街上到處踩的是血腳印，我還能記得三里橋頭和河裡到處是血和死人，各家都在那裡翻屍體認人。只好又回姐姐家。那時我還小，只有六歲。我好想母親，總鬧著要回家。只曉得害怕，不懂發生了什麼事，更不懂父母親和兩個哥哥都死了。直到八三年，才知道大哥被他們吃了肝。……後來我上了學，在學校裡，也給人瞧不起，老師同學一提起文化大革命，我就覺得抬不起頭，沒臉見人，……直到今天，一家人的屍體一個也找不到。『木山慘案』一百多人屍體都被四類分子拖去亂埋了，大多數都找不到了。……賠禮道歉？不知道，沒有。從來沒有人來找我賠禮道歉……」

周偉安兄弟被吃案

武宣縣城。

一九六八年四月十五日武宣縣革命委員會成立，在政治上實行支持多數派消滅少數派的政策。五月十二日，在武宣及數縣武裝民兵的圍攻下，少數派力不能支，棄陣突圍。次日晨，武鬥結束，打掃戰場，僅在江中小島石人坪一處，便抓獲突圍未遂的青年學生三十餘人，除一人外全數就地處決。該次武鬥共死亡九十七人。

少數派武鬥總指揮周偉安於十三日凌晨突圍，十四日晨逃至祿新區大榕被抓獲。多數派副總指揮潘茂蘭聞訊，專程至大榕將周的頭顱和雙腳拿到祿新為死者覃某黃某開的追悼會上懸掛於樹，「祭奠英烈」。在這個血腥的「萬人追悼大會」上，以頭腳祭奠，不過是餘興而已。在此之前，人們已將兩位逃跑的學生「活祭」過了。據武宣縣城公安局長杜天生證實，覃守珍、韋國榮兩學生被綁縛於祿新糧所前公路邊兩棵大樹下「活剖生祭」，「祿新中心校工友黃殿峨用殺豬刀剖，後右手提刀，左手提二副人心、肝走。」「據說會後又將人肉拿回縣城煮，

同豬肉一起，分食。」❽

次日晚，陳某用自行車將周偉安的頭及一腿馱回縣城。人們到周家，把人頭和腿扔給周妻韋淑蘭，並戲謔地問道：「這是周偉安的頭和腳嗎？」「是。」「那今晚夜你就抱他頭和腳睡覺吧！」據當時的武宣中學校長吳宏泰說，虐待狂們還「強迫（韋淑蘭）吻臉、摸頭。韋淑蘭昏倒在地。」第二日，又將周的頭及腿掛到縣城最熱鬧的集市墟亭旁示眾。❾那一日，武宣城內成百上千的人都看到了如下場面：

「周偉安的人頭掛在墟亭旁邊樹上，還有大腿骨。人頭上眼還睜著，腳底板肉還沒割。把周偉安老婆帶來，還有另一個女的，叫劉玉紅，一齊跪下。問：『這是不是你老公？』周老婆低頭說：『是。』又問：『你老公是不是壞人？』『是。』再問：『這大腿骨是不是你老公的？』『是。』……又叫兩個女人脫掉上衣。大庭廣眾之下，不脫，便有人用刀從背後把衣服割開，捅一刀，說：『太瘦，不能吃！』女人們咬牙忍痛，一聲不吭，但頭上全是汗。……周偉安老婆當時已懷孕七、八個月，就要生的樣子。」❿

---

❽《採訪日記》一九八六、六、十五杜天生談話記錄。

❾《採訪日記》一九八六、六、十七周杰安談話記錄。又見於《採訪日記》一九八六、六、十四，縣整黨辦公室李、楊、周、何談話記錄。

周家的慘劇尚未結束，株連之網再度張開。這次的犧牲者是周偉安的四兄周石安。理由十分簡單：大飢荒的一九六〇年，周石安鋌而走險，偷了公家一包大米，被判刑七年，剛從勞改營釋放回家不久，稱「勞改釋放犯」，屬於文革打擊的「二十三種人」；再加上弟弟周偉安是少數派「壞頭頭」。街道民兵營長理髮匠廖伙壽把周石安從家裡抓出來，推到縣城什字街，高呼：「這就是周偉安哥，他要替周偉安報仇！」隨即將周推倒跪地，群毆開始。打至半死，拖到西門碼頭。

「動手剖腹的是王春榮，要心肝，用五寸刀割開，腳一踩，心肝冒出來，就割。接著其他人也一起動手，一會兒把肉割光。用小木船把骨頭運到河中央扔了。……聽說王春榮下手時人還沒死，用刀割開後還喊了一聲。」⑪

武宣縣專事清理文革遺留問題的「處遺辦」負責人陳紹權證明：「周石安被遊鬥挨打我親眼見。當時我剛剛走到什字街，見周石安被綁在電線杆子上，低著腦袋，已經被打得奄奄一息。我害怕，趕忙往東街走了。聽人們後來說拉到西門碼頭剖腹割肉。打昏後割腹，一切開，還沒掏肝，周石安呻吟一聲，雙手往胸前合抱，嚇得動手的人忙躲開。」⑫

---

⑩《採訪日記》一九八六、六、十七馮書記談話記錄。（縣衛生局黨總支書記，文革時任縣醫院院長。）

⑪《採訪日記》一九八六、六、十七周杰安談話記錄。

六月十七日，在武宣城內貧民街區一間陰暗的小屋裡，我找到了周氏兄弟的兄長周杰安。當我掏出種種證件、介紹信證明身分，說明來意之後，那張全無生氣的虛胖的臉上現出一層冷寂的死灰色。他漠然地陳述過兩弟之死，又漠然地陳述了後事：「……『處遺』（一九八三年，處理文化大革命遺留問題）時，按規定給了二百二埋葬、撫恤費，兩人加起來有四百四。把肉吃完，兩人骨頭也找不見了，埋葬費還是給了的。周偉安三個女，周石安一兒一女，都長大了，都沒給安排工作……現在我們很為難，街上很多人吃過他們的肉，現在還恨我們，我們抬不起頭。也沒人來賠禮道歉，恨得我們要死。今天是你來，武宣的人來，我們不敢講半句……」

關於那位活剖周石安的虐殺狂、前朝鮮戰爭復員軍人王春榮，還有業績不當埋沒：

「一九六八年六月十二日，武宣區在縣城街上墟亭召開批鬥會。王春榮親自押送被批鬥的周忠等十多人入場。在批鬥會上譚啟歐被打死，黃振基被打休克，王春榮令周忠等四人將譚啟歐、黃振基往中山亭拖，拖至途中黃振基醒來抬頭向王春榮求饒說：『同志，原諒我嘛！』王春榮搖晃著閃閃發光的五寸刀，氣焰囂張的說：『嘻！嘻！原諒你五分鐘。』隨即令拖的

⓬《採訪日記》一九八六、六、十六陳紹權談話記錄。周石安未死活割還見於《採訪日記》一九八六、六、十四縣整黨辦李、楊、周、何談話記錄。

人不停地向前拖，到達中山亭時，王即令停下，同時手持五寸刀，一腳踏上黃振基胸上，活生生地剖開腹部，挖出心肝而死。」⓭

「一九六八年六月十七日，正值武宣墟日，蔡朝成、龍鳳桂等人拿湯展輝上街遊鬥，走到新華書店門前，龍基用步槍將湯擊傷倒地未死。王春榮手持五寸刀剖腹取出心肝。圍觀群眾蜂擁而上動手割肉，湯命絕身亡。當時在場的縣革委副主任、生產組長、縣武裝部副部長嚴玉林目睹這一殘忍罪行，而一言不發。」⓮

對以上官方文件的指控，公安局長杜天生尚有補充：然後，王春榮春風得意，提人心人肝至食品公司豬肉門市部，人肉豬肉並佐以調料，一起烹熟下酒。

事隔十五年之後，這位剖殺多人的屠夫王春榮僅被判刑十三年。⓯

⓭ 中共武宣縣委整黨領導小組辦公室武宣縣「文革」大事件編寫組（一九八七年五月）：《武宣縣無產階級文化大革命大事件》第二十頁。該文件加蓋「中共武宣縣委整黨領導小組辦公室」公章。

⓮ 同上，第二十一頁。

⓯ 《採訪日記》一九八六、六、十五杜天生談話記錄。

吳樹芳被吃案

武宣縣武宣中學。

一九六八年六月十八日晚，教學質量優秀而聞名全柳州地區的武宣中學在批鬥會上打死了語文教研組組長及地理圖畫老師吳樹芳二人。這在文革中並非嚴重事件，全校領導、教師，除了五個貧農出身的之外，全部被批鬥。然後，一幫武裝學生令校長吳宏泰及另外三名「黑幫」（文革後的校長韋天社、數學教研組組長覃馳能、教師何凱生）將吳樹芳屍身抬到幾里之外的黔江邊。幾個學生持槍押送。大批學生遠隨……

吳宏泰校長後調任柳州地區教育局，曾任地區教育局「處遺」工作組組長。對自己親歷的案件，自然更具有不容置疑的權威。他向我作了如下證言：

「……傅秉堃（高二的學生）把一把菜刀扔到屍體邊說：『特務，割他的肉，吃宵夜！……不要把腸子割破了，割破了把你們一起攤到河裡去！只要心肝！』我們四個『黑幫』蹲在地上，有人把刀塞給我。我拿著刀，手直打顫，怎麼也下不了手，割不動。學生們一邊罵，一邊把刀給了覃馳能。在手電光裡，覃馳能咬牙下了手。不下手可能真要把我們也幹掉，學生們殺氣騰騰的。割了心肝，還有大腿上肉，有的裝在塑料提袋裡，有的就血淋淋地掛在長槍上往回走。後來經調查落實，在三個地方煮：一是大廚房，喊張工友（女）開了門，煮熟後七、八十個學生吃了肉；一是革委會主任黃圓樓的宿舍，用瓦罐煮，他沒吃，有四個學生吃了；一是三十一、三十二班教室外走道的屋簷下。割了肉，吳樹芳的屍骨當時就扔到了河裡。……『處遺』時，武中革委副主任因吃人肉開除了黨籍，還理直氣壯，說：『吃人肉，吃的是地主肉！吃的是特務肉！』當時還說端了一碗給文書吃，現在死不承認。當時以吃人肉為榮……」

到武宣後，我首先去瞻仰了這所吃老師的學校。人吃人，已屬奇聞；學生吃老師更是奇聞。我在校園裡四處徘徊。陰暗的大廚房、教室外走廊、校園一角幾棵秀美純潔的檸檬桉樹下，都曾是「階級仇恨」聖火燃燒之處。學生們在大鍋小鍋裡，在懸掛於野火上的大罐小罐裡，在兩磚支一瓦的簡易「烤爐」上烹調他們老師的肉。如節日篝火晚會式的人肉野炊！在馬克思主義無產階級專政理論的教唆下，孩子們也成了吃人生番。

這一慘劇，在官方文件中只有幾十個字的記載：

「一九六八年六月十八日，武宣中學吳樹芳在批鬥中被打死後，肝被烘烤藥用。學校是育人培養人材之場所，出現此種殘忍野蠻，喪失人性的行為，令人費解。」⑯

⑯《武宣縣無產階級文化大革命大事件》第二十六頁。

黃家凭被吃案

武宣縣桐嶺鄉桐嶺中學。

這是一個學生吃校長的奇案。

武宣縣桐嶺中學校長黃家凭，大地主出身，一九四七年參加中共游擊隊，曾任一二一縱隊第一支隊第一中隊政治指導員、桂中支隊十八大隊長，中共建政之後，任蒼梧縣第一任副縣長。一九四七年，被國民黨軍隊包圍在一大山洞中。國民黨軍以數十村民為人質，要黃交槍投降。為了村民安危，黃出洞交槍自首。國民黨未加害於他，而他也沒出賣同志，危害組織，還在兩三個月之後又拉起了一支中共游擊隊。這一段歷史，使他在文革中被打成叛徒。

官方材料記載

「一九六八年七月一日晚八時在桐嶺中學十丙班教室批鬥黃家凭。校『革籌』副主任謝東主持會議並講了話，批鬥會持續約一小時後，謝東宣布散會，覃廷多（學生——引者注）等四人，各持棍棒押解黃出會場，行至電話室門前時，覃廷多喝令『打』，聲落棍下，朝黃打了一棍，其他人不約而同（用詞有誤——引者注）蜂擁而上，將黃家凭亂棍打死。」⑰次

⑰ 同上，第十八頁。

日晨八時，抬屍置操場樹下，念完毛語錄散去，陳屍示眾。不久，自發性的割肉瘋狂開始在校園內蔓延。誰是動第一刀者？多數證詞指控女學生覃柳芳，稱覃與黃校長大兒子有戀愛關係，為表示劃清界限，站穩階級立場，率先動刀割肉。不多久，人肉割淨。四位收屍骨的黑幫教師之一，語文教研組組長周樹榮後來向官方調查組作了如下證詞：「七月二日下午五點，喊我們四人去埋，黃校長屍體在操場外廁所旁，兩個竹箕就裝下了。頭被打得黑腫；大腿、小腿、手上的肉全部割光，生殖器、心、肝割光、胸腔裡空洞洞的，腸子流出來。我們忍著眼淚，提心吊膽裝進竹箕抬去埋了。」[18]除了學生，教師亦參與吃人。桐嶺中學總務黃大晃證實：「七月二日中午，我見謝雄標（生物教師）屋裡煮人肉。謝親自切、煮，剛熟時，施振德（語文教師）用手拿一小塊嚐。人肉豬肉混合煮。還有一些人（指教師——引者注）也參加吃，邊吃邊喝酒。還有梁凱緒，自己用瓦片炕人肉吃。」[19]

殘暴的學生吃校長之景象，使一向感情淡然的官方文件亦難以自制：「七月二日在桐嶺中學廚房周圍、宿舍簷下，用瓦片烘烤人肝人肉的情況，舉目可見，血跡斑斑，腥風飄蕩，

---

[18]《採訪日記》一九八六、六、十三吳宏泰談話記錄。（吳根據他「處置」時的工作筆記逐字逐句向我介紹。）

[19] 同上。

火煙燎燒，焦味充溢，陰森恐怖，令人不寒而慄。」⑳

武宣縣整黨辦緊張地對我實行全面封鎖，不准查閱文革檔案，不派車讓我到邊遠農村採訪死者遺屬和凶手。我只好依靠民間力量，秘密調查。在許多富於正義感的天良未泯的人們幫助下，我終於獲得了一批彌足珍貴的材料。黃家冤案，除了他的同事吳宏泰、公安局長杜天生，我還在武宣找到了黃的遺孤黃啟文、黃啟玲兄妹，又在南寧約見了在廣西民族出版社任編輯的兒子黃啟周。在同黃啟文、黃啟玲小兄妹結束談話前，我隨口問了一句他們父親的屍骨埋在何處，不料引出了一段令人震動的故事。

黃啟文：「骨頭裝在一個罈子裡，放在一個高崖上。我也不知道在什麼地方。」

「什麼？怎麼回事兒？」

黃啟文：「一天，我哥哥叫我去買手電，說晚上要用。夜很深的時候，哥哥同叔叔去把父親的骨頭偷著挖出來，他們吃了我父親後亂埋了。背回家後，爺爺把父親的骨頭裝到一個罈子裡，連夜藏到一個沒人知道的大山崖上。地點我們誰也不知道，只有爺爺、叔叔和哥哥知道。」

「為什麼？」

⑳《武宣縣無產階級文化大革命大事件》，第二十七頁。

「怕人家知道。八一年六月，廣西區黨委組織了一個級別很高的地下黨慰問團，領導是父親當年在游擊隊上的老上級。到武宣後，叫一個通訊員什麼的去看我爺爺，說交通不便，車進不來，首長派我來慰問，你有什麼困難請給我講。爺爺氣憤地說：你們打游擊時從來沒講過道路困難，不到我家來。現在講道路困難！你把我這話告訴老首長，我沒有困難！解放前，爺爺家是地下黨秘密據點，重要會議都在我家開，來往交通員也在我家落腳、吃住。慰問團領導聽了回話，馬上親自來看爺爺。司令員和副司令員（原桂中支隊司令員廖聯原和副司令員韋志龍）問起父親的屍骨，父親當年是他們的直接下級，他們想去看看。爺爺連他們也不告訴。說：不是不相信老首長，是怕你們一去看，別人就知道。我兒子跟共產黨幹一輩子，什麼都不說了，只想留下他這點骨頭，不要讓他們再毀了……」

老人叫黃有珉，與毛澤東同歲，不知今天是否還在人世。

人吃人三階段

經過在廣西數縣的調查，根據情緒特點，我將吃人悲劇大致分為如下三個階段：

一、開始階段：其特點是偷偷摸摸，陰森恐怖。上林縣有數十人證詞的數案較典型：都是夜深人靜，兇手們摸到殺場剖腹取心肝；都是恐怖慌亂，加之尚無經驗，割回的不是肺便是帶了一塊胏，又戰戰兢兢再去……煮好了，就著灶口將熄的火光，數人偷偷搶食，誰也不敢說一句話。次日晨，喚同伴來吃剩餘，怕人們不敢吃，詭稱牛肝牛心。待吃完後，才得意洋洋宣布吃的是某某人的心肝。㉑

二、高潮階段：大張旗鼓，轟轟烈烈。此時，活取心肝已積累了相當經驗，吃掉「階級敵人」已成為立場堅定的象徵。一般殺人割肉場面盛大而壯觀。為首者割心肝、生殖器而去，餘下任人分割。如甘大作被活割一案：

「一九六八年七月四日，通挽區大團村第七生產隊甘克星組織開會批鬥甘大作，後將甘大作拉到附近田邊，甘業偉喝令甘大作跪下，當甘業偉一棍往甘大作的頭上打去時，尚未死，甘祖揚即動手脫甘大作褲割生殖器，（多人告我，生產隊幹部甘祖揚，在動手之先，曾大呼：『七寸（生殖器）是我的，誰也不准割！』甘後來判刑七年。——引者注）甘大作哀求說：『等我死先嘛，你們再割』。甘祖揚卻無動於衷，慘無人道的繼續割去甘大作的陰部，甘大作在撕人胏腑的慘叫聲（中）掙扎，令人毛骨聳然。甘維形等人爭著割大腿肉，甘德柳剖腹取肝，其他人蜂擁而上將甘大作的肉割光，生割活人殘忍至極，怵目驚心，慘不忍睹。」㉒

㉑ 參見《中國共產黨上林縣委員會上報文件。上報字（一九八四）二十四號：關於藍登崗在「文革」中殺人手段野蠻殘忍的調查及處理意見的報告》及《藍登崗文革問題檔案》。

三、瘋狂階段：其特點可用一句話概括：人吃人的群眾運動。動不動拖出一排人「批鬥」，每鬥必死，每死必吃。人一倒下，不管是否斷氣，蜂擁而上，掣出事先備好的菜刀匕首，拽住哪塊割哪塊。肉割淨，便是腸子、骨頭也將就。吃人狂熱如瘟疫席捲大地，其登峰造極之形式是毫不誇張的「人肉宴席」。舉二案例以說明：

一九六八年六月十八日，武宣縣黃茆街遊鬥六人，打死七人（其中某被害者兄弟來亦被打死）。尚文大隊獨寨村小學教師張伯勛自知九死一生，奪路便逃。慌不擇路，跳入河中。「民兵郭立祥從水中將張拖上岸，用五寸刀割心肝，回去後和韋秉亮用瓦罐煮吃。當下張皮肉及腸子皆被割光。」「到處大吃人肉，黃茆食品站、供銷社吃得最兇，」「用尺八直徑大鍋頭煮，十餘人聚餐，」「還強迫別人吃，二女職工也因『立場問題』被脅迫吃。」「這兩單位百分之八十的人都吃了。」「群眾稱『人肉宴席』。」㉓其癲狂狀態，官方文件亦有記錄：

「張伯勛被打死後，肉肝割光，最後剩下大腸和小腸。肇事者兇相猙獰地高舉起張伯勛大腸的一端，另一端則拖在地上，氣焰囂張地說：『你們看，這是張伯勛的腸子，多肥呀！』

㉒《武宣縣無產階級文化大革命大事件》，第二十一頁。另見《採訪日記》一九八六、六、十三，吳宏泰談話記錄。

㉓《採訪日記》一九八六、六、十三吳宏泰談話記錄及一九八六、六、十六、陳紹權談話記錄。

隨後拿回家煮吃。」㉔

「一九六八年七月十日，在三里區上江鄉門前開批鬥大會，在批鬥中亂棍打死龐天龍、廖金福、鍾振權、鍾少廷，四具屍體肉被割拿回大隊部廚房煮兩大鍋，有二、三十人參加吃。在眾目睽睽之下，膽敢在區、鄉基層政府所在地烹人肉，集體會餐，在群眾中造成極壞的影響。」㉕

就這樣，從校園到縣醫院，從大隊、鄉、區直至縣的各級政府的食堂，到處都在煮人肉，擺「人肉宴席」，飲酒猜拳，論功行賞！

在這種大瘋狂中，僅武宣一縣便吃了一百幾十人。這是揭發該事件的王祖鑒以黨籍向中共中央擔保的。我從前任公安局局長，首任「處遺辦」主任，後任公安局黨委書記杜天生那裡，抄錄了一份被吃者名單。遺憾的是，這是一份大大縮小了的名單。由於中共對「自己人」犯罪的寬大無邊，許多承認了吃人罪行的人紛紛翻案；又由於被吃者殘骸被毀；還由於一些當年的組織策劃者至今還在臺上，千方百計阻擾清查；所以這一份「六十四人名單」（還有一份「七十六人名單」，我未見到。僅在《武宣縣無產階級文化大革命大事件》第二八、二

㉔《武宣縣無產階級文化大革命大事件》第二十七、二十八頁。

㉕同上，第二十七頁。

九頁有一句話提及：「武宣縣在『文革』期間，有七十五名死者被挖肝吃肉」。）只是一個光天化日之下眾所周知無法隱瞞的吃人事件之死難者名單。

武宣縣被吃人肉者名單

《武宣縣被吃人肉者名單》（一九八三・七・四統計，武宣縣「處遺辦」）：

黃茆公社九人：一、新貴：黃禮康、覃偉成、黃德安、黃德惠、覃乃光、黃榮昌；二、大浪：覃世情；三、上兀：覃會文；四、馬天：覃守珍。二塘公社二人：五、四通：覃國良；六、朗村：方宏南。武宣公社九人：七、官祿：韋尚明、譚正清、黃振基、譚啟榮；八、雅村：覃榮生、盧漢才；九、大祿：陳魁達；十、草廠：黃志華、郭冀基。武宣鎮六人：十一、武北：覃乃武；十二、北街：周石安、周偉安；十三、河邊：楊貴才（？）；十四、西街：湯展輝、梁文振。三里公社十人：十五、上江：廖金福、鍾振權、鍾少廷、廖天龍；十六、臺村：陳承雲、陳漢寧、陳徐建；十七、五星：李占龍、李錦良；十八、五福：陳天長；東鄉公社八人：十九、三多：雷炳緒、吳華堂；二十、金崗：刁其棠、劉達瑞、劉茂槐；二十一、長龍：張福展；二十二、李運：李瑞存；二十三、麻村：劉業龍。祿新公社二人：二十四、古祿：林信忠；二十五、上堂：梁道邦。相嶺公社三人：二十六、統安：韋國榮；二十

七、大同：廖耐南；二十八、新龍：譚世譚。通挽公社十一人：二十九、花馬：陳國勇；三十、大昌：張文美、張永亨；三十一、大團：甘加杞、甘大作；三十二、尚滿：陳光厚、張孟團；三十三、江龍：陳炳現；三十四、古佐：覃和家、覃允琢；三十五、安村：陳天然；國家幹部四人：三十六、桐嶺中學：黃家凭；三十七、武宣中學：黃樹芳；三十八、黃茆小學（應為黃茆公社尚文大隊獨寨村小學——引者注）：張伯勛；三十九、思靈衛生所：韋金光。

其中吃肉後砍頭的一人，挖心肝的五十六人，割生殖器的十三人，全部吃光（連腳底板肉都被吃光）的十八人，活割生剖的七人。

那末，吃人者有多少呢？武宣縣「處遺辦」手頭有一份四百餘人的吃人者名單。據「處遺辦」當時負責人陳紹權說：「……四百多人名單，是指重大案件，人所共知。在查案時順便整理，並未認真調查。因許多場合人山人海，一擁而上，根本無法追查，太多了。四百人名單中，黨員、幹部吃人的有一百餘人。」到底事實上武宣有多少人參與吃人，恐怕只能是歷史之謎了。估計在萬人以上。

在官方文件《武宣縣無產階級文化大革命大事件》中，有一個因吃人肉受黨紀政紀處分者名單。其中黨員幹部二十七人，非黨幹部十八人，黨員工人五人，非黨工人二十一人，農

民黨員五十九人。㉖

吃人者無一受到法律制裁。以上共一百三十人所受的處分，無非是開除黨籍，或行政記大過，或降工資，最多不過開除留用。且處分者極少，大約是每吃掉一人象徵性地處分一個吃人者。

從杜天生那裡，我還得到一份《武宣縣法辦者中吃人肉者名單》，他們大多是罪大惡極的殺人首犯，參與吃人只是附帶的罪名。武宣縣文革中打死、迫害致死共五百二十四人，最後法辦了的，只有三十四名凶手，刑期最長十四年，最短二年，一般七～十年。最難以平民憤的是竟無一人死刑、死緩甚至無期徒刑！（廣西全區屠殺十萬無辜者，僅判死刑十餘。）粗略一算，打死一個人折算刑期竟不足半年！三十四人累積刑期二百餘年，依照西方一些國家法律，數罪並罰，一個人的刑期也能達到這個數字！——然而千真萬確，這就是對人類史無前例的暴行的最終的法律制裁！

人吃人並非社會失控而致

本文所引述的案件，大多發生在武宣。但我應該負責任地向讀者聲明：人吃人絕非武宣

㉖ 同上，第二十九、三十頁。

等少數幾縣。吃人之風遍及廣西，可能還包括鄰省湖南之一部。在廣西調查的日子，各級官方及各地幹部群眾都曾向我羅列吃人成風的縣名，只可惜我沒有條件進行全面深入的調查。一九八八年，我偶然得到一份官方文件：《欽州地區「文化大革命」大事件》，其中附帶提及吃人事件：「……據一些典型材料寫到的，（顯然並非專題調查，甚至也不是不完全統計——引者注）僅靈山縣檀墟、新墟兩公社就有二十二例，合浦縣石康公社有十八例，浦北縣北通公社定更大隊有十九例，欽州縣小董茶場三例。」[27]

根據我手頭掌握的材料，武宣吃人風最盛的兩公社僅有二十一例，比靈山縣兩公社二十二例尚少一例；武宣縣一個公社最高達十一例，而合浦縣石康公社則有十八例；武宣縣吃人最多的大隊不過六例，而浦北縣一個大隊竟高達十九例！雖然這種比例方法並不科學，但因為它是一種隨機性的抽樣調查，則具有很高的參考價值。它至少可以證明，一些地方與武宣不相上下，甚至可能超過武宣。至於為何獨武宣臭名遠揚，則是因為武宣出了一位不怕死的「老革命」、「老右派」王祖鑒，冒著被吃的危險，把醜事「通了天」。

一九八九年六月四日屠城之後，我遭到全國通緝，妻子北明被捕。在近三年的國內逃亡

---

27 中共欽州地委整黨辦公室編（一九八七、十）：《欽州地區「文化大革命」大事件》，第四十八、四十九頁。該文件封面加蓋「中共廣西欽州地委整黨領導小組辦公室」公章。

生活中，我最主要的任務便是以廣西大屠殺、人吃人的曠古悲劇為線索，寫作了一部揭露共產政權殘暴行徑的著作《紅色紀念碑》。在這部長達五十萬字的著作中，我以大量的事實揭露分析了人吃人事件。在這篇字數有限的文章裡，我只可能再回答最後一個問題：大屠殺人吃人瘋狂是否出於中共政權的失控？

在深入研究之前，我認為人吃人源於大武鬥後的瘋狂復仇心理。分析了大量具體案例，發現絕大部分吃人案件與武鬥及其餘波毫無干係。以武宣為例，數例吃人案發生在大武鬥之先。而且，真正的吃人瘋狂是在中共黨、政、軍領導惡意煽動之後。五月底六月初，柳州軍分區召開所謂的「刮颱風會議」，武宣縣革委主任、武裝部長文龍俊等出席。六月十四日，武宣縣召開縣、區、大隊、生產隊四級幹部會議，傳達貫徹軍分區「刮颱風會議」精神。文龍俊在會上號召：「對敵鬥爭要刮十二級颱風。方法是：充分發動群眾，依靠群眾專政，把政策交給群眾。搞階級鬥爭不能手軟……」㉘從此之後，大武鬥之後已經平息了整整一個月的武宣，才頓時變成一個處處是殺場，層層開人肉宴席的人間地獄。「處遺」初期的一屆縣「處遺辦」主任，後縣委書記臧良興曾向我作了如下證詞：「……（武宣縣）革委會成立之前不過死了二十八人，其餘近五百人都死在革委會成立之後。特別是武裝部、說話頂事，局

㉘《武宣縣無產階級文化大革命大事件》，第十七頁。

面是能控制的。不是四川、雲南那麼混亂。生產恢復，局勢穩定，社會秩序也實際在控制之中。」㉙還有一個有力的例證，即當王祖鑒向中共中央十萬火急上告之後，上層大為震驚，廣西省軍區司令員歐致富急赴武宣，指著文龍俊鼻子拍案大罵：「從今以後，再吃一個人我叫你腦袋開花！」果然，從此之後，看起來勢不可當的吃人大瘋狂戛然而止。

我們還可以欽州地區為例，證明這種長期持續的街頭恐怖，殺人吃人，並非如法國大革命時期那樣是國家權威消失的結果，並非無政府狀態之下的混亂。一九六七年元月底二月初，群眾組織奪權；二月，軍隊（包括縣、社武裝部）奉命「支左」，進駐各機關單位；三月，各級成立了「抓革命、促生產指揮部」，以軍方為主，是臨時官方機構；五月，各級政法機關實行軍事管制；一九六八年四、五月，成立了由軍方、地方幹部和群眾組織代表「三結合」的各級權力機構——革命委員會，是更具權威的「一元化」的領導機構。可見，文革全過程，包括街頭恐怖時期，從未出現過真正的失控狀態。而且，不管是哪一個階段的權力機構，對局面都十分清楚。許多縣的公安局都派有專人收集各級各單位的殺人情況和「進度」（即掌握「敵社情況」），定期或不定期地向領導機關和負責人彙報。但是，各級領導者不但不加干涉，還到處大講「階級鬥爭」、「群眾專政」，煽動恐怖。一些縣、社領導人還是大屠殺的直

㉙《採訪日記》一九八六、六、十五臧良興談話記錄。

接策劃者和組織者。不僅如此，當局還對殺人吃人凶手進行種種嘉獎。全欽州地區殺人後入黨的就有一千一百五十三人，殺人後提幹的有四百五十八人，殺人後招工的有六百三十七人（以上數字不含北海市）。殺人凶手們還有不少被提升到各級領導崗位上去。㉚

武宣的情況與欽州毫無二致。不過爆出了一個吃生殖器入黨升官的大醜聞：

一九六八年七月十日，武宣東鄉區民兵殺害刁其瑤、刁其棠二位逃亡者，在區公所開「人肉宴席」，加強民兵班女民兵黃文留不僅自己吃，還拿兩片人肉回家給母親吃。其後，黃文留小姐開了吃戒，民間到處傳說她專吃男性生殖器，革命立場堅定至此，很快便入黨升官，最後竟官至縣革委副主任！消息一直傳到中共中央，大為震驚。中央書記處在八三年五、六月間，幾次三番打電話催問柳州地委：為什麼還不把黃文留立即開除出黨？㉛後落實黃並未吃生殖器，只是一般的吃人，被開除黨籍、幹籍，調到柳城縣某水庫當工人。我詢問「落實」情況，武宣縣委整黨辦答覆：當時全縣「確有吃生殖器之風，但黃文留當年僅十八歲，還是個未出嫁的姑娘，想來是不可能的。」但此醜聞傳遍全廣西，因為人們「想來是可能的」。也

㉚ 見《欽州地區「文化大革命」大事件》。

㉛ 綜述《武宣縣無產階級文化大革命大事件》第二十三、二十七頁及《採訪日記》一九八六、六、十一門啟均（柳州地委整黨辦副主任）談話記錄。

許多年之後，我們才可能獲得真相。

但是現在，一個事實已得到確定無疑的證實：這種慘無人道的街頭恐怖，並非失控的無政府狀態造成，而是在當局煽動、鼓勵之下的有組織的暴行。

在這場血腥的暴行中，暴吏、暴民們最強大的法律——心理支柱是暴君毛澤東的一句「最高指示」：「專政是群眾的專政」。幾乎每一次殺人吃人之前，人們都要高誦這句聖旨，以克服內心深處的恐懼。更不必說長期的「階級鬥爭」、「無產階級專政」邪說的麻醉。中共黨魁們深知擺脫不了關係，便一面輕辦幾個熱心過頭的兇手，一面隱瞞罪惡，洗淨血跡。中共高層對廣西事件曾有過聲色俱厲的指示。鄧小平（一說胡耀邦）批示：「凡是廣西吃人肉的壞傢伙，查清統統開除黨籍。」中共中央廣西整黨聯絡組組長劉田夫曾指示：「別讓後代把廣西黨說成殺人黨、吃人黨，必須嚴厲處理！」——我們稍加品味，不難看出中共已期自保的心態。

可憐無助的廣西百姓見法辦元凶，申張正義已成泡影，只好委曲求全，退而求其次，提出：凡是吃過人的人不能再繼續當幹部。對於這個可憐的要求，廣西各級政權毫不退讓。據說中共廣西區黨委書記、廣西悲劇最大的元凶（後官至解放軍總政治部主任）韋國清就曾以流氓腔調反問：「為什麼吃過人的人不能繼續當幹部？」

三中全會之後，武宣縣一次選舉換屆的黨代會上，有八名轉業軍官的科局級黨代表，聯名反對縣委委員候選人名單中三名因吃人肉升官的人繼續當縣委委員。柳州地委派來「指導」會議的地委對書記姜肇初竟也操起韋國清的流氓腔調反問：「中央哪有文件不准吃過人肉的幹部再當縣委委員？」八名黨代表當即交回選票，扯下神聖的紅布條憤然退場。㉜

在共產主義理論和共產主義運動的歷史中，從未中止過對人道主義的猛烈攻擊。共產暴君們都十分明白，只有徹底壓制和剷除人性，才能把人變成他們殘酷權力鬥爭的馴服工具，才能毫無困難地唆使人們像野獸一樣撲向他們的政敵。廣西出現的悲劇，正是共產黨非人理論的必然邏輯結果（雖然這種人類暴行之頂峰是連他們也未曾料到的）。因被煽動起來的「階級仇恨」，因不同的政見而殺人吃肉，這是人類文明史上前所未見的嚴重的反人類罪行。發生於紅色中國的這一暴行，雖然在數量上比希特勒法西斯的滅絕營稍遜風騷，但其殘暴之程度，卻是法西斯黨徒望塵莫及的。我相信，總有一天，人類會對廣西事件進行一次莊嚴的紐倫堡審判式的道德清算，從而把這一嚴重的反人類罪行永遠釘上歷史的恥辱柱。

鐵幕後的罪行已掩蓋了整整二十四年。但任何歷史都是當代史。

只有了解中國人民及整個東方人類在共產政權下所經歷過的一切可怕的際遇，才可能理

㉜ 王祖鑒致作者信（一九八八、六、十八）。

解我們對自由、和平、民主、法制的強烈渴望。

我們的鬥爭還在艱難困苦中繼續。

我希望，在自由與富足中生活的人們能給予我們更多一點的理解與同情，能給予我們更多一點的道義支持。

我希望，只要在胸腔裡還跳動著一顆人心的人，都為我們所承受的苦難灑一掬同情的熱淚，而不會對地球村另一端鄰居的痛苦佯裝毫不知情。

如果上帝不僅僅是西方的，那麼讓我們一起祈禱：

上帝賜福於全人類！

「兩個文化大革命」雛議

——謹以此文紀念文化大革命中所有罹難者

日月荏苒，那場曾激動過千百萬中國人而最終又給千百萬中國人帶來深重苦難的文化大革命，竟然已過去三十年了。

三十年對歷史不過彈指一瞬，但對於一代人的生命卻是幾乎半生的歲月。在這段不算太短的歲月裡，我們都思考了一些什麼呢？痛定思痛，我們對自己和後人該作出怎樣的交代呢？不堪回首卻又必須回首，那些尚未飄散的血光中，是否有某些東西值得我們永誌不忘？

可能我是中國大陸最早正面否定文革的作家。一九七九年春，我發表在《文匯報》上的小說《楓》和後來根據這篇作品改編的連環畫和電影都引起了強烈的社會反響，並一度遭到查禁。特別是電影，成了一個事件，在中南海裡挨家挨戶放了一個月，無人敢表態支持。最後中共最高層「集體看片」，當時主持工作的華、葉、胡、趙全體到場，才勉強同意公映。（當然，這也是為了攻擊江青集團，確認自己的新權威。）但是，無論在言論或文字上，我從未使用過「徹底否定文革」這個流行口號。八十年代後期，在發表於《作家》月刊的一篇文章中，我明確提出了「兩個文革」的分析。第一個文革：毛澤東的文革，這是一個利用群眾運動衝垮共產黨權力結構，從而打倒政敵，以奪回旁落大權的高級權力鬥爭。第二個文革：人民的文革，則是一個利用皇帝，打倒貪官污吏，爭取自身權力的不自覺的帶有民主色彩的人民起義。在《歷史的一部分》（一九八九）和《紅色紀念碑》（一九九一）兩書中，我做了進一步論述。在紀念文革三十周年之際，我對自己過去的觀點又進行了思考，對在極權主義意識形態下的「奉旨造反」之重大局限有所反省。這一修正使我認識到，在充分掌握材料並對歷史作過細研究之前，這仍然是一個粗糙的假說。更準確一點，這不過只是一個方便的比喻。所謂「兩個」，當然不是說文革真有「兩個」，不過是試圖強調文革的複雜性，並把其中同時並存著的看似一致卻並非一致的兩股主要政治傾向加以分解。我不過是拋磚引玉，希望有識之士早日完成這一具有深刻現實意義的大課題。

此文也為了紀念文革中一切被凌辱、被迫害、被殺戮的人們，無論他們的觀點、派別和地位如何。

血腥恐怖的文革之初

現在，海內外學術界對毛澤東發動文革是利用人民來清除政敵這一點已有大致的共識，那種認為毛迷醉於崇高革命理想的解釋已顯得過於淺薄天真。但是，對於文革中的民主因素即第二個文革尚認識不足。這一點恰恰十分重要。在文革中受到打擊爾後又官復原職的人們都非常樂意全面否定文革，把文革描繪成一場朱元璋殺功臣的傳統瘋狂。他們自覺不自覺地以此來掩蓋民眾在文革之中針對他們所表現出來的正義的憤怒，和反對他們所締造與維護的制度的民主追求，從而把自己打扮成不義暴君的無辜受害者。在他們嘴裡，所謂「徹底否定文革」的「徹底」二字，多半正是指向那個人民的文革。（我的老同學仲維光認為只有一個文革。因為在文化大革命中，並不存在一種真正走出共產黨文化規範的不同的聲音，且不要說形成一種潮流或傾向。所有的造反派和平民都沒有走出共產黨的框架，他們使用的語言、概念、思想，所追求的目標都沒有超出共產黨文化的範疇。——我領會他的意思是說文革中沒有哪股政治力量超出了極權主義意識形態的控制。仲維光多年來從事極權社會意識形態的研究，頗有建樹。但意識形態不可能涵蓋一切。考察一個社會運動，至少還有權力結構、經濟結構、政治運作、集體無意識等坐標。我之所以提出「兩個文革」的假說，正是想提示在毛話語洪波的覆蓋之下，還有方向不同的政治暗流值得研究。）

在這種眾口一詞的「徹底否定文革」之聲浪中，我一次又一次反省作為參與者的我們在文革中的狂熱。那種不惜犧牲自己個人一切乃至於生命的狂熱，除了對毛澤東的個人崇拜之外，難道就沒有更為深刻一點的歷史動因了嗎？不，那種狂熱絕非宗教迷狂與愚昧可以一言以蔽之。當時，我們都真切地感受到一種從未體驗過的解放感。毛澤東就是解放的旗幟！

一九六六年五月十六日，毛澤東主持制定的《五・一六通知》在中共政治局會議上通過。不足一月，我的母校清華附中的一群高幹子弟得了風氣之先，在與學校一牆之隔的圓明園廢墟裡秘密集會，成立了舉世聞名的別動隊——紅衛兵。不久，毛澤東發表了一封支持清華附中紅衛兵「造反」的公開信，於是，全北京的幹部子弟紛紛組織起來，為毛澤東而戰，為維護和強化特權制度而戰！他們將矛頭指向那些早已飽受壓迫的平民與賤民，指向那些據說膽敢壓制他們，對他們的特權尚有所限制（比如，在分數面前人人平等，比如師道尊嚴，比如重出身而不唯出身論等等）的學校領導。六月一日，《人民日報》發表了《橫掃一切牛鬼蛇神》的社論。紅衛兵如希特勒的黨衛軍（名字也雷同）一樣衝出校園，「殺向社會」。在公安機關的縱容與密切配合下，剎那間，北京城變成一個巨大的刑訊室、集中營和刑場。一個周末，我從位於西郊的學校騎車回家，一進城，就發現這裡已經變成了人間地獄。街邊上到處是倒臥的屍體及垂死者；一隊接一隊的倖存者無人看押而自行遊街示眾，胸前的牌子或血淋淋的襯衣上赫然寫著「地主」、「逃亡富農」、「右派」、「歷史反革命」、「壞分子」、「現行反革命」、「老流氓」、「投機倒把分子」、「妓女」、「一貫道」、「反動修女」、「資本家」、「資方代理」、「小偷」、「反動學術權威」、「勞改犯」、「漏網右派」、「大破鞋」……他們戴著紙糊的高帽，敲著臉盆，步履蹣跚地緩緩移動。老紅衛兵濫打亂殺，不僅私設公堂，而且刑罰殘酷。有跪煤渣、上吊試驗、叩響頭、坐飛機、火燒頭髮、刀剁屁股、開水洗澡等等。牢房裡還有人血寫成的大標語：「紅色恐怖萬歲！」那些可怕的日子裡，幾乎每一個街區都有慘死者，到處都有無辜者的鮮血。一向以學習成績與田徑比賽名次傲視北京的清華附中現在以「造反」聞名全國了。年青有為的校長被剃了「黑幫頭」，每鬥必打，死去活來。留蘇歸來的團委書記被打瞎一隻眼睛，我的班主任挨打不過，從大煙囪上跳下來死得粉身碎骨，我高一時的同桌女同學因愛看「封資修」小說，多愁善感，被鬥得服毒自殺，紅衛兵跑到醫院不准搶救，讓這位沒有傷害過任何人的嫻靜的姑娘經歷了漫長的死亡。我出身於一個民族資產階級的家庭。從懂事起，就明白自己是這個社會裡最無生存權利，最受凌辱的不可接觸的賤民。縱然我品學皆優，努力「改造」，但我的厄運生來已定。文革之初，母親被批鬥毒打之後趕下農村勞改，我在學校被「工作組」定為「右派學生」，「老紅衛兵」又視我為「狗崽子」，將我毆至重傷，九死一生。巨大的榮譽感和權力欲使這些紅衛兵的創始者們尚較為克制，我因此得以倖存。

隨著毛澤東一次又一次接見百萬「紅衛兵小將」，隨著「革命大串聯」，這個青年法西斯運動迅即席捲全國。在京畿地區的大興、良鄉和湖南道縣發生的大規模集體屠殺事件，把中國人推入了史所未見的政治大恐怖。

在這裡要做一點十分必要的補充：在這個毛澤東煽動的「紅色恐怖」之前，還有一個劉少奇製造的沒有流血的恐怖。由他主持派出的工作組，在不到一個月的時間內，大抓「右派」、「反革命」，不算百餘所中學，僅二十四所大學就有上萬名學生被打成「右派」，數千名教師被打成「反革命」。此一比例絕不亞於一九五七年的「反右運動」。

反抗中共暴政——第二個文革的興起

一九六六年十月，《紅旗》雜誌發表社論，將前段時期的「紅色恐怖」稱為「資產階級反動路線」，以極其嚴重的口吻指出這是「轉移鬥爭大方向」，號召人民打倒這條「資反路線」，把鬥爭的矛頭指向「黨內走資本主義道路的當權派」。這個所謂「紅旗十三期社論」，對於正是得勢的紅衛兵，正是迎頭悶棍。而前一時期深受迫害的人們卻乘機揭竿而起，紛紛以被毛肯定過的「紅衛兵」為旗號組織起來，與「老」紅衛兵對著幹，將鬥爭的鋒芒直指「老」紅衛兵們的老子——黨內走資派。「第二個文革」在人民的血泊中萌動了。

《紅旗》雜誌第十三期社論，無疑是文革之初一個至關重要的轉折點。中共建政十七年來，這是人民第一次名正言順地獲得反抗共產黨專政的機會。過去，對現實僅僅「不滿」都是嚴重罪行；就在昨天，無辜者的鮮血還流滿革命的祭壇；現在天地翻覆：不是百姓，而是共產黨各級幹部成了革命的對象了！始終生活在社會底層的人們第一次意識到自己可以不是專政的對象，可以站起來「造反」、做人。而且，這種個人的解放感又與「打倒走資派」、「繼續革命」、「解放全人類」等意識形態圖騰結合，使人們獲得了一種感受上、精神上的大解放。理解這一點，就可以理解當時那些鋪天蓋地的、不厭其煩的、巨大的標語：「誓以鮮血和生命捍衛毛主席的革命路線！」「毛主席的革命路線是我們的生命線！」——毛理所當然地成了老幹部和老紅衛兵切齒仇恨的對象，也理所當然地成了萬眾景仰的「導師」、「領袖」、「舵手」和「統帥」。

當我走出北京，介入外省運動之後，更感受到民眾之中的這種解放感。如四川文革中反覆血戰爭奪的焦點宜賓，兩派工農民眾都控訴「困難時期」每天只吃「三兩七錢五」，都造共產黨的反，只不過一派認為罪魁禍首是市委書記和地委書記，一派認為是省委書記兼西南局書記。文革中對中共建政以來十七年的評價針鋒相對：老紅衛兵和保守派認為十七年要肯定，否定十七年就是否定共產黨，就是「牛鬼蛇神翻天」。而造反派則在不同程度上否定十七年（除了抽象地繞開與毛直接有關的「合作化」、「反右」、「三面紅旗」等），借批走資派而對共產黨展開猛烈攻擊。因為廣大民眾確實身受中共統治之苦。據文革中揭發的材料，廣西區黨委書記喬曉光曾這樣描述他治下的人民生活：「廣西的農民吃得很差，只能維持簡單再生產，不能躍進，穿的實在破爛，住的是破爛屋，一個房子住幾戶，西部地區是『五畜同堂』，牛、豬、雞、鴨、人住在一起，至於行，就是兩條腿加一根扁擔。」

據胡耀邦時期新修的廣西《上林縣志》稱，中共幹部對農民十分殘暴：

> 幹部的「四風」（強迫命令、瞎指揮生產、生活特殊化、虛報浮誇）問題更嚴重。大豐公社原有九個黨委書記（副書記），其中有五個親自踢打過群眾。三十一個社幹部中有十一個毒打過社員。公社書記打過十二人。在大里搞糧食安排時親自動手打了人，逼出三百六十斤糧食開小型現場會，總結推廣打人徵糧「經驗」。到雲城又毒打社員×××，逼出三十斤糧食後，繼續翻箱倒櫃，還拿全村老百姓來跪。雲城工作組共七人，人人動手打人，共打群眾二十六人。用拳打，用腳踢，用木打，用電筒打等。打

得×××頭腫得七天梳不了頭，半個月不能出工。群眾揭發說：「×××是『五掛帥』書記。」即打人、跪人、打魚、殺雞、殺鴨五掛帥。公社副主任×××打過三十六人，被打者最老的八十多歲（二人），最小的十三歲，有的被迫在田頭生小孩，還有三個婦女被折磨致流產。公社幹部×××於一九六〇年前後三個月中，先後在雲城、雲黃等地六十四名社員，有的被打得頭破牙崩。其不但自己動手打社員，還命令群眾互打，叫父親打兒子，兒子打父親，打完還不夠，還把父親和兒子頭互碰。

公社幹部如此，大隊幹部更加惡劣。雲石大隊十一個幹部中有九個是打過群眾的。全大隊被踢打和不給吃飯的共計二〇一人，占全大隊成年人的百分之七十一。雲黃大隊八個幹部中，沒有一個不打過群眾的。隊長說：「幹部不打人不是好幹部。」雲黃大隊挨打的六十六人，挨跪的八人，不給吃飯的七十人，罰立正的十六人，共計一六〇人，占全大隊成年人六百分之六十四。新生大隊社員被幹部打、跪、不給吃飯的一三五人，占全大隊成年人的百分之八十五。同時還不給社員吃飯、罰做苦工、多方刁難。有個大隊長吊打社員後，又用火來燒。雲城大隊×××用螞蝗咬社員十多人。

打人、罰跪、不給吃飯，諸如此類隊隊都有，而且手段之多，計有：拳打、腳踢、罰立正、罰跪、捆綁、上吊、扛木、挑水、罰跑步、拔鬍鬚、扣口糧、扣工資、奪飯碗、看飯盅、遊全村、遊田埂、背石頭、封門口、插白旗、假槍斃、戴高帽、用火燒、罰苦工、頂北風、放螞蝗咬、曬太陽、放牛進屋、丟石入房、帶病出工、打鼓喊衝鋒等三十多種。

《上林縣志》所描寫的情況，在全國具有普遍意義。許多地區甚至有過之而無不及。文革中，對現實強烈不滿的各階層民眾，都聚集在毛澤東「造反有理」的大旗下，獲得了公然反抗的機會與權力。時至今日，海內外還有人對文革之前的「十七年」十分懷念，其實，「十七年」是一個更為黑暗的時代，是一個黑暗到連一絲微弱的反抗之光都透不出來的政治黑洞。在嚴密的無產階級專政下，任何一點最輕微的抗議都會被扼死在喉管裡。連對一個小小的支部書記甚至普通黨員提意見，不也是「反黨」、「反社會主義」而罪在不赦嗎？文化革命了，天地翻覆了，人民不僅可以利用「四大」公開地表達不滿，而且還可以批判、打倒、奪權。小至支書，大至中共政治局委員、副主席、國家主席。「十七年」裡，任何非官方的組織一律是「反黨組織」，殺頭坐牢。現在不僅可以自由組織，甚至還可以（至少在一段時期內）拿起武器來保衛自己的權利。

從未在鐵桶般的無產階級專政下生活過的人們，是絕難體會到這種天翻地覆的解放感的。

所以，我寧願把人民的文革定性為中國當代史上第一個全國性的反抗共產暴政的人民起義，而不同意把人民大眾投入文革理解為一種愚昧無比的「大瘋狂」，理解為一種上當受騙的毫無主體精神的被動。任何一個規模巨大的群眾鬥爭，必然有其深刻的社會動因。著名的瑞士心理學家榮格說過：「……在開始的時候我們對於自己的行動毫無知覺，直到很久才會發現為什麼要這樣做的原因。而且我們總是滿足於對自己的一切行為的『合理化』解釋法，直到最後才發現這些解釋都是些不恰當的藉口罷了。」（《探索心靈奧秘的現代人》）雖然文革口號紛雜，目的含混，但反抗暴政卻是其之所以波瀾壯闊，勢不可擋的最根本的動因。僅以「個人迷信」，毛振臂一呼是無法解釋這場席捲四分之一人類的政治風暴的。

相互利用的兩個文革

到六十年代初期，毛已深感大權旁落。當時真正掌握權柄的，既不是所謂當家作主的「人民」，也不是所謂的「偉大領袖」，而是以劉鄧為首的共產黨官僚機構。在喪失了權力而仇視當權派這一點上，毛與人民找到了某種默契。

對於人民的仇恨與反抗，毛澤東和他的高級同僚們是完全了然於心的。

在一次討論並制定「四清運動」政策的最高會議上，有如下一段對話：

劉少奇：有個問題，農村方面主要矛盾是什麼？陶鑄講，農村已經形成富裕階層，特殊階層。他講主要矛盾是廣大貧下中農與富裕階層、特殊階層的矛盾。李井泉說，還是地富反壞、壞幹部結合起來與群眾的矛盾，是嗎？（李井泉：是。）

主席：地富是後臺老板，臺上是四不清幹部，四不清幹部是當權派。你只搞地富，貧下中農還是通不過的，迫切的是（搞）幹部。地富反壞沒有當權，過去又鬥爭過他們，群眾對他們不怎麼樣；主要是這些壞幹部頂在他們頭上，他們窮得很，受不了。那些地富，已經搞過一次分土地，他們臭了。至於當權派，沒有搞過，沒有搞臭。他是當權派，上邊又聽他的，他又給定工分，他又是共產黨員。

（《毛澤東思想萬歲》）

——關於人民和中共的尖銳矛盾，從毛到各省封疆大吏都是明晰的。如果說開始毛還沒提升到理論的高度，那麼至遲在文革前夕的一九六四年底，已經思考成熟：

我也同意這種意見，官僚主義者階級與工人階級和貧下中農是兩個尖銳對立的階級。

> 管理也是社教。如果管理人員不到車間、小組搞三同，拜老師，學一門至幾門手藝，那就一輩子會同工人階級處於尖銳的階級鬥爭狀態中，最後必然要被工人階級把他們當作資產階級打倒。……
>
> 這些走資本主義道路的領導人是已經變成或正在變成吸工人血的資產階級份子兩個尖銳對立的階級，他們對社會主義革命的必要性怎麼會認識足呢？這些人是鬥爭對象，革命對象，社教運動絕對不能依靠他們。我們能依靠的，只有那些同工人沒有仇恨而又有革命精神的幹部。
>
> 《毛主席關於社教的批示》

在「官僚主義者階級」、「兩個尖銳對立的階級」、「尖銳的階級鬥爭狀態」、「吸工人血的資產階級分子」、「走資本主義道路的領導人」等一系列尖銳用詞裡，文革已呼之欲出。毛老謀深算地決心利用人民與共產黨的矛盾來打倒政敵，奪回自己的最高權力了。半年之後，他先支持老紅衛兵以「造反」這個犯上作亂的尖銳詞句「殺向社會」，製造亂局，然後筆鋒一轉，把按共產黨老規矩抓反革命以維持統治秩序的各級黨組織定為「這次運動的重點」。不出所料，他得到了人民幾乎是狂熱的支持。本來，歷經兩千年專制政治殘酷塑造的中國人是絕不敢輕言造反的。毛的號召，鼓動起人民的勇氣，使一切反抗行為得到了最大的合法性。現在不反，更待何時？平時逆來順受的人們如火山般噴射出仇恨的岩漿。幾乎是在一瞬之間，順民變成了暴民，以暴易暴，將共產黨的各級幹部幾乎悉數鬥爭，全部打倒。——這樣，毛和人民同時「找到了一種形式」「公開地、全面地、由下而上地發動廣大群眾來揭發我們的黑暗面。」這就是毛的權力鬥爭和人民的反抗相互交叉，相互利用的「無產階級文化大革命」。

這種利用至高無上之道統與法統而表達民眾自身權利要求的「造反」，我們可以在歷史上找到先例。

辛亥革命發軔之初，四川民眾為了從政府手中奪回鐵路主權，就曾利用過光緒皇帝的權威。因光緒帝早先曾發過一個「庶政公諸輿論，鐵路准歸商辦」的上喻，於是民眾便祭起光緒來「造反」。當時成都的大街小巷，到處都紮起光緒皇帝的「聖位臺」，致使官吏頻頻下轎致敬。百姓還故意將「聖位臺」紮得大而低矮，堵塞街道，使轎子無法通行。一時間裡，象徵著權位的轎子絕跡，官吏步行，大快人心。還有以光緒「聖位臺」圍困官邸的妙事：官吏要出門，下人稟告：老爺，前門出不得，皇上在前門外。要出後門：老爺，後門也出不得，皇上在後門外。結果居然是四門難出，惱恨而無奈。在愈演愈烈的對抗中，四川總督趙爾豐妄圖以高壓恫嚇民眾，逮捕了幾位著名士紳。矛盾激化了。當天下午，數千民眾群起赴總督衙門請願。按中國的專制傳統，聚眾請願幾近造反。但百姓這次有護身符：光緒皇帝。民眾手捧光緒「上喻」和光緒神位、線香，理直氣壯地衝進總督衙門。殘暴而愚蠢的趙爾豐下令開槍彈壓，當場擊斃三十餘人，屍體和皇上的神位上喻一起倒在血泊之中。這一下好了：現在，不是百姓造反，而是總督大人造反了！全川各地紛紛起義，趙爾豐最後被衝進總督衙門的民眾亂槍打死。在攻克成都時，自發的民眾手持鳥槍、梭標、牛角叉以及鋤頭、擋耙、扁擔衝進城門，卻自己不知要幹什麼！但有一點是清楚的：要發洩，要造反！最後，利用過皇帝打擊貪官的民眾幹起了辛亥革命，終於推翻皇權，締造共和。這就是不敢輕言造反的中國老百姓不意中繞出的一個戲劇性的大圓圈。

眾所周知，庚子之亂也包含了皇帝百姓互相利用的一方面。慈禧太后見義和團打出「扶清滅洋」的旗子，認為民心可用，便利用百姓的排外情緒驅殺「洋人」，以間接打擊「洋人」所支持的力主變法維新的「帝黨」，穩固她剛剛奪回的最高權力。百姓則利用皇權的默許和支持，乘機擴大組織，實現自己的目的。雖然這目的的混雜，甚至包含了愚昧迷信，但撇開價值判斷，僅就政治運作層面而言，義和團也利用了皇權這一點應該是不爭的事實。

至於文革「只反貪官，不反皇帝」，只「打倒」而無制度轉型的明確訴求，當然反映了人民的不夠成熟，其原因除了極權主義意識形態之羈絆，更主要的還是當政者的蒙蔽。試想，在這樣一個毫無言論自由新聞自由的鐵幕國家裡，民眾何以了解苦難的範圍及烈度？何以認清一切苦難的總根源正是道貌岸然的毛澤東和整個極權制度？在這種歷史的條件下，民眾也只能把反抗的矛頭指向直接剝奪和壓迫他們的各級官吏。

毛澤東文革的必然失敗

然而，這兩個文革都歸於失敗。

第一個文革的失敗是歷史的必然。這是一個少數反對多數，個人反對全黨的權力鬥爭。它所依恃的，是毛與人民直接的結盟。但是，這種結盟從本質上便是一種相互利用的結盟。毛澤東的文革和人民的文革是目的不同的兩回事情。可以這樣說，在毛的「戰略部署」中，根本就沒有人民的文革這回事。眾所周知，毛設計的文革不過是幾個月。顯然，他認為鼓動民眾打垮政敵奪回權力並不需要太長的時間。但是，就在幾個月後按計劃開始奪權之時，遭到了軍方的拼死抵抗，即所謂「二月逆流」。軍隊上層一面在中南海與毛鬥法，一面開始在全國範圍內血腥鎮壓造反派，僅四川一省便逮捕了數萬之眾。在這個成敗攸關的嚴重時刻，毛與民眾客觀上已形成風雨同舟的關係。毛要想鬥垮眾軍頭，只有別無選擇地全力扶起造反派。事實正是如此，此一回合之後，文革已成摧枯拉朽之勢。毛想要得到的一切已經全部到手，文革可以大體上按計劃「勝利結束」了。

但出乎預料之外的是，「二月逆流」的大亂子生出了一個更不好收拾的特大亂子：從「二月鎮反」血泊中爬起來的造反派以迅雷不及掩耳之勢追殺過去，在為毛從烈火中奪取權力之票的同時，發展壯大為有權、有人、有錢、有槍、有地盤的政治經濟軍事三位一體的實力集團。毛當然不會讓人民真正地獲得權力，實現他在文革之初曾經許諾的「巴黎公社式的」「大民主」及一個沒有壓迫與剝削的大同世界。一旦大權在手，便打算儘快結束文革。但第二個文革已經在與第一個文革相互交叉相互利用中壯大成熟，開始提出自己的方向和權力要求。早在一九六七年初，全國最有影響的造反派組織「清華井岡山」便提出文革的本質並非打倒一小撮走資派，而是「黨群矛盾」和「幹群矛盾」。因此介入全國運動，不僅打倒走資派，還衝擊新上臺的當權派，實際上向共產黨實行全面奪權。再如當時湖南「省無聯」的楊曦光（楊小凱）就在影響極大的《中國向何處去》一文中明確提出了「權力再分配」的理論。人民不想解散組織，放下自己用鮮血換來的槍。第二個文革開始顯示出自己真正的本質力量。毛澤東開始失去運動的控制權。到一九六七年下半年，人民的文革終於發展到可以向制度挑戰之程度。如果假以時日，待人民從理論上也成熟起來，一場真正的民主運動就可能席捲全國。在這個對於整個極權制度的根本威脅面前，毛再次與軍隊結盟，在槍桿子的支持下，重建黨政官僚機構，強行解散群眾組織，大肆逮捕、殺害群眾領袖。人民的文革被毛無情地絞殺了。

從中共官僚機構衝垮到重建，這是一個在政治謀略上絕對完美的圓圈。黨又「領導一切」了，但在這個有意義的圓周運動中，對毛形成威脅的實權派代表人物被鏟除（許多人甚至在肉體上也被消滅），毛的威望與權力達到了頂峰。應該說這第一個文革獲得了完全的勝利，但好景不長，由於毛扼死了他盟友——第二個文革，那種排山倒海力挽狂瀾的神奇力量就此消失。又由於大動亂造成的經濟崩潰和在黨內樹敵過多，加之和林、周之間的權爭日益加劇，文革後期的獨裁者顯然已是身心交瘁。他知道難以逃脫徹底失敗的厄運，悲嘆文革將被「翻案」。他欺騙利用並最後鎮壓了人民，知道人民不會答應。他無情地蹂躪了多數派，知道多數派不會答應。他最後的歲月，就是在這種眾叛親離，唯恐「復辟」的恐懼中度過。果然不出所料：屍骨未寒，他所倚重的文革派——「四人幫」便在宮廷政變中徹底覆滅，舉國歡慶。緊接著，文革中被打倒的第二號「走資派」鄧小平復出，第一號「走資派」劉少奇平反，文革遭到「徹底否定」。共產黨以及他個人的神話不可挽回地走向破滅。

第二個文革的寶貴遺訓

第二個文革的失敗也帶著某種歷史的必然性。

利用皇帝反貪官，即利用現成的道統與法統反抗暴政，具有極大的合法性而不易招致立即鎮壓，容易形成聲勢浩大的規模，但無法擺脫專制主義的意識形態禁錮。因為這種意識形態的謊言已經成為「奉旨造反」合法性之依據。奉毛澤東、無產階級專政之名，就必然落入編織得十分嚴密的極權主義謊言之網。如果是不自覺地利用，就會束縛我們的思想，以謊言為真實，反而「弄假成真」，加強了謊言的欺騙性；即便是自覺地利用，也會使我們「作繭自縛」，在歷史機遇真正到來之際難以超越這早已腐朽的政治框架，提出真正的民主訴求。因為這框架正是得到我們自己背書的合法性前提。很明顯，「奉旨」就極難真正「造反」。「打著紅旗反紅旗」終究是反不掉「紅旗」的。而且，由於這種利用多半是不自覺的，便往往反而被極權主義的道統與法統所利用，成為獨夫民賊改朝換代的工具，最終很難逃脫「卸磨殺驢」的悲劇結局。「奉旨造反」使人民在文革高潮中獲得了蔚為壯觀的組織力量，同時，「奉旨造反」又使人民幾乎命定地走向失敗。

（但辛亥革命似乎是一個反證。如前所述，辛亥革命發軔之四川護路運動無疑帶著利用皇權的色彩，為何卻取得了推翻皇權的成功？我請教了歷史學家辛灝年先生。據我的理解，大致原因有二：一、辛亥革命有民族色彩；二、辛亥之前，革命派同保皇派已進行過長期論戰，並舉行了多次武裝起義，推翻滿清，實現共和的民主革命思想早已深入人心。也就是說，在護路運動和武昌起義之前，以中山先生為首的民主派已經從思想上組織上為辛亥革命奠定了基礎。這樣，在歷史機遇到來的時候，民眾才有可能迅速拋棄曾經利用過的專制主義道統與法統，走上自己的自為之路。）

反被極權主義所用這種副作用，還至少表現在以下三個方面：一、踐踏人權：漠視人權特別是漠視「敵人」的人權這一極權主義的通病，也在「相互利用」中猛烈傳染。共產黨及其黨衛軍老紅衛兵曾不擇手段地殘忍地對待過人民，造了反的人民也同樣不擇手段地殘忍地報復共產黨和老紅衛兵。殘忍是一種描述，問題的實質在於，以其人之道還治其人之身，在邏輯上是對極權主義踐踏人權之道的再次肯定。這只會使歷史在血泊中輪迴，而不可能開創一個尊重人權的新社會。二、株連無辜：文革的對象「黑八類」是「地富反壞右」、「叛徒、特務、走資派」。「走資派」雖然排名最後，但是第一號目標。不言而喻，兩個文革在對付「走資派」上都是竭儘全力的。但既然假「無產階級專政」之名，無產階級專政的一貫性對象——地富反壞右再加上資產階級和知識分子——也命定地合乎邏輯地同時被「橫掃」。於是，一個骨子裡反抗極權主義的群眾運動，也被極權主義意識形態所裹脅，良莠不分，玉石俱焚，暴戾蠻橫地株連無辜。三、毀滅文化：毛「破字當頭」所煽動起來的砸玻璃、鬥「權威」、焚書批儒，是一個橫掃兩千年文明的反文化運動。這種愚昧和文化虛無主義實質上是對專制主義反對異端和農民起義盲目破壞兩大傳統的再次肯定。痛定思痛，人們自然會對這些散發著專制主義毒素的瘋狂痛心疾首。

——要反對極權主義，就必須同極權主義的意識形態與權力傳承徹底決裂，這是第二個文革留給我們的寶貴遺訓之一。

除了民眾與「皇帝」的關係，民眾內部的關係也是一個值得研究的課題。這裡有一個不應迴避的問題：既然第二個文革（即人民的文革）是人民與共產黨大小貪官污吏的鬥爭，為何最激烈殘酷的內戰卻爆發在各派群眾組織之間？在聲討中共「十七年」黑暗統治，衝垮官辦組織和各級共產黨機構時期，各造反派組織大體是協同一致的。不幸的是，從奪權開始，面對填充權力真空，進行權力再分配之局面，造反派分裂成為誓不兩立的兩大派，使用了從長矛大刀直至機槍坦克的各式武器，血戰起來。老當權派被打倒了，權力的繼承者剛剛上臺或即將上臺。對於這個新的權力中心是否認同，形成了尖銳對立的兩大派。（即當時所稱的「以人劃派」）其中自然有激進與溫和之別，但起決定作用的，還是在權力再分配中不同利益關係之對立。急於填補權力真空的新當權派或有可能成為新當權派的人物（如四川的劉、張，貴州的李再含等等）拉一派打一派，以實力亂中奪權。而急於尋找代理人的民眾也擁一個反一個，渴望權力分享。一般來說，雙方都是有著光榮歷史的「響噹噹的」造反派，雙方都有從中央到地方到軍隊的支持者，爭鬥起來，自然難分高下。在群眾組織內部，也同樣存在這種「以人劃派」的權力再分配之爭。（如清華蒯大富、北大聶元子、北師大譚厚蘭等都是這種內部分裂的符號人物）在這種極其複雜的局面中，毛及其死黨們自然因勢利導，推波助瀾，老練地運用各種政治手腕，如在這段時間，這個問題上支持這一派，在另一段時間另一個問題上支持另一派，成功地分裂了民眾，使他們互相抗衡，混戰不休，無法團結一致，形成對極權制度的真正威脅，使控制權和最後仲裁權始終牢牢地掌握在自己手中。

今天，我們可以把這個問題推到極端：假若毛不插手分裂民眾，民眾組織內部會自發地產生權力鬥爭而導致分裂嗎？從海外民運的現狀看來，恐怕結論是肯定的。第二個文革無疑具有某種民主色彩，但遠未成熟到試圖建立現代民主制度之程度。打倒不是制度轉型，造反意在取而代之。不從根本上解決權力結構問題，權力爭奪就先把我們自己從內部打垮。我們中國人，有忠君報國不惜肝腦塗地之傳統，有揭竿而起反抗暴政之傳統，有前仆後繼追求自由之傳統，但缺乏革故鼎新制衡權力的傳統。宣洩仇恨是不行的，造反打倒是不行的，改朝換代取而代之也是不行的。這不僅不是自由之路，而且，這種無規則的權力鬥爭也給人民帶來了太多的苦難。這就是一般民眾也傾向於「徹底否定文革」的原因之一。

——要反對極權主義，就必須同極權主義的權力制度徹底決裂，實行制度轉型。

第一，削弱權力的相對值，使權力變得不那麼值得拼死爭奪：恢復公僕的原始意義、任期限制、不得連任和轉讓、大社會小政府——以民權削弱國家權力、私有化——以「金權」削弱政治權力等等。

第二，權力更迭制度化：普選制、政黨政治、否認暴力奪取權力的合法性，軍隊國家化等等。

第三，以權力監督制衡權力：立法行政司法新聞四權分立、彈劾、法制、普選、新聞言論出版結社自由等等。

我想，這就是悲壯的第二個文化大革命留給我們的最寶貴的遺訓。

一九七九年，民主牆的代表人物魏京生提出「第五個現代化」——政治制度轉型。警告通過宮廷政變上臺並對人民實行讓步政策的鄧小平有可能成為新的獨裁者。

一九八九年，天安門民運明確提出不在共產黨內尋找依靠和打倒之對象，而疾呼全力推動政治體制改革。反對「造反」、「奪權」，堅持對話、和平、理性、非暴力。

雖然民主牆與八九民運都被殘酷地鎮壓下去了，但民主的理念已在中國人心中生根發芽。這正是我們將有可能避免文革式劫難而走向自由的希望！

補記：理論的奠基者們

「兩個文革」或「文革中兩條線索」理論的奠基者有楊曦光（楊小凱）、王希哲、劉國凱等先進，還有許多沒有留下名姓的當時各群眾組織的民間理論家。

我特別要提到楊曦光的名字。近三十年來，在我的心目中，這個名字正是文革中人民的苦難、覺醒與反抗的象徵。當時，我們更多的是從中共的攻擊中了解楊曦光的理論。僅僅聽到要在共產黨的天下進行「財富和權力的再分配」一句話，就可以明白他思想的犀利及他面臨的厄運。楊曦光說出了全國造反派想說而說不清楚的話，並代我們受難。他在湖南造反派的綱領性文件《中國向何處去》中寫道：「十七年來」，「……百分之九十的高幹已經形成了一個獨特的階級……這個『紅色』資本家階級已經完全成為阻礙歷史前進的一個腐朽的階級，他們與廣大人民的關係已經由領導和被領導變成統治和被統治、剝削與被剝削的關係」。要「推翻新的官僚資產階級的統治，徹底砸爛舊的國家機器，實現政治革命，實現財產和權力的再分配，建立新的社會——中華人民公社。這就是第一次文化大革命的根本綱領和極終目的」。在當時，楊曦光的這篇文章無疑是造了反的中國人的直覺與意志的集中昇華。近三十年過去了，這些語言仍然令人心潮起伏，回憶起那些充滿著痛苦與迷惘的反抗歲月。

我還特別要提到劉國凱的名字。他的《文化革命簡析》寫作於七十年代初期，今天看來，我們不禁會驚奇地發現：這竟然是到目前為止最具體、最完整同時最清醒的文革史著作。《文化革命簡析》不僅對文革的一般過程有準確的描述，還提出了「兩個文革」和「三年文革」的理論。八十年代末，我在《作家》月刊上提出「兩個文革」的理論，自認為是一個發明，其實，比起劉國凱來，寫作晚了十多年，發表晚了十年。劉國凱的寫作過程也是令人十分感佩的。「一打三反」是一個大量處決造反派的運動，在那種極為恐怖的氣氛裡，劉國凱每晚寫作，須遮嚴窗帘，寫畢，還要將手稿藏進竹筒，塞到床底。不僅要防備政治檢舉，還要防範小偷行竊，任何風吹草動都可能帶來殺身之禍。在劉國凱十多年之後，我也有幸經歷了同樣的秘密寫作的恐怖。因此，我也許比其他的人更能理解這種寫作所需付出的勇氣、智慧與代價。我想，只有蘸著鮮血寫才能有這種勇氣。我們中國人反思與抗拒共產專制的最犀利的理論，都不是在書齋裡苦思冥想的結果，而是鮮血的結晶。劉國凱的《文化革命簡析》，正是一個我們親身經歷的一個奇蹟，正是我們人民的血泊上生長出來的一朵理性之花。

王希哲也早在八十年代初期提出了這一理論。在他執筆的著名大字報《關於社會主義的民主與法制》中，指出一個文革是毛澤東的文革，而另一個文革是人民的文革。雖然他把遲至一九七六年爆發的四五天安門運動視為人民文革的發端，因而在文革分期上與楊曦光、劉國凱和我有所不同，但是他無疑也是最重要的奠基者之一。不久前，我與王希哲有一次晤談，他問我關於兩個文革的思想是否受到了他的影響。我回答當時我遠處北方偏遠之地，而他的大字報又遭到當局封鎖，說我受他的影響，不如說我們都受了楊曦光的影響。現在我們了解到，早在七十年代中期，就有一些敏銳的西方學者提出了類似於兩個文革的理論。為什麼在極權社會嚴密的封鎖下，海內外有這麼多人會不約而同地先後發現同一個理論？這只能證明這個理論確實較好地抽象了文化革命複雜的歷史。

文革具有兩種不同的政治線索（或「兩個文革」）的理論的積極意義，在於它無可辯駁地揭示了官方所刻意掩飾的人民反壓迫、爭自由的民主因素。我們贊同和完善這個理論，並非要美化造反派，把我們當年的行為加以「合理化」，而是試圖還歷史以本來面目，從浩劫中總結出有益的教訓。因此，我們的工作不是美化，相反地，我們對「人民的文革」也同樣採取批判的理論立場。

清華附中、紅衛兵與我

文革「小歷史」的範例

仲維光發表於《北京之春》（一九九六年十月號）的文章〈清華附中紅衛兵小組誕生史實〉再現了文革中的「小歷史」，連我這個過來人都深感震動。許多被遺忘的往事恐怖地復活，許多已合理化的回憶被理性梳理，在俗務中昏睡的靈魂再次被拷問。

仲維光對清華附中紅衛兵誕生的研究是一個有啟發意義的工作。只有這類「小歷史」真正做好了，整個大文革史的研究才可能進入一個較為理性深刻的層面。這類「小歷史」很多，舉其要端，如清華大學文革史、北京大學文革史、湖南湘江風雷史、紅衛兵成都部隊史、重慶反到底史、廣西四二二史、上海工總司史、首都紅衛兵三司史、武漢三鋼二新史、北京大興縣屠殺史、湖南道縣屠殺史、廣西武宣縣屠殺史、鎮壓內人黨史、三十八軍支左史、五十四軍支左史、宜賓文革史、大串聯史、武鬥史、二月鎮反史……都應該作出客觀深入的個案研究。只有在這個基礎之上，我們才可能將這一人類災難作為信史留給我們的後人。

仲文是我所知的對清華附中文革描述得最精確，分析得最深刻的文章。仲維光以思想之深刻銳利，之毫不容情而成為我的極為難得的半生錚友。在對極權社會及其知識分子的長期批判中，他疾惡如仇；在自我批判中，同樣不減犀利。使我深受感動的是仲文結尾處的這一段話：

從一九六七年清華附中老紅衛兵失勢後至今將近三十年，在大陸仍然只有無反省地書寫這一段歷史的文章，甚至正面歌頌老紅衛兵、聯動的文章和書籍。這種現象甚至在海外也存在。如果我們對人權和民主不再是像文革中那樣敵視，如果或多或少地對中國傳統文化，對當代民主自由社會，對伴隨它的文化有一些認同，那麼，為了我們的下一代不再經歷文化革命浩劫，還是多反省一下自己的好。

為此，我也在問，造反派（當然包括我自己在內）今天對以往的看法是否也和那些紅衛兵們一樣是一種無反省，一種唯我正確的偏見。本文第一次力圖對造反派，對自己做出更多的，更嚴厲的反省和自我剖析。還是哈維爾的那句話，「我們每個人都是極權社會的受害者和締造者。」我們每個人都要反省，這對我們的後代和對人類都應該

> 是一個重要的教訓和經驗。因為，儘管人們看法有分歧，但是，極權社會摧殘了人和人性是經驗事實，不要極權主義是我們絕大多數人接受的一個原則。
>
> 我總感到，我們這些在極權文化中成長到二十歲才開始覺悟的人是有「原罪」的。

我認為這是我這篇文章的合適的開始語。

文革之前的清華附中

作為可供剖析的極權社會的受害者兼締造者，我具有典型的意義。在文革時期的清華附中，我既是最著名的被迫害者，同時也是那個迫害制度的擁護者。一九六三年，我從北京三十五中考入當時收分最高的清華附中。我在初中是「銀質獎章」獲得者，學習成績不是門門五分的拔尖學生（金質獎章）。在清華附中我同樣不是學習成績頂尖的學生，但體育成績較優秀，在學校裡是百米冠軍（國家二級運動員）和鉛球冠軍（國家三級運動員）；此外，在文藝方面有顯著表現，是學校重要文藝活動的組織者；最後但絕非最不重要的一點是「積極要求進步」，任班幹部、分團委宣傳幹事。這些條件綜合起來，使我在當時格外強調「德智體全面發展」的清華附中成為引人矚目的學生。但是，我的出身是「民族資產階級」，父親鄭璧成是中共建政之前中國最大的民營托拉斯「民生公司」（航運、煤礦、機械製造等）的主要創辦者領導者之一。記得初中入學第一天填寫履歷表時，困窘得滿頭大汗才在「家庭出身」一欄裡艱難無比地寫下「民族資產階級」六字。從此，「出身不好」便如影隨形，伴隨著我整個青少年時代。為了爭取一個較少歧視的小環境，為了在同學中得到一點應有的做人的尊嚴，我必須加倍努力，特別是加倍「改造思想」，「與剝削階級家庭劃清界限」，「背叛出身階級」。無論我怎樣「靠攏組織」，「每日三省吾身」，都無法擺脫家庭出身的濃重陰影。小小年紀，便感到沉重的政治壓力。當時最大的夢想就是突然哪一天所有的檔案全部遺失。進入清華附中之後，「第一課」就是參觀清華大學「反右鬥爭成果展覽」。這是一個常設的恐怖的展覽，所有的文字和圖片，都在歌頌「黨」的光榮偉大，並警告我們不得與「黨」有絲毫對抗。我相信所有清華大學和附中的學生將終生保留這個印象。

文革之前，蔣南翔控制的清華大學就是一個相當左的小社會。但學校畢竟是培育人才的地方，老師和校方天然地喜歡好學生並對那些嬌縱散漫的幹部子弟敬而遠之。清華附中校長萬邦儒雄心勃勃，要把學校辦成全國中等教育的典範。學校自行的教育改革，除了受當時越來越緊張的政治氣氛影響強化了政治教育之外，在擴大知識面（比如每周一節電影課，放映科技及外語片，鼓勵各種課外小組及講座）、講究教學方法（強調少而精，反對滿堂灌）、減輕學生負擔（反對課外加班學習）、重視加強學生體質（強調田徑運動以提高基本體能，甚至連下鄉勞動，也把增加體重當成重要指標）等方面，都有一些至今仍有參考價值的努力。清華附中激烈地要求學生「全面發展」，甚至明確提出僅學習成績好不算好學生。從全國形勢來看，我在清華附中的幾年，恰好又是大饑荒之後文革之前最為寬鬆的時期。當時的「階級路線」是「出身不由己，道路可選擇」，「有成分而不唯成分論，重在表現」。清華附中是個幹部子弟比較多的學校，「出身不好」的同學把那「重在表現」四字如水中稻草一般死死抓住不放。雖然「教育為無產階級政治服務，教育與生產勞動相結合」的教育方針已經在大力貫徹，但從學校本身的社會職能出發，校方也盡可能在這四個字上做文章，以期提高教學水平，並避免在學生中引起激烈的分化和鬥爭。在這樣大小環境之中，我成為全校著名的「德智體全面發展」的好學生，這也就是後來紅衛兵咒罵我的「學校的大紅人」、「修正主義苗子」之來由。

始於「婁熊事件」的政治派別

但校方這種走鋼絲繩的策略在越來越緊的政治氣氛裡終於失去平衡，其標幟就是發生在我們高六三一班的「婁熊事件」：某天，兩位同學發生口角，一位姓熊的出口傷人，姓婁的便出手當胸給他一拳。吵架和動手打架，在學校裡頗罕見。次日課間操時，教導主任發表講話，對雙方都進行了批評。本來，全校點名批評在當時已是十分嚴厲的懲罰了，不料晚自習結束前，每個教室的擴音器打開並忽然宣布，校長將有重要講話。學校有極其嚴格的作息制度，晚自習後不得逗留教室，必須立即回宿舍洗漱就寢，校長發表全校講話更史無前例。空氣頓時嚴肅而緊張，同學們都不知發生了什麼國家大事。結果居然是上午已處理過的鬥毆事件。校長以極其嚴峻的口吻和偏袒的態度再次批評了婁琦，而熊剛出口傷人，挑起事端竟毫無過錯！其他班只是為校長的態度感到驚訝，而我們高六三一班卻議論紛紛，大為不平。熊剛是熊向暉（當時駐古巴大使，後任外交部副部長）之子。此同窗以一毛不拔而著名，父親放洋，學習用品中自然不乏洋貨，當時，這在幹部子弟中亦很罕見。他挾洋自重，連洋畫報也不肯讓同學瞧一眼，只是高興的時候在大伙兒面前晃一晃，得意地仰起頭，鼻孔朝天。熊剛學習甚佳，這在幹部子弟中甚是難得。但私心較重，在班上人緣較差，被班、團幹部公開視為「白專」典型（一個歷史的誤會）。他挨了一拳，大家都覺得有點活該，但覺得婁琦動手也不對，因此對教導主任公允的批評認可。校長的偏袒激起公憤。從第二天起，學校大飯廳裡便開始出現大字報，向全校同學介紹打架經過，暗指校長處理不公。在同學們的輿論壓力下，熊剛本人也寫了大字報，承認自己出口傷人不對，向婁琦致歉。誰都能感覺出來，高六三一班在向校方挑戰，於是紛紛到我們班來了解情況。兩三天之內，大字報竟貼了半個大飯廳，極為壯觀。特別是以我為首的一張有三十餘人集體簽名的大字報，指責學校許多大事不抓，反在此事上大做文章，更使校方難堪。在我們「猖狂」了幾日之後，校方開始反擊。學校黨支部首先召集班上的幹部子弟開「小會」，秘密了解情況，分析形勢，商討對策，擬定名單，二樓辦公室燈火長明，以至通宵達旦。一種無形的壓力越來越大，同學們明白大事不好。在作了充分部署之後，校長、副校長、分團委書記親臨班會，試圖以勢壓人，一舉平息這次小小的「學潮」。我初生牛犢不怕虎，竟指名道姓地把平時與我個人關係甚好的在場領導一一點名，除在「婁態事件」上堅持立場毫不退讓外，還「以攻為守」，對學校的工作提出批評。在我之後，同學們一一起立發言。高六三一班沒被壓垮，對立越來越大，實際上已波及全校。於是「分化瓦解」、「各個擊破」、層層開會、個別談話、「背靠背」、「面對面」種種高壓手段一齊上，「反對校領導」，「對黨的階級路線不滿」，「犯了政治性錯誤」等等帽子一古腦兒壓下來。同學們這才明白「婁態事件」的實質原來是「打了幹部子弟」的嚴重的「階級路線問題」！嚴峻的「階級鬥爭」向我們這些從未涉足政治的十七歲中學生猛烈展開。班委會作檢查、團支部作檢查、除了十來個幹部子弟，幾乎全班同學「人人過關」。結果是紛紛倒戈，眾叛親離，把我徹底孤立起來，最後逼我檢查。在這種強大的壓力之下，我最終屈服，承認自己犯了「政治錯誤」，在「客觀上」站錯了立場，身為學生幹部起了極不好的作用。事有蹊蹺的是，氣氛如此之嚴重，事後校方竟未對我加以處分，也是一番苦心吧。直到文革初期，這疑團方解開。原來「婁熊事件」有其歷史背景，即仲文所提到的北京四中「四清運動」。導致四中領導垮臺的原因就是沒有「保護好」幹部子弟，沒有「堅定不移」地貫徹黨的階級路線。校領導一得知是平民出身子弟打了幹部子弟，大為震驚，連夜重新處理，生怕這幫幹部子弟「通」了「天」，步四中後塵鬧個全軍覆沒。這本來是個防衛動作，以期自衛。但我們這些毫無政治經驗的年輕人竟認了死理，定要論個是非。

「婁熊事件」在今天看來不過是一件小事，但在當時的清華附中，卻是一個重要的轉折。事後，階級路線的調子越唱越高。幹部子弟迅即意識到自己的尊榮，知識分子及一般平民出身（更不用說「有問題的」出身）的同學亦清晰地意識到自己地位的卑下。一道「階級」的鴻溝把學生分為兩派，舊日因個性、愛好、同桌等「非階級」因素形成的友誼幾乎化為烏有。對於我來說，如果「反右鬥爭成果展覽」是清華附中的第一課，那麼這就是第二課。幾乎滑向「反黨」的危險境地使我更加敏感地聆聽黨的聲音。不久之後圍繞電影《北國江南》的激烈辯論之中，我們班依然是按照「婁熊事件」形成的界線分為兩派。值得思索的是，這回倒過來了：以我為首的一派平民子弟吸取了教訓，緊跟形勢，對黨所厭惡的「資產階級人性論」

發起批判，本來就反對「人性論」的幹部子弟們因「對手」站在批判的立場，便本能地站在了辯護的立場。這一回合陣仗頗大，兩派拖開課桌，在教室裡擺成「楚河漢界」。雙方唇槍舌劍，「上綱上線」，直嚇得老師們連旁聽都不敢。幾次大辯論之後，我們略占上風，因這回是我們站到了黨的立場上，而他們反而變得無所依恃。

與此同時，高六三一班的團支部大會也變得劍拔弩張。我在支部裡不過是宣傳委員，但實際上是一派之「領袖」。自「婁熊事件」之後，幹部子弟們想依靠「血統高貴」掌握班級和支部權力的趨勢越來越明顯。他們提出發展團員要堅持「黨的階級路線」，想讓幹部子弟都入了團，成為多數。當時我們的權力意識遠不如他們，主要是受不了他們那股驕橫，於是抓住「階級路線」的最後四字「重在表現」，要一視同仁。當時最有代表意義的一件事是王銘入團。同年級預六四二班的幹部子弟王銘（其父為公安部副部長），表現一般，團支部多次討論未能入團，遂寫狀紙一張，稱清華附中不執行階級路線，聲言要上交中央。嚇得校領導親自出面安撫勸慰，好歹扣住「狀紙」，強令團支部通過，並立即任支部組織委員，轉眼又升分團委委員。在這種局勢下，他們要發展「表現不好」的幹部子弟入團，我們擋不住。我們要發展平民或「出身不好」但「表現好」的同學入團，他們卻百般阻攔。本來支委會背後討論一下就可以決定的事，在高六三一團支部支委會上就很難有統一意見。即便填了表，支部大會上能否過關還是另一回事。於是，我們班發展團員的支部大會，就成了激烈的戰場。每逢我們班發展新團員，連外班的同學都擠進我們教室來「觀戰」。開會之前，兩派都做好準備，上了會，便據理力爭，互不妥協，直到最後舉手表決，差一票也不行。

正是在這種尖銳對立的狀態下，文化革命開始萌動了。

文革在我們班形成的派別，就是自「婁熊事件」開始，後經《北國江南》辯論和發展團員鞏固的兩派，經緯分明，幾乎絲毫不錯。

紅衛兵當權前後

一九六六年春，對《海瑞罷官》和「三家村」的大批判在清華附中也激烈展開。小字報、大字報貼滿了教室和樓道。雖然兩派都盡量顯得尖銳激烈，都不甘在這場顯然來勢洶湧的政治運動中落人之後，但幹部子弟們很快就不滿這種書生氣十足的批判，他們要針對學校「反對」黨的階級路線，「壓制」幹部子弟、「包庇」資產階級「孝子賢孫」的現實發起挑戰。

他們開始秘密碰頭，交換從各種渠道得來的有關上層政治的消息，商量如何在學校掀起運動，揭發學校領導反黨反社會主義的言行。平民子弟早對幹部子弟們飛揚跋扈不滿，一聽到他們密謀反對校領導，立即彙報上去。此時，校領導已發覺自己養虎為患，只好依靠平民子弟，以期自我保護。當同學之間展開「學校黨支部黑沒黑」的辯論時，幹部子弟們早已雄心勃勃，準備登上中國政治舞臺，實現自己的遠大政治抱負了。一位幹部子弟對同伴說：「咱們的父輩就是在青年時代登上政治舞臺的，現在該輪到我們了！」他們天然地明白政治為何物，天然地明白權力為何物。他們的父輩是今天的統治者，他們當然應該是中國明天的統治者。

五月十六日，毛澤東主持制定的《五・一六通知》在政治局會議上獲得通過。

五月二十九日一批幹部子弟在與學校一牆之隔的圓明園集會，成立了舉世聞名的青年法西斯別動隊——紅衛兵。他們也許並沒有料到，殘暴血腥的地獄之門即將假他們之手豁然洞開。

六月二日，紅衛兵貼出了第一張把矛頭指向校領導的大字報。校方摸不清底細，哪敢貿然反對？包括我們班在內的一些同學也針鋒相對地貼出肯定校領導的大字報。六月八日，幾十名北京城裡的幹部子弟騎車來聲援清華附中紅衛兵，學校怕出事，關了西校門，上百學生隔著鐵柵欄門對峙。一篇老紅衛兵的回憶文章指我在門外組織。我可能是在門外與他們對峙，但似乎沒有「組織」。我哪裡有膽量出面組織？包括仲維光在內的許多人早就希望我能夠出面組織同學對抗紅衛兵，但我早已被「反右展覽」、「婁熊事件」及幹部子弟的囂張氣焰所嚇倒。在那段局勢不明的日子裡，我最大的膽量不過是在飯廳頂上塗寫斗大的「毛主席萬歲」之類的標語，以示曲線對抗。當天真正的勇者是高六三二班的宣夏芳，她大聲宣讀了自己寫的一張大字報，稱紅衛兵是「黑衛兵」，稱他們的後臺是「靠不住的冰山，太陽一出來就會熔化」。紅衛兵們通過渠道，將她的大字報送給劉少奇，劉將她定性為反革命。這位清華附中少有的工人出身的女同學後來遭到了無情的報復。我的怯懦雖然未能使我逃脫劫難，但至少沒有像宣夏芳那樣被中共最高層直接打成反革命。在上述老紅衛兵的回憶文章中，還提到我曾到老紅衛兵占據的屋子去，向他們宣布：「你們對了，我錯了，我向你們舉手投降！」我十分艱難地從記憶深處找到了這個場面。具體時間記不起了，反正是在局勢即將明朗之前（似乎是工作組進校後，未表態支持老紅衛兵前）。作為紅衛兵們的宿敵，雖然我僅僅是暗中對抗，但他們始終把我視為他們的頭號對手，我知道這場至少長達兩年的較量已經在最高層的參與下有了結果，我的下場將十分可怕。我只好將在他們面前從不低頭的自尊棄之不顧，向他們宣布「投降」。這是一次絕望的掙扎：也許比頑抗到底要好一些？在場的老紅衛兵們熱烈鼓掌，他們把這作為勝利的信號。似乎記得還有人來同我握手，說認識到錯誤就好。當然，這並不妨礙他們日後把我「打翻在地，再踏上一隻腳」。

受害者的普遍的道德淪喪

自此，紅衛兵「造反」是否正確已無人再敢爭論，新問題是：他們說我們是出於對共產黨毛主席的刻骨仇恨，而我們只承認客觀上犯了政治錯誤，主觀上還是無限熱愛黨和偉大領袖的。這種表面上為維護政治權利而實則為坐穩奴隸地位而進行的抵抗仍然十分頑強。在早已遺忘的記憶的深處，今天，我又找到了羞恥的見證：在形勢急轉直下的那幾天裡，為了表示與「蒙蔽」和「利用」我們的「黑幫」劃清界限，我也主動參加了兩次登門問罪的行動，闖進清華大學主管附中事務的副教務長邢家鯉家和萬邦儒校長家。邢不在家，只有他所愛惜的大黑貓臥在沙發上驚恐地向我們張望。萬校長也不在，似乎是師母與孩子避在臥室裡，書桌上有張紙，紙上是孩子稚氣的字體：爸爸，你為什麼犯錯誤，成了黑幫？我要同你劃清界限！我們這些昔日的「保皇派」們憤怒大呼：假的，你們是想蒙混過關！雖然我們未像紅衛兵們那樣瘋狂，但靈魂深處，那種想贖罪想得到赦免甚至不惜犧牲他人的卑鄙，是同樣瘋狂的！這件事，我遺忘了。歷史同樣遺忘了。誰會記得清華附中著名的受害者在文革之初的一次小小的過失呢？誰會去追究一位持不同政見者在未成年時所參與的集體道德淪喪呢？八十年代中期，萬校長叫我回母校，要我向同學們講點什麼。那時，我對文革的反省尚停留在政治層面，我僅僅回憶了那些難以思議的殘暴，我看見老校長眼裡噙滿淚花。現在，如果再回母校，我當坦白我的卑鄙。但萬校長已經過世了，他年輕有為，卻在文革一擊之後過早地走完了坎坷而不得志的一生。我無法再當面向他謝罪，請求他的原諒。我也回不了祖國，親自向師母及他們的孩子謝罪。我只能希望在美的一二百老同學中會有人把這篇文章帶回去，過遲地請求他們原諒。

仲文所提及的那幅巨大的毛澤東畫像，也是一次這種性質的「抗爭」。我用四張或六張黃色大字報紙和大紅顏料畫了一幅毛澤東像，貼在樓上顯眼處。本來我已是小心翼翼，不用白、綠紙，不用黑顏料，但還是遭到紅衛兵們的指控。他們明白這是我的頑抗，便挖空心思，說我把毛主席的臉畫得太紅，血淋淋的。畫像下方「工農兵」之「兵」，肩背步槍，那刺刀直指偉大領袖，暴露了「資產階級狗崽子」的刻骨仇恨……從此便再不敢畫畫。動輒得咎，無論如何都是「反動」。

工作組進校一兩天之後，清華附中進入了紅衛兵專政時期。校長老師開始挨鬥。晚上的批鬥會是最為恐怖的。全校師生列隊端坐在教學樓前的地上，鬥廳前擺幾張桌子，工作隊和紅衛兵頭頭坐上一排。在精神上徹底崩潰的同學們把口號喊得震徹夜空，將滿腔仇恨與無限悔恨灑向臺前低頭認罪的「黑幫」。校長老師和那些抵抗過紅衛兵的同學都成了「某狗」，校長是最著名的「萬狗」，我是著名的「鄭狗」。我們這些「狗」們，都豎起耳朵，心驚肉跳地等著「點名」：隨時會有人站起來大聲哭訴揭發自己受蒙蔽的無辜，揭發到誰，全校師生就會厲聲齊呼：「某狗，站起來！」「某狗」就會被推搡至臺前，低頭接受公開羞辱。七月底，駱小海野蠻的三論《無產階級的造反精神萬歲》「橫空出世」，（稍後，熊剛起草了血腥的《無產階級的階級路線萬歲》，為他們敵視平民的「造反精神」作了赤裸裸的詮釋。）毛澤東迅速作出反應，發表了《給清華附中紅衛兵的一封信》，支持他們「造反有理」。於是，全北京幹部子弟紛紛組織起來，為毛澤東而戰，為維護和鞏固給自己已經帶來並將繼續帶來特權的制度而戰！他們將矛頭對準那些已飽受壓迫與歧視的平民及賤民，對準那些據說膽敢壓制他們，妨礙他們獲得更大特權的校長老師。紅衛兵們得了正統，氣焰萬丈。一般同學人人自危，卻強作歡顏，熱情歡呼革命的勝利。

毛澤東在天安門上接見紅衛兵那天夜晚，清華附中一片節日氣氛，探照燈把大操場照得很亮，全校師生手拉手，跳起了歡樂的集體舞。人人都爭先恐後地向紅衛兵們祝賀，卜大華、宋柏林（其父為解放軍裝甲兵學校校長，聽說多年前已為副軍級）等有幸與偉大領袖握手的紅衛兵頭頭，成為同學們崇拜的中心。他們那與偉大領袖有過肉體接觸的手，被人們熱情奔放地爭握（幾天捨不得洗手）。自然，黑幫和我們這些「反動學生」是與這狂歡無緣的。我徘徊於舞場邊上，既不敢加入，也不敢不去。我很恐怖，自知在劫難逃。我也很痛苦，不明白怎麼就成了「反動派」，我是真心擁護黨的呀！沒有任何一個同學敢於或願意正眼瞧我，指向我的都是仇恨的目光！那個晚上，在狂歡的操場邊上，唯有駐我們班的團中央工作組員與我有幾句「犯了錯誤沒關係改正就好」的教導，我默默無語卻感激涕零。這是我所聽到的最溫暖的語言了！得了當今聖上的支持，紅衛兵們更加肆無忌憚。清華附中的武鬥迅速升級，進入高潮。萬邦儒校長韓家鰲副校長每鬥必打，身上早沒有一塊好肉。分團委女書記高惠英被打瞎一隻眼。我高一班主任劉樹華被打得跳了鍋爐房大煙囪。我高一同桌女生郭蘭蕙服毒自殺，我班紅衛兵「齊向東」戰鬥組趕到北醫三院，稱反動學生，不許搶救，最後躺在停屍房足足死了一個星期。高一女生楊愛倫撞火車自殺未遂，留下殘疾……在我的記憶中，打校長老師在先，打同學在後，因當局規定不許整學生，須待革命憤慨高漲起來，「自發」進入「紅色恐怖」的高潮。

校園私刑及精神自辱

「紅司令」接見的無尚榮耀，迅即變作對「階級敵人」的無限仇憤灑向人間：全北京城進入了「紅八月」的恐怖地獄。由於清華附中的特殊情況——知識分子子弟為主、良好的校風及紅衛兵的創始者們抱負甚大——對我們「反動」師生的「觸及皮肉」尚不及城裡的「雜牌」紅衛兵。但血既然開始流了，就會按照它自身的邏輯流向瘋狂。八月的一個陽光明媚的早晨，同學們正在教室裡老老實實「天天讀」，以毛澤東思想為武器「自我批判」，我們班的紅衛兵小頭目尤小梅（張明、熊剛、宋柏林、袁東平等已成為校一級領導）衝進來，殺氣騰騰地尖叫：「地主資產階級狗崽子殺人啦！他們向我們毛主席的紅衛兵舉起屠刀了！」她哽咽了，也許還流淚了。她的感情很豐富。她曾是一名業餘演員。她語無倫次，未向本班同學講清原委（李國慶事件，北京城裡的抄家打人中，一位名叫李國慶的舉起菜刀自衛）便一拍講臺，尖叫道：

「鄭狗，你站起來，還有你，戴狗！還有你們」

一下子，高六三一班立起以我為首的「四條狗」。我默默摘下眼鏡。要開打了，無論如何也躲不過了。果然，尤小梅發瘋地喊：「為受害的紅衛兵戰士報仇啊！」

我不知道她是否甩臂舉拳，因為我的眼鏡已放進課桌。但那聲音我記得：悲憤、悲愴，如鬥爭地主的電影裡悲痛欲絕的窮孩子的母親。

嘩啦啦一陣桌椅響，全班同學站起，有的紅了眼圈，有的大哭，在誓為紅衛兵復仇的悲壯氣氛中向我們撲來！剎那間，教室裡分成幾個圈兒，十幾個圍毆一個，皮帶椅子腿拳腳齊上……緊張的氣氛中，人人自危。因大多數人自「婁熊事件」以來就都是一派。許多人為拯救自己，只有拚命打，以此表現「反戈一擊」、「劃清界線」。「婁熊事件」的主角婁琦也不遺餘力。打我最狠的是班長王某，平素與我關係不錯。他本是幹部子弟，謝覺哉之養子，只因檔案裡說他生父有叛徒嫌疑，血統不太純正，便被本班幹部子弟鄙視，自然也是抵制紅衛兵的主力。他用力抽打著，竟突然嚎啕大哭起來。對這場暴行中指揮者、打人者的眼淚，多年來我一直大惑不解，直到弗洛伊德使我加深了對人性的理解。原來那眼淚是鴉片，麻醉藥。施暴之時，每一個人都要對良心進行深度麻醉。每一個人都要設法使自己相信：他現在已悲痛欲絕，施暴不過是難以抑制的正義的衝動。應該加以同情地理解的，是那個時代普遍的革命崇拜。紅衛兵的勝利，特別是「最敬愛的毛主席」之親自出場，把同學們無可挽回地劃到「反革命」一邊。這也是真誠的悔恨之淚。

這頓毒打不太容易捱的。

最初的亂打之後，我們被打得跪倒在地，皮帶拳腳如雨點般落下……支持不住了，我們被打得爬在地上……鮮血和汗水浸透全身……在時而尖銳時而鈍重時而令人暈旋的痛苦中，我幾次想跟他們拚了！我估計過形勢，我知道一定能成功：多數同學出於舊情與驚惶來不及反應，以我的威信和我那全校公認的大力士的威懾力，我有把握以迅雷不及掩耳之勢將那幾位作惡多端的紈袴子弟從窗口扔下樓去，然後與他們同歸於盡。但我終未作出這壯舉。——也許我真是反革命？也許革命從來就是這樣如萬鈞雷霆不免誤傷好人？我掙扎不出這思想的牢籠！我要活下去，我要活到那一天：黨終於發現我是她的好兒子，是無限忠於偉大領袖毛主席和無產階級革命事業的合格的接班人。總會雨過天青，總會發現這一切都是誤會。當然，在心的深處，也同時存在著對死亡之恐懼，對生之眷念。我無法將自己打扮成受難的英雄。過去還可以，現在不行了：我成了以解剖靈魂為職業的作家。從早上八點多開打，一分一秒不停地打到十一點多，直打到昏厥。白襯衣被打成了碎片，流了很多血，流了很多汗，但沒有流一滴淚，沒有求過一聲饒。——過去，我在心裡曾樹立過自己的英雄形象。多年後，當我有勇氣再次檢視傷口時才明白：沒有求饒還因為求饒毫無意義。這不是偶然闖入你家的一夥強盜，也不是戰場上素無個人冤仇的對手，這是必欲置你於死地的宿仇。

那一天，幾乎全校都在打同學。打得也差不多了——如果不打算都打死——王銘、卜大華、張明等學校紅衛兵的大頭目們慢悠悠出現在教室門口。「別打了。」他們的口氣很溫和，「要注意政策。」他們在我面前擲一張紙，「寫認罪書！」我已經站不起來了，只能爬在地上。「老實點！」一把不知從哪兒抄來的日本大軍刀涼颼颼架我脖子上。我知道不會砍頭，並不害怕，但仍然用幾乎被打得失去知覺的手顫抖地寫道：「我出於反動的資產階級立場，不執行黨的階級路線，在團的工作中犯了嚴重的錯誤……」血和汗滴在紙上。

未及寫完，他們就令人把我們架走了。多年之後，我才明白，那不過是一場供人觀看的儀式：反革命被打得遍體鱗傷，爬在地上寫認罪書；紅衛兵把戰刀架在敵人脖子上，威風凜凜！

仲文所述的操場上毆打，是發生在這之後，只是展覽性質的。打人工具有了改進，一種用塑料跳繩擰起來的鞭子，很重，比皮帶厲害得多，幾鞭下來，人就能疼昏。所謂勞動，是徒手拔操場上的矮草，其實是向所有的學生提供一個免費打人的機會。實事求是地說，我還是要感謝清華附中老紅衛兵高度的政策性：由於有糾察隊看管，打得很有節制，一見超出了展覽的目的，便會加以制止。否則，讓那些想贖罪或想練手的掄圓了打，還得再死幾個。

想作奴隸而不得的絕望

那天打的人很多，但私設牢房關押起來的只有幾個他們恨之入骨的「反動學生」。那是一間十來平方米的小屋。位於教學樓門廳左側。屋內滿地血污。我平生第一次聞到如此濃烈的血腥味兒，濃得嗆人。「囚犯」們渾身是血，或坐或躺，滿眼絕望。天黑後，高六三二班鄭國行同學輕輕爬過來與我商量：要逃，不逃出去就沒命了！我哪兒還能逃？就算傷輕的同學能跳窗越牆，但整個北京都是紅衛兵的天下，帶傷的都是反革命，在大街上被人發現肯定死得更快。不到半夜，我開始抽搐，頭向後仰，身子呈反弓形。同學們急砸門，說我要死了。一輛平板車拉我去清華校醫院。半昏迷中，我看見我的一隻手垂在車外，隨車輪在坑窪不平的土路上顛簸……還有一些印象：輻條一根根向前轉動，黑漆漆的空氣清新醉人……在紅衛兵監視下醫生開始檢查。戴眼鏡的胖醫生不耐煩的大聲喝斥：「是不是裝的?!」後在我脊椎上發現一處被皮帶頭打得凹下去的傷口，才緘口不言，包紮打針送回牢房。後來同學們告訴我，那天銅皮帶環都打斷好幾個。沒兩天，紅衛兵們將我們的血衣收走。然後，我才遲鈍地明白，這是銷毀罪證。繼而才更加遲鈍地明白：連他們自己都預感到這革命行動可能遭到清算。

那一天的準確日期，我記不清了。是八月，尾數似乎是「八」。不是十八，那天毛檢閱紅衛兵，也許是二十八，但好像又晚了點。我想我是「有意」迴避了忘卻了。那恐怖已過去整整三十個年頭，關於那日期，記憶中依然是一片恐怖的空白。那日期是一個象徵，一個符號，因此首先被遺忘。被遺忘的，不僅有血腥，還有懦弱與恥辱。我可以反抗，但畢竟沒有反抗；我明知砍不了我頭，不是也違心地寫「認罪書」了嗎?偌大北京，不是只有一個李國慶嗎?如果每一個被迫害者都操起菜刀拚死反抗，那些青年法西斯能夠如此輕而易舉就征服北京嗎?當然,這是以卵擊石,只會遭到更瘋狂的屠殺。但是人的尊嚴便不會崩潰得如此徹底,它會在反抗者的血泊之中獲得復甦的養料。

紅衛兵將我趕回家養傷。城裡的家被我初中所在的三十五中紅衛兵抄了,母親被批鬥毒打,並趕回四川雙流縣老家。

從所有的跡象看來,我確鑿成了反革命。

對於一個充滿革命夢想的青年宣布他是反革命,等於對一個最虔誠的基督徒說上帝不承認他是他的子民,永遠沒有得救的希望!我時而絕望,時而堅定,時而懷疑,時而自信——信仰之火如地獄之火焚燒著我年輕而純潔的靈魂!

十月一日,「國慶」。我孤獨地坐在收音機旁,聽著天安門廣場上如潮的歡呼。播音員激情滿懷地介紹著紅衛兵們如何一浪又一浪撲向金水橋,撲向天安門城樓,萬歲的聲浪此起彼伏,熱淚打濕了衣襟——毛主席招手了,毛主席微笑了!我眼前浮幻出一幅幅鮮明的圖畫,那千萬面紅旗如在我心坎上搖動——但是我,一個無限敬仰,無限熱愛毛主席的青年,卻只能龜縮在小屋裡,我不敢出門,灰溜溜的,我是「反革命」!我無法去那沸騰的廣場瞻仰毛主席的風采,我甚至被剝奪了佩戴毛主席像章的權利!

只要一戴上毛主席像章，便有紅衛兵一把扯下，「反革命！狗崽子，你還配戴毛主席紀念章？」那仇視與輕蔑的目光教人寒徹心腑！你們扯吧，你們打吧，我要戴，要戴，要戴！我霍地拿出把錐子，解開衣扣，在左胸、在心房的上方，猛地橫刺了一個洞。我把一枚毛主席像章別在胸上，感到一種罕見的舒暢。血流出來，熱淚狂奔而下。毛主席，他們再也無法把您老人家從我心上搶走了！永遠也不可能了！

我把毛主席像章別在胸前，藏在衣服裡。我感到幸福。彷彿所有的冤屈與痛苦頓然解脫。後來，傷口化膿了。我每天堅持上藥，希望傷口長好，如女人們耳垂上的小孔，胸前永遠有一個秘密的佩戴毛主席像章的地方。一天正上藥，鄰居家的孩子推門而入，我只好支吾一番。我不能告訴任何人，這是我心靈的秘密。不久之後，化膿的傷口長好了，完全潰爛了的那個橫孔，結為一永恆的傷疤。

在控訴「資反路線」，控訴聯動暴行的日子裡，我曾在幾所中學裡講述過我在文革初期的遭遇。每次都泣不成聲，昏厥過去。臺下也是一片哭聲，不斷有人被抬出去。多少人有過與我相似的經歷啊！對毛主席的愛及忠誠，那是我們這一代青年最聖潔的感情！在文革的血與火的日子裡，有多少青年高呼著「毛主席萬歲」這一時代的最強音出生入死，慷慨赴義啊！

毛澤東如一位偉大的至高無上的創世神，牢牢地占據著我們心靈的中央！
這個偽君子欺騙了我們，蹂躪了我們，強奸了我們！
我們不是幾個人，幾百個人，幾萬個人——我們是整整的一代、兩代、三代人！
強奸了整整幾代的人，將受到的懲罰是可怕的！
上帝啊，請讓我的心平靜下來吧……

——以上是我一九八九年底逃亡中寫作《歷史的一部分》時的自我認識。當時，在屠殺之後，我批判的矛頭自然主要指向欺騙性的「共產主義信仰」（今天我也並不完全否認這種信仰在我們思想行為中所占據的重要位置），但是，這段完全缺乏自省的文字顯然是片面的。「純潔的靈魂」——真的「純潔」嗎？我感到汗顏！文革前爭當「無產階級接班人」不過是想坐穩奴隸的位子，文革初則是想做奴隸而不得的絕望。

極權制度下的反抗及原罪

哈維爾說：「我們每個人都是極權社會的受害者和締造者。」

初中時代，我就開始努力批判家庭出身，深挖「階級根源」，並以此加入共青團。我用自己的行動助長了極權社會的「種姓制度」。

高中時期，我是清華附中音樂舞蹈劇《做共產主義接班人》的組織者和編導者。這是當時極具欺騙性與煽動性的「大型音樂舞蹈史詩《東方紅》」的翻版，在北京的中學中獨一無二，被譽為「小東方紅」。我積極參與了極權社會的全面意識形態化。

「婁熊事件」，我低頭檢討，認可「階級路線」，為後來紅衛兵的誕生鋪平道路。

《北國江南》討論，我狠批「資產階級人性論」，為後來紅衛兵的殘暴掃除思想障礙。

文革之初，我積極參與批判「三家村」，後來自己也遭到紅衛兵「上綱上線」的「大批判」。

抵制紅衛兵失敗，我「反戈一擊」，以圖自保，後來自己也落得眾叛親離。

在恐怖的「紅八月」，在赤裸裸的暴力面前，我喪失尊嚴，屈膝認罪，使暴行通行無阻。

成為「反革命」後，將無情的現實解釋為誤會，堅信總有一天好心的主子會垂顧冤情，體恤耿耿忠心。

每當我憶及那些被無產階級專政絞殺了的睿智而英勇的先行者們和千百萬無辜受死的人民，我真正感到我是有原罪的。

我並非誇大個人在歷史中的作用，我只是證實我們既是極權社會的受害者同時也是締造者這一無可否認的事實；我不否認極權社會的封閉與欺騙是造成災難的原因之一，但是，在可以反抗的時候放棄反抗，不僅使個人的處境更加悲慘，而且使全民族墮入精神自戕；在特定的歷史條件下，我們多半注定被壓倒，但並沒有注定被征服；我們多半注定遭受迫害，但並沒有注定同時遭受互相迫害和自我迫害；如果遇羅克式的人物多幾個，哪怕只有十來個，一九六六年的北京就不會陷入那種地獄般的精神絕望；如果自一九四九年以來，自一九五六、一九五七，哪怕自一九五九、一九六〇年起，中國人特別是知識分子就開始了對暴政的大規模揭露和抵抗，文革的悲劇就不一定必然發生。共產暴政看起來勢不可擋，那只是因為它沒有遇到真正的抵抗！

——這種在不斷反省中越來越意識到的原罪，使我深感恥辱。因此，我對在任何艱難處境下保持人的尊嚴變得極度敏感。在某種意義上，我對極權制度的不妥協的抵抗，也是為了洗刷恥辱，爭得一點起碼的做人的尊嚴。

我希望我的反省不會被誤解為對造反派的全盤否定。我仍然堅持「兩個文革」的基本觀點。縱然是「奉旨造反」，縱然是沒有掙脫極權主義意識形態，縱然……等等等等，但造反派挑戰中共十七年極權統治卻是一個不爭的經驗事實。從清華井岡山到湖南省無聯到廣東「李一哲」，文革造反派一步步走向覺醒的歷程清晰可辨。歷史不可能具備科學實驗的「理想條件」，（嚴格地說，科學實驗也沒有真正的「理想條件」，）我們總是在歷史已經給定的複雜條件下走向自由與尊嚴。就清華附中來說，老紅衛兵從「造反」迅速走向保守，而「井岡山」紅衛兵卻從最初的「保守」最終走向造反，表面看來存在一個明顯的錯位，實際上，一派要鞏固極權統治另一派要反抗極權統治的基本格局卻從來沒有發生過錯亂。時至今日，中學文革兩大派的「死結」也未能解開。官僚子弟的代表人物進入各級政權，成為極權體制的組成部分；平民子弟的代表人物則放棄幻想，成為共產主義制度的掘墓人。（當然，實際情形要複雜得多。有些幹部子弟認識到極權政治之殘酷，轉向人權與民主。有些平民子弟則出於功利，進入體制。兩派中還有許多人從此淡出政治，經營學術、經濟，也頗有建樹。特別值得一提的是魏京生，這位當年的老紅衛兵後來走向人民的苦難，走向爭取人類自由與尊嚴的偉大事業，成為當代中國的驕傲與光輝典範！）

一九六七年，隨著井岡山紅衛兵（造反派）的崛起，掌權不足一年的「老」紅衛兵在清華附中一敗塗地。他們暗含恫嚇地在大飯廳裡用大字抄出一首七絕：

兵家勝敗尋常事，

含辱抱羞是男兒。
江東子弟多才俊，
捲土重來未可知。

遺憾的是，那一段歷史沒有來得及給他們提供「捲土重來」的機會。

一九六八年，清華附中血戰了兩年多的兩大派終於各奔東西。我們準備「上山下鄉」，官僚子弟們準備參軍、留城。

在八達嶺長城上，我們班兩位個人關係甚好卻分為兩派的同學要分手了。袁東平（當時濟南軍區政委袁升平之子）環視著遼闊壯美的一派北國風光，爽朗地說：「將來，你們就替我們來建設這個國家吧！」綽號為「老羊」的宋海泉（修正主義苗子、反動學生之一）不解地瞥他一眼。袁東平氣派大方地拍拍老同學的肩，把話說得更加明確：「中間派沒什麼大出息，你們井岡山的行，但你們一般出身於知識分子和平民家庭，你們距離權力太遠。而我們『老兵』離權力很近，我們和權力有天然的聯繫。所以只能是這樣了：由我們來掌權，你們來給我們好好建設！……別不服氣，老羊，不信再過二十年看看！」

在我們班教室裡，紅衛兵創始人之一的張明特地找到我，極為正式地發表臨別贈言，這可能是自「紅八月」之後我們之間的唯一交談：「你們是地富反壞資產階級，我們是工農革幹。二十年後見！」然後堅定不移地走出教室。

二十年之後，我們呼喚改革，他們咒罵「和平演變」；我們在天安門前遊行，他們請纓堅決鎮壓。這種拉鋸戰終於在六四清晨畫了個鮮血淋漓的句號。看起來，他們終於「捲土重來」了。

但也正是此刻，歷史為他們所寄生的極權制度敲響喪鐘！

當然，發生在我們之間的故事還沒有真正結束。

前兩年，清華附中老三屆的同學們捐款在母校樹立起一座教育家萬邦儒的銅像。這不僅表達了我們對老校長的敬意，也表達了我們含蓄的集體懺悔。

我想，清華附中還應該有一座紀念碑，以紀念紅衛兵運動的興起。但碑文很難撰寫，很難在有限的篇幅裡對紅衛兵運動進行準確評價。如果將造反派也納入這一運動，事情就更為複雜。即便政治評價是可能的，隨著時間的流逝，正誤也將變得愈來愈不重要。有一句話可能是適宜的——「我們每個人都是極權社會的受害者和締造者。」——因為這句話既沒有迴避政治，又穿透政治直指人性。我們每個人都是有原罪的。我們每個人都是要懺悔的。這也許就是那個時代留給我們及我們後人的最深刻的遺訓！

西北的故事

遙遠的一個冬晨，我和夥伴們爬上了西北高原的一面山坡，掄起钁頭在冰凍的黃土上刨下了我們當農民的第一钁。時過境遷，插隊的夥伴們早已雲流星散，而我卻與西北和黃土高原結下了不解之緣。從那一钁頭起，二十五年過去，我從沒離開過那塊土地。流亡到美，仍夢魂縈繞，還是沒離開。《民主中國》主編捷生兄約我寫篇西北，當下一口應承：我寫不了百科全書詞條式的西北，至少可寫我親有感受的西北，說一些西北的故事。

六年農村、四年煤礦，日復一日的平凡生活，終於化作我創作的根柢。閉起眼，便有各色人物結伴迤邐而來，一個又一個家史村史，亦如圖畫的長卷徐徐展開……然而，我真正認識這塊土地，還是得益於一次漫遊。八三、八四年之交，「批精神污染」，天人感應，一次政治「倒春寒」。為了表示抗議，便騎上自行車，開始了我夢想已久的萬里黃河之行。

都說黃河是中華民族的搖籃，那麼這一次遊歷便是對祖先誕生之地的禮拜。我取道黃色高原上地貌雄奇的晉陝峽谷，北起山西與內蒙交界之偏關縣，順河南下，經和曲、保德、興、臨、石樓、大寧、吉、鄉寧、永和、和津、永濟等縣至風陵渡折向東行，經芮城、平陸、過三門峽，繞河南澠池北渡黃河抵達終點——山西與河南交界的垣曲縣。此行考察了沿河二十餘縣之經濟、政治、文化、歷史、民俗、山川風貌，訪問了數十個村莊，數月間總行程一萬華里。

這一帶，確是中華先民的發祥之地。西岸有傳說中最古老的部落聯盟長黃帝之陵寢；東岸的堯都平陽（今臨汾），堯廟巍然；舜都蒲板（今永濟），城郭猶存；而那位治水的英雄大禹王，則在龍門、大禹渡、靈石口處處留下他的足跡。可以說，在這大河的兩岸，到處是古老的歷史的痕跡。每一個縣的文化館裡，那些漫不經心的出土文物陳列，輕而易舉便上溯至紀元前數百年。農婦的洗衣石，莊稼院裡碎磚支起的小石桌，馬踏車碾的鋪路石，定睛一看，竟往往是千年以上的古典！浪遊於這片《詩經》歌詠過，長城拱衛過的山河，每每覺著歷史正悠悠從身畔流過。常想：漫長歲月裡，我們的文明是如何在這片黃土坡上孕育成熟，終於開出了漢唐奇葩來的呢？然後，這文明又是如何沿著山道，走出高原，放射四方，而最終覆被整個東亞大陸的呢？

一日，我棄舟登岸，沿陡曲小路將自行車拱上坡，當我點上香菸，在俯瞰群山與黃河的峰頂之上稍息時，驀然感到那一座座起伏的黃土山，宛若女性的胴體靜靜橫陳。那些雄渾而溫和的曲線，是圓潤的肩，飽滿的乳房，柔嫚的腰肢，豐腴的大腿。而黃河在深谷中衝吼奔瀉，正是一個粗獷剛健的男性形象。它以自己奔流不息的精液和渾濁的汗與血給裸臥於天宇間的女性授孕，於是誕生了森林、草原、村舍、炊煙，誕生了一個皮膚與山河同色的人類。正是嚴冬時節，大山褪盡綠色，從腳下至目力所及的茫茫群山，皆裸出一派黃土，已無一塊尚未耕耘的處女地！你很難想像：那些灑落於群山之中不易覺察的小小村落，那些如蟻如螻的小小山民，使用原始的鋤鐮牛犁，居然把偌大高原墾殖盡淨！中國的農民，該是世界上一個特殊的族類，在稍緩的山坡上建造水平梯田，只有山羊才能立足之更陡峻處，則是溝田與密布的魚鱗坑，只為了在十年九旱的氣象裡多留住一點天雨。一兩里地遠山腰裡一股小泉，涓滴細流，淌不了幾丈遠便滲在旱土裡，於是壘一道小壩，三五天攢足一池水，大開水口，趁勢衝出一程澆那些瓢大碗大的一塊塊菜地。把地球修理得如此精細的民族確是極其罕見的，因為這個民族的生存條件是極其罕見的。缺水是這種生存條件的一個象徵。……久旱微雨，人與獸皆到坑窪石灘上尋積水，渴極的狼與人同飲，寸步不讓，任打死，也掙扎著把嘴伸進那淺水窪……每至旱季，要動用百分之二十、三十、甚至五十的人力畜力從遠處運水。過去是挑水，孤寡老人挑不動，便用陶罐拎，每村皆有如此慘劇：數十里蹣跚而歸，進門時絆倒，老人跌坐在泥水裡呼天搶地……現代是汽車拖拉機運水，久而久之，連牲畜們亦認得了那些車輛，常有羊群從坡上蜂擁而下，攔路討水；或是正耕作的騾馬拽著犁耙追攆水車，追不及，便瘸站著被犁耙碰傷的後腿呆立路邊目送水車遠去；天上的飛鳥則一群群窮追不捨，趁人們在村口憑票分水當兒，俯衝下來，從盆桶裡搶飲牠們生命所需的那可憐的一丁點水分……引泉水的陶管，總有點滴漏水，旱瘋了的灌木荊棘，見水便把根探去，漸漸竟用根鬚將漏水處包裹。總有一根幸運的根鬚探進針鼻大的小孔，急速在陶管裡長成一大團，拚命吸水，終將管道堵死。這裡排除了，那裡又堵死了，里許長的管道，理論上建成了，卻沒通過幾次水，實際上根本無法使用……人也瘋狂了，不惜自殘，鮮血淋漓地長跪於龍神腳下祈雨；或為了一眼井，雞犬相聞世代通姻的村莊可以聚眾械鬥，死傷狼藉；妮子們如流水般遠嫁平川，男人們孤守旱山，一輩又一輩在饑渴與性煎熬中苦捱……在這裡，生存的基本要素——水——變得極為昂貴，值得以生命去換取！不少村莊立碑勒石，記載下一代代打井捐軀者的名姓。村人捐款獻糧，打上兩年，水沒見，卻全村力竭破產了。喘息十年二十年，一代兩代，再來。有的井就這樣從明朝打到清朝，再從清朝打到民國，從民國打到如今！據我個人有限的遊歷，就知道有左權縣石玉峧村歷史上曾打井一百二十餘口。幾年前，一個電影攝製隊偶然撞進村來，拍了個電影，感慨良多，求一位找水專家看了個井位，政府又迫於輿論架了電線，這最後一眼井才見了水！

在這裡說了一通水，卻又不是說水，也就是拿水說事兒：看看我們民族的生存環境，和這環境所塑造的我們。當知青時，亂讀書，記下了黑格爾《歷史哲學》中一段話：最富於生命力的民族，必定誕生於大自然向人類提出挑戰，而人類又能回答這個挑戰的地域……多年後，當我面對黃河，終於徹悟：放眼望去，滿目蒼涼……乾燥而寒冽的長風在烽火臺的殘骸上嘯叫……貧瘠的黃土，寸草不生的沙漠……在寒風中抖瑟的「老頭樹」，不死不活不長，二十年沒有胳臂粗……相距遙遠的山莊窩鋪，一個個隱匿於山的褶縐裡，若非無風天一縷淡淡炊煙或隱隱三兩聲狗吠，你一定以為這是一塊上帝的棄地。——大自然就是這樣嚴峻地向先民提出了挑戰（古時黃河流域的氣候、植被比今日好，但比其他的大河流域如長江、珠江則差得多），先民們別無選擇地回應了，於是，高原與黃河，這一對貧寒父母，終於繁衍出一個以吃苦耐勞、堅韌不拔而著稱於世的中華民族！

這種民族性格，竟延續數千年不死不滅。我遇到過這樣一條漢子，就是給那打了一百二十眼井沒見水的村莊定井位的找水專家，土專家，很瘦，缺水地區生的，從小長到大，沒有痛痛快快喝過幾回水，瘦成了「人乾」。立志在家鄉「找水禁區」打井，沒錢買書就抄，從基礎地質抄到哲學；為掌握宏觀地質，背上乾糧水壺，餐風宿露，走遍了全縣的山巔溝壑，甚至把鄰縣鄰省也走到了。有人計算了一下：數年間，他居然徒步跋涉了八萬餘里，相當於繞地球走了一圈！成功是輝煌的：在專家學者難於定奪的「禁區」，他定的井位幾乎眼眼出水。缺水地區傳頌著他的名字，民眾視他為半仙。一日隨他爬山回來，躺在他家黑沉沉的小土屋裡，久久不能成眠。尺許的老鼠在炕上跳來跳去，有時竟蹲坐於我被上不走。罵一聲，或拍一下炕，便寂然無聲。卻不過三五分鐘，又活躍如初。在鼠們的嬉戲聲中，我思索著土地與人，不禁感慨萬端：胎生肉長的人，怎能堅韌如斯呢？這一方水土，又該有怎樣的造化之功呢？

這種動人的生命感，我還見之於一位植樹老人。過度開發加之人為破壞，使黃河兩岸森林消失。老人原是共產黨的村支部書記，三十多年前的某一天忽然頓悟，棄職而去。他拋妻別子，背上口糧，一個人住進荒山植樹造林。他很窮，沒有資金，一切皆白手起家：聽說加拿大楊速生，便從國家公路邊折來一枝，按芽苞剪成寸許小節，育成一片小林；再剪再育，再育再剪，終於綠被荒山。竹林亦是由一枝竹根蔓衍而成的，某工地正毀棄一片竹林，他討來一節竹根，說正好做一個旱煙鍋，回來卻一枝又一枝一片又一片地長成竹林。一方方清香沁人的荷塘，皆發生於一截蓮藕，而這截蓮藕，又是他棗樹上的一斤多紅棗換來的。——宛若沙漠裡一泓清泉，綠色就從他身邊泛開——三十年過去，森林再度出現，溪流復甦，鳥獸群聚。我撫著老人皸裂粗糙的手，恍若面對一個創世紀的偉大神話！一切均從零開始，正是無生有，一生二，二生眾，遂生天地萬物——祖先的生命哲學就這樣從泛黃的書卷裡徑直走到我們面前！

黑格爾在他的《歷史哲學》中又提出：大海是溝通，高原則是阻絕與封閉……不幸而言中：我們這個最富於生命力的民族恰又是最封閉保守的民族。群山封峙，黃河又流急灘險，不利舟楫，於是，封閉保守便成了我們與生俱來的胎記。經濟改革之風在大陸沿海翻波捲浪，颱進高原，已成弱勢。收音機、電視機、汽車、拖拉機雖早已西漸，但人們仍然大多使用著祖先留下的鋤、鏟、犁、耙，日出而作日落而息；人們仍然死守著瘠土破窯的祖業，安土重遷，對於山外的世界懷著根深蒂固的莫名疑懼……八十年代中期，在國際社會的廣泛贊助下（世界銀行、聯合國糧食調查組織、世界糧食計劃署等），中國政府開始實施一項規模巨大的移民計劃：耗資二十億，十年內將七十萬農民從中國西部生存環境最惡劣的「三西地區」（位於隴西、寧南）遷移出去。這該是中共少有的德政了，但許多村莊、許多人你就是移他不動。奧妙何在呢？

會寧縣禮下村。種的是清一色高坡地，有的坡度超過四十五度，連牲口都立不穩，被形象地稱之為「掛田」——掛在天上的田。常年的旱災加之幾乎年年難逃的雹災，大多數年份靠國家救濟活命。因此，移民一開始，就成了重點。奇怪的是，任你把新地方說得多好，就是沒人報名。甚至開來大轎車，挨家挨戶接了「代表」去「眼見為實」。回來都說「好是好……」，卻又沒了下文。為什麼？一位德高望重的老人說出了心裡話：「嗨，人，哪住慣了哪好。老天爺安頓你在這搭，窮也好，富也好，這搭就是你的……窩窮山窮，可那疙瘩都是自己的巴掌攏弄過的。」

旱溝村，終於被動員起來，遷得只剩一片斷垣殘壁。李老漢家的矛盾終於無法調和：兒子媳婦再也不肯陪著父親死守祖墳了。當他們打點好行裝，無可阻擋地趕了毛驢車向山外走去之時，老漢正半跪半坐在祖墳前喃喃自語，老淚縱橫：「不孝的，賊不孝的，都走了，多少輩子了，旱溝哪見過這攤場，連祖宗都不要了……」秋收後，兒子用豐收的新麥蒸了一口袋「頭籮麵」饅頭，晝夜兼程地趕回來看望老父。老人正坐在窯頂上，看著殘村嘆息：「都走了，都走了，不孝的都走了……」兒子一頭跪下，嚎啕大哭：「爹，你莫這樣，你真不想搬，兒子就是窮死，也回來守著你！」

這是一塊封凍的土地，透過緩慢（或停滯）的社會生活的冰層，我們可以發掘出中華民族由興至衰，衰而不亡的全部秘密。——大思想家史賓格勒在《西方的沒落》一書中提出一條歷史學定律：每個民族只能有一個「十九世紀」（一次文化高峰）。我們或者如他所說一路衰敗下去，或者如一個多世紀以來我們流淚流血、犧牲奮鬥所夢想的那樣：一隻不死的火鳳凰從劫火的餘燼中翩然飛出！——在我們文明誕生的這塊土地上，我們也許可以找到答案，找到昔日的光榮與明天的夢想。

這塊高原的東面和南面，是一馬平川的低地、富饒的丘陵和肥沃的江河中下游沖積平原。漢文明一旦走下高原，東進南下，皆勢如破竹，由西向東，由北漸南，走向陽光與水，走向大海與交流，一路造就了一個又一個新的中心和新的高潮，而把發祥之地留給了孤寂。漢文明向西北，走入亞洲大陸之腹地，走入更加的寒冷、乾旱與阻隔。沿途冰雪戈壁沙漠，艱苦卓絕，卻再沒有生發出如南京、北京、上海、廣州、香港式的輝煌。許多世代以來，西北是「絲綢之路」——漢文明西進的艱難孔道，是民族廝殺的古戰場，當代則成了專制政權的「古拉格群島」。

中共建政之後，除了石油、原子彈，在西北認真作的就是建牢房，拉鐵絲網。於是，在這塊流放之地上，便遊蕩著無數冤魂和他們悲慘的故事……

「反右」那年，從廣東送來八百右派。時值冬季，下火車時已死了一些，在卡車上又凍死一些，大饑饉時期餓死一大批，日復一日超強度勞動又累死許多，二十年過去，待七十年代末處理「冤假錯案」之際，這八百右派已然死絕。廣東來要人，埋怨道：送來八百個人，現在平反了，不能一個也不讓我們帶回去呀！勞改部門怎麼回答：誰讓你們往這兒送的？這是什麼地方！

這是什麼地方？這是中國的西伯利亞！去年，一位世界人權組織的朋友問我，中國政府為什麼選中西北建了那麼多的勞改營？我說因為那裡遍布沙漠、戈壁和貧瘠的草原，加上交通不便，犯人無法逃跑。有這樣一個勞改營，多年來只逃出過一個犯人。這年輕人總結了人們失敗的教訓，偷偷集攢了十幾個大南瓜，用一簡單的小爬犁拖著南瓜在沙漠裡跋涉。南瓜不僅供給他體力，還使他不致渴死。他成功地走出沙漠，逃回老家。當勞改營早已勾銷了他的名字（從未有人活著逃出去），他卻在父親的監護下又回來了。——家人終於說服了他：在嚴厲的戶口、檔案、就業等「保甲」制度下，無處藏身。與其有朝一日被捕加刑，不如老老實實回去服完原來的刑期。這個逃的故事講的是沒法逃。

有一位看守曾向我講道，他父母是勞改營幹部，「我一生下來，只記得兩種聲音：戈壁灘上的風聲和鐐銬聲……」他回憶起幼年時最深刻的印象——爆獄……犯人們往外衝，門口架起機槍掃，屍體摞成垛、堆成山，再爬上死人堆往外衝，沒人怕死……一夜槍響，母親摟著他抖作一團：既擔心犯人們都被殺死，又擔心犯人們衝出來搶掠殺戮……次日清晨，小小的他看到了血河屍山，一輛輛小驢車，滿載著屍體在土路上顛簸，僵硬的手腳探出車外，滴著血水，顫動……這是一個不善言辭的男人，但他的陳述中卻帶著情感——原來，兒時曾不慎跌入大渠，是勞改犯救了他一條小命。犯人救人，救管他們的人，可以想見的理由不外乎減刑。卻又不盡然——一日，兩個年輕姑娘進沼澤地拾鳥蛋，黃昏時卻出不來，陷進了泥淖。那是春天，一整天的太陽融化了沼澤底部的凍層。看到看守的家屬陷入險境，附近幹活的幾個勞改犯奮不顧身跳下沼澤。兩個姑娘生還了，兩個犯人卻永遠沉沒了……也是這個季節，一隊轉移中的犯人誤入沼澤，押解部隊和看守當然一無例外。這是什麼地方？無人區。鳴槍求援也無濟於事。犯人們義無反顧，硬是用自己的屍體墊出來一條生命之路。尤其是那些重刑犯，一個接一個投入泥淖，把生的希望留給軍人、看守和難友……我猜想，那些重刑犯大多是良心犯，他們知道絕難活著走出這囚地，另外，也許更為重要的，他們想用英勇赴死來證明自己高貴的品德，從而對玷污他們的這個罪惡的社會發出最後的控訴！

幾十年過去，西北，這片流放之地，居然在一代又一代勞改犯和他們子孫的血淚、屈辱與苦難中建設起來。青海首府西寧，勞改釋放者及其後代占據了引人注目的比例，實際上該稱作「勞改之都」。告訴我這一事實的朋友隨即問道：你知道西寧的位置嗎？我說當然在西部。他打開地圖，說：我們在中國的正當中！驚嘆之餘，突然覺得這是一個象徵：「勞改之都」當然應該在中國正中，因為整個中國不過是各族人民的一個大勞改營！

八九民運被鎮壓後，大搜捕的狂潮中，我首選的逃亡之地就是西北。混跡於為數眾多的流浪勞工中，通緝奈我何！比如「金農」——淘金的農民。每至雪峰解凍的夏季，陝、甘、青、新、藏數省金農便一窩蜂擁進西部高原的大小金場，剛融凍的山地道路泥濘，常常把幾十輛或百輛車的大型車隊陷入進退不得的絕境，有時要派飛機去空投藥品和食物。救援到來之前，為抗禦致人死命的寒夜，只有把一切可燃物都生了火。如果卡車的車廂板都拆來燒光了，救援還未到來，就可能難逃一死了。金場大多位於四五千米的高海拔地區，高山缺氧，金農們頭半個月什麼也不能幹，只是嘔吐，適應氣候。一感冒，十有八九轉為肺水腫，送不出高海拔地區幾天就完蛋。這是命運的賭博。六百至一千多圓買一張淘金許可證，背上帳篷、乾饃片、乾菜豁上命苦幹上三四個月，運氣好的掙上一兩千圓，運氣不好的連本錢都賠進去。這場賭博人人都想贏，也有輸有贏，但平均起來，金農沒贏。贏家有兩個：小贏家是金掌櫃（金場包工頭），大贏家是政府。黃金的市場價格在二千～三千六百圓／兩之間浮動，但黃金不准民間買賣，從金場到城市，到處有黃金緝私隊圍追堵截。如果怕犯法，賣給政府，官價五百～六百圓／兩。這甚至不好算剝削，只能算活搶人。據我調查，在一個採金季節，一個金農的平均淘金量上不了五錢，也就是說，如果全賣給政府，所得收入還不夠買半張採金證！自此，一聽到「中國的黃金儲備」這幾個字，我就會想，那裡面有金農的血淚。對自己早就虧待了的最貧苦最無望的一部分人民尚盤剝至此，這樣的政府是不義的！……還有一種如候鳥般飛來飛去的人：「麥客」——麥收時節的客人。黃河的重要支流渭河兩岸，諺稱「八百里秦川，三尺沃土」，從古到今皆重要小麥產區。每年「麥秋」，甘肅漢子便夾著一張麥鐮像蝗蟲般鋪天蓋地而來，挨村挨戶打短工割麥。造物神奇，小麥自東往西漸熟，待他們揮汗一路割回老家時，家門口的黃麥正待開鐮。卻不像蝗蟲般掠奪，這些飛翔流浪的漢子在身後留下黃金的麥粒，帶血的汗粒，留下永難再見的露水情人和無數世代也哭不完嘹不盡的苦澀的情歌……

一次從歐洲返國，天氣晴好，機翼下，歐洲一派蒼綠，一過白雪皚皚的天山口，進入國門，七八小時的航程，看不到生命的跡象，只有無邊無涯的灰黃。高度是一種抽象。樹在哪兒？西北，你怎麼啦？那是一次痛苦的體驗。是上帝拋棄了我們嗎？——是我們自己毀壞了生養我們的土地。人口增長，迫使開墾耕地——而過度開墾，就會造成植被減少、水土流失，這就是乾旱與貧瘠——不良的生態造成貧窮——緩解貧窮的應急之策則是增加勞動力，提高人口增殖率——於是，越貧窮越墾殖，越墾殖越貧窮，我們墜入了一個難以掙脫的惡性循環之怪圈。三年前，中國科學院提出了一份預警報告：《生態赤字——未來民族生存的最大危機》，指出中國未來的發展戰略，必須由經濟增長戰略轉為民族生存戰略——即首要保證整個民族的生存條件和生存空間。報告中列舉的十大問題：水土流失、自然災害增加、森林減少、草原退化、國土沙化、缺水、人口負荷過重、大氣污染垃圾圍城、農林污染蔓延、威脅生命財產安全——除了「垃圾圍城」一條以外（「人口負荷過重」對於西北可改為「人口增長過快」），條條皆西北領先！又拿水說事兒，報章不斷以大標題驚呼：「大陸湖泊減少，新疆內蒙為最」；「大西北湖泊在消失」；「黃河異常枯水，兩岸步行渡河」；「大陸西北城市，缺水日趨嚴重」；「西安用水危機，大陸城市之冠」；「青海旱情日趨嚴重——三百多個村莊斷水，數十萬人畜飲水困難」。如此「發展」下去，西北休矣！不等「四個現代化」建成，西北已率先成為上帝的棄地！

但西北不能丟棄！——如果能源決定生存，西北有世界上儲量罕見的超級煤田、油田、天然氣田；如果水量決定生存，西北是萬河之源；如果黃金決定生存，西北是我們最大的黃金儲備；如果空間決定生存，西北是中華民族僅剩的最後的最大的空間……

短短的一篇文章，講不完西北的故事。我只能零碎地講幾個小小的故事和小小的人物，向關心西北和我們民族命運的朋友，傳達一些模糊的感受：這是一片古老的土地，苦難的土地，生死歌哭的土地。在起源的時代，西北有我們祖先的發祥之地，那裡有我們的生命之根；在我們和我們子孫奮鬥求存的未來，西北是我們的希望！不管今天我們如何背棄她冷落她，總有一天，我們會回遊到那塊高原。我猜想，這是我們中華民族的宿命。

自由鳥

——「金色冒險號」船民被囚記

後來
童年的課本開始霉爛
人人都已經明白
所謂祖國
就是一些難以習慣的日子
就是那個人們想要離開的地方

（——劉擎：《關於祖國》）

一九九七年二月四日晚上，美國總統發表國情咨文。就在當天晚上，那位有殺人嫌疑的演員兼足球明星辛普森民事訴訟案將進行法庭宣判。柯林頓克制著這件轟動世界的案子可能跟他搶鏡頭所引起的不快，念完了稿子，然後在掌聲中走下講臺，同圍過來的議員們握手寒暄。

來自賓夕法尼亞州約克郡的眾議員顧德林握住他伸過來的手，不失時機地說了一句至為關鍵的話：「總統先生，您仍然有三十八名金色冒險號的中國人在我的約克郡監獄裡。」

「是的，那使我很生氣，我剛讀過《紐約時報》的報導。」總統簡短地回答他。

次日，顧德林眾議員到白宮與柯林頓總統會晤。在四十分鐘的時間裡，絕大部分內容談的是教育。顧德林是眾議院教育委員會主席。在談話即將結束時，顧德林又提起了昨天的話題。他送給總統一些用上千張摺紙做成的手工藝品：一隻鷹和一棵樹。

「太漂亮啦！」總統讚嘆道。

「就快四年了，」顧德林說，「在監獄裡他們只能做這些，總統先生。」

柯林頓總統沉吟著。也許，他還要從其他渠道進一步了解情況，並徵求他的政府的意見。

隔日，二月七日下午，柯林頓打電話給顧德林，告訴他已經決定釋放這些中國難民。顧德林克制著巨大的驚喜，回答道：「是的，正義終於得到伸張！」

當消息傳到距離華盛頓兩小時車程的約克郡，平靜的小城一時間驚呆了。

有人喜極而泣。

這是一條極為漫長而酸辛的自由之路。

一九九三年六月六日，一條載著近三百名偷渡者的貨船，經過一百一十二天的飄泊，穿過好望角的著名風暴，繞過大半個地球，終於在夜色掩護下闖入紐約海域。在尋找泊地時，撞上了華人聚居的皇后區海灘。

電視新聞裡出現的鏡頭，是探照燈光柱掃射下巨大黢黑的船體，是大西洋夜海的波濤，是盤旋的直升機……

被警方當場拘捕的偷渡者們，裹著毛毯，露出驚魂未定的眼睛……

黑夜過去，全美媒體驚呼：「金色冒險號」！紐約搶灘被擒！

輪船擱淺之處萬家燈火，擴音器說：這就是紐約，會水的游上岸去！於是人人爭相蹈海，奮不顧身。除幾個幸運者逃出了警方倉促的包圍圈，絕大部分當即被抓獲，另有十人在大西洋寒洌的海水中溺斃。消息轟動一時，實在是因為太富於戲劇性。那麼長的海岸線，哪兒不能去呢，偏偏來闖紐約！

許多人如是說：淘金來的，經濟難民，美國沒有義務收留他們！許多華人還因偷渡者的國籍而感到大傷顏面。中國政府駐紐約總領事館的人說：他們受騙了，美國並不是像傳聞的那麼好。並稱此事「有傷國家顏面」。只有一位圍捕他們的警察頭兒有一句情不自禁的讚嘆：這是不惜生命而投奔自由的英勇的人們！

第三天，六月八日的《紐約時報》刊登了專欄作家羅森紹的文章：

> 讓他們進來，那些來自中國的英雄們，那些尋找美麗土地的男女們；讓他們出來，盡快盡可能地離開移民局拘留中心，對待他們以好客和尊嚴，並給他們勇敢精神價值以尊敬……誰建造了紐約？——是大部分的移民和難民。金色冒險號上的中國人正是這一精神的後裔。……給這些中國難民庇護不需要別的測試，因為他們寧願死，也不願呆在共產中國，這已經說明了一切。

第一批聲援「金色冒險號」船民的是三十幾個美國人。他們在聯邦大廈前舉牌抗議：「為什麼古巴船民偷渡到美全部收留，同是共產專制下的中國人卻要被拘留遣送？不能雙重標準！」

這裡畢竟是美國！

轟動一時之後，「金色冒險號」和當時眾多的偷渡新聞一樣，迅速湮沒。在其後兩個多月的時間裡，消失得無影無蹤。《北京之春》主編于大海、經理薛偉多方打探，得知已分散關押：全船共二百九十一人（一說二百八十六名），死亡十一人，二十人關押在紐約，四十八人關押在賓夕法尼亞州伯利恆市，四十五人關押在弗吉尼亞州溫徹斯特市，約二十名婦女關押在路易斯安那州新奧爾良市，關押在賓夕法尼亞州約克郡的人最多，約一百一十七人。被美國政府分別關押的「蛇頭」和迅速獲得保釋者以及幸運逃脫者共約三十人。

于薛二人到紐約和伯利恆的移民局監獄訪問了許多偷渡者，並錄影為證。偷渡者自述的故事裡，有「六四」鎮壓、宗教迫害、強迫墮胎、罰款追捕……早先，這些故事無論真假，只要提出政治庇護申請，一般會很快獲釋並取得工作許可。但「金色冒險號」的運氣特壞，紐約搶灘的轟動效應，使美國政府決定將他們破例關押到偏僻的地方，避免媒體追蹤，以便從嚴處置，嚇阻方興未艾的偷渡潮。移民局不是熱情理想的專欄作家。移民局是臉孔冷森的守門人。

八月五日，《北京之春》舉行記者會。船民們的故事，隨著聲淚俱下的錄影帶再次傳遍全球。

《北京之春》還發布了偷渡者們請他們帶出的一封呼籲書：

我們是金色冒險號投奔民主、自由的倖存者，現監禁在里海谷監獄。我們都是中國現政府荒唐政策的犧牲品。我們熱愛生命、追求真理，冒著九死一生的危險來到美國尋求政治庇護。但是經過近兩個月的監禁，等待我們的卻是驅逐出境的命運。如果連美國這樣一個講求人權、自由、人道主義的國家都無法改變我們悲慘命運的話，那麼整個人類文明又有什麼意義呢？我們呼籲在外享受民主自由的人們，懇請你們了解、同情，淚盼得到你們的支持、幫助。

簽名：王金盛、張能唯等十六人

一九九三年八月三日

這封呼籲書沒有寫抬頭。他們不知道在這絕望的境地裡，誰可能是他們的救星。

他們的故事沒機會講述給美國的法官們聽。

那些囚禁他們的小地方，義務律師們沒有打政治庇護官司的經驗。臨時找來的華人翻譯，水準有限，往往搞得法官丈二金剛摸不著頭腦。還居然有翻譯當廳對自己同胞說，打了胎再懷不就行了，有什麼難好避？你們來美國丟了中國人的臉，早點回家算了！有時搞不清情況，律師只好籠統地申述中國人權狀況不好，法官則認為這不是政治庇護的充分理由。有時當事人強調村長、鄉長迫害，美國人更十分地不理解：你可以向縣長、市長告狀，也可以跑到村長鄉長好的地方去呀，何必一定要跑到美國來？——反正，理總是講不通，大都幾分鐘便被判決遞解出境。聽證會大多草草舉行，並不許記者參加，被當地報紙譏諷為「黑箱作業」。

對於非法入境者，法律上有兩種處理程序：一、「不准入境」：不承認進入美國國境，直接遣送；二、「驅逐出境」：承認入境，進行甄別。如果進入此程序，可望保釋出獄。

移民當局既不遣送，又不保釋。理由是「尚未入境」，是被警方發現帶上岸來的。難民們糊塗了：難道撞上了長島海灘還不算進入美國國境嗎？法律的解釋是這樣的——判斷非法移民是否入境有三個條件：一、在地理上進入美國領土；二、逃避檢查；三、在被監禁後獲釋。

於是，「金色冒險號」的非法移民們遭遇到一些《第二十二條軍規》式的「黑色幽默」。其一，雖然擱淺在長島海灘，但是還算「尚未入境」。當然，你不能不允許法官對法律用語作各種複雜的解釋。其二，如果承認入境，可望獲釋；但承認入境必須滿足的第三個條件正是已經獲釋；就是說，你必須以已經獲釋來爭取獲釋。可已經獲釋又何必再爭取獲釋呢？

因為你是從紐約長島海岸非法進入了美國，所以遭到美國警察拘捕；

因為你在長島海岸是遭到美國警察拘捕而帶上岸的，所以你不算進入了美國；

因為你被關在美國的監獄裡，正在接受美國有關法律的處置，所以顯然是進入了美國；

因為你不算進入美國，所以雖然關在美國監獄裡，仍不能享受美國有關法律的保護。

——看來，現代經典《第二十二條軍規》寫於美國還是有道理的。

關押「金色冒險號」船民最多的約克郡，離最近的大城市紐約、華盛頓、費城皆分別為五、二、二小時車程，算是一個偏僻的地方。大巴士運來百多名年輕的中國人，在約克監獄的鐵絲網內魚貫下車，每兩人共戴一副手銬，在警察的嚴密監管下神色茫然地走進監房。準備遣返的法律程序急速進行。據說有人聲稱：一到九月份，這些中國來的渾蛋都要踢回去！

似乎有點中國式的「從快、從重、從嚴」的意思；沒幾天，三分之二難民的庇護申請都被駁回。

八月十八日，一些難民開始絕食。次日，全體絕食。消息緊急地傳到《北京之春》，主編于大海趕快加以勸阻。他分析，難民們並沒有受到廣泛的社會同情，對美國社會及法律了解甚少，又未能提出具體合理的要求，貿然絕食於事無補。但一些難民說，不獲自由就不停止，不堅持下去就是丟祖宗的臉，丟中國人的臉！于大海費盡唇舌，反覆勸導，並為了使事件較為體面地結束，答應居間調停。于大海迅速和典獄長通話，說明了難民們的要求。典獄長則表示願向移民局反映難民的意見，並改善獄中生活。在多方的勸阻之下，四天之後，八月二十一日，約克監獄的難民停止絕食。在此之後，還絕食兩次。

關押在新奧爾良的女同胞，曾被戴上腳鐐，整天在昏睡和哭泣中度日。

關押在賓州里海谷監獄的難民，有十六人企圖自殺，被轉移到特殊房間，嚴加看管。

他們不是來投奔自由的嗎？約克人被深深刺痛了。

約克郡的律師們自動組織起來，義務為難民們辯護。他們沒處理過政治庇護案件，便花錢請大城市有經驗的同行來講授。

普通人也組織起來，成立一個名叫「金色展望」的組織，為這些年輕人呼籲，通過新聞信件、國會遊說、錄影帶，把影響擴散到全美許多地方。

也有人致函報社，對這些決心改變中國偷渡者命運的義舉表示異議：「應該把這些可能搶奪我們就業機會的難民遣送回去，我們應該先關心自己。」

這些金色冒險號之友沒有動搖，約克郡援助中國難民律師團主席崔比爾考克先生在報紙上撰文反駁道：「誰是『我們』？這些總是定義你們、我們的人，從來不想幫助別人，或關心他人的苦難。……三十年前，『我們』坐在汽車前部，『他們』被迫坐在汽車後部。這種思維使今天世界還被分為阿拉伯人與猶太人，黑人和白人。」

在反非法移民的聲浪裡，也有一些人士從另一種角度提出指責：他們是一群宗教狂，他們想拯救世界上所有不幸的人！

這種指責很難回答，因為它超出了辯論的範圍。「金色展望」的人們只是按自己的信念繼續去做。

有人一次便購買了數十雙鞋子，贈送給難民……六十三歲的唐娜女士每天清晨七時準時趕到監獄門口，為中國難民禱告十五分鐘……幾乎每一個難民都有一個固定聯繫的友愛的家庭，平日探監、教習英語，節日送花祝賀。許多人認領難民為義子……

人們多次到華盛頓國會大廈前舉行抗議活動，要求釋放中國難民……

四十多位律師為難民們提供免費的諮詢、辯護……

辛笛・勒巴克為難民們經營手工藝品，已出售一萬七千件作品。這些手工藝品不僅使難民們獲得經濟收入，還使他們的困境引起廣泛的關注……

律師助理丘奇把難民們稱為「我的孩子」。三年多來，她為了準備辦案材料，出入監獄約一千五百次……

瓊・瑪茹斯婷女士通過全國教會組織，已找到一百多個免費住處；如果難民們獲釋，馬上都有地方住……

計算機程序設計師克拉克先生蓋了新房，準備把舊房交給出獄的難民住……

——能夠想到或做到的，一切都做了！

約克監獄前的聲援活動漸漸固定為每周一次的祈禱。自一九九三年八月二十九日始，風雨無阻，直到一九九七年三月二十六日「金色冒險號」船民全部獲釋為止。

人們聚集在監獄對面的草地上，誦讀聖經、唱聖歌、交流有關難民的情況，祈求上帝解救他們的苦難。政論家曹長青和妻子曉暉去了，向我講述了自己的感動。於是我整理出幾紙箱準備贈送的中文書刊，驅車遠赴約克。在那塊傳說中的草地上，我同約克人一起為我的同胞祝福。

路過的汽車大多鳴笛以示支持。哦，約克人！約克人！沒有喪失愛的能力的約克人！

當被難民們尊稱為「金色冒險號之母」的瓊・瑪茹斯婷女士朗讀一封中國來信時，我情不自禁，痛哭失聲。在那封紙張粗劣字跡歪扭的中國來信中，難民的家人千恩萬謝地感激約克人為他們獄中的親人所做的一切。怎麼是這樣？怎麼是這樣……怎麼是美國人而不是中國人？恥辱的淚水猛然奪眶而出，我強忍著失態的哭聲，踏著沒踝的殘雪向遠處走去。「金色展望」裡唯一的中國人周先生默默陪著我，我不知該怎樣解釋。至遠處回望，那祈禱歌唱的人群化為一片模糊而聖潔的晶瑩。我們中國人！我們按血緣階級而劃分的有遠近親疏的愛！

曹長青鋒利的文字如刀尖般攪碎了我的心：

——在賓州，大多數華人對這些中國難民持冷漠的態度。而在全美對「金色冒險號」難民的排斥聲浪中，態度最強烈的是中國人。

——中國人是火沒燒到自家，刀不砍到自己脖子上，就不會動心的。

——這是一種相當殘忍、自私的文化。

是最後的一支歌了。在北美刺骨的寒風中，我的手臂隨著約克人舉起向鐵絲網揮動。剎那間，淚水又撲簌簌從冰冷的面頰上跌落……

你們看見了嗎？你們聽得到嗎？憑著這世界還有愛，請不要絕望請不要絕望！

——那堡壘似的監獄和結實的水泥窗戶沒有回答。

不久後，在布朗大學召開的一個國際作家大會上，作為中國大陸作家的發言代表，我極為私人化地講述了約克人的祈禱集會。在那片草地上，有一位名叫羅伯特・麥瑞爾的教師，每周為難民們帶來一首他創作的新歌。他對我說，「他們不過是和我們的前輩一樣，冒險來尋求自由與幸福，他們無罪。」於是，無論酷暑寒冬，他都彈撥著他的吉他，對著高牆吟唱。也許，這些歌曲不會為這位小城藝術家帶來聲譽和金錢，他將永遠默默無聞。但是，這才是真正自由的寫作和真正的藝術！這個小故事令大禮堂鴉雀無聲。我繼續講下去：真正的自由的藝術至少是反抗壓迫的寫作，同樣也至少是反抗商品化的寫作。在古代中國，那些後來成為經典的的作品，無論詩畫，當初都是友人之間的饋贈和酬唱，僅僅是一種個人的表達而絕不是商品。正因此，這些作品都具有極高的藝術品味。我最後講道，我的寫作反抗過專制主義的生活方式，同樣還要反抗商品化的生活方式。羅伯特・麥瑞爾先生是我的榜樣。他在那片草地上對著監獄高牆所唱的那些歌，是真正的自由與藝術的象徵！

我明白，那極為熱烈的掌聲是獻給那位歌手的。

第一次參加祈禱的那天，從約克回家的路上，我車上的錄音機一遍又一遍放著羅伯特的歌曲。有時我會在黑暗的山路邊停下車來，平靜一下。在美國鄉村音樂的曲調裡，那位無名的小城歌手用疊句反覆唱道：

冷啊，冷啊，冷啊，冷啊，
但他們的心更冷啊……

——我感覺自己是有罪的。

一九九五年春節，通過熱心的周先生居中聯絡，一群中國知識分子代表著他們個人和海外民主運動從紐約和普林斯頓遠赴約克。劉賓雁，為中國人民的自由奮鬥了終生的著名持不同政見者；劉青，魏京生的戰友、曾被判十一年重刑的前囚犯、現「中國人權」主席；于大海，前中國民聯主席、《北京之春》主編；倪育賢，前「反革命」死刑犯、現中國自由民主黨主席；陳奎德、蘇煒、鄭義，因參與八九民運而被迫逃亡海外的作家。他們到監獄看望了囚禁中的同胞，接受了媒體採訪，並在祈禱會上發表了演講。他們特別地感謝「金色展望」

為同胞們所做的一切，並讚揚這是人類自由精神的光輝範例。夜歸的汽車裡，有長時間的沉默，每個人都感到一種不常體會到的靈魂的純潔。

在此之前，「金色展望」派出了一個代表團來到普林斯頓，同「普林斯頓中國學社」的流亡知識分子進行了長時間的座談。他們想尋求支持。他們想了解中國：船民們講述的那些可怕的故事是真的嗎？最後，他們轉贈了一個難民們在獄中製作的摺紙手工藝品——用上千張摺疊好的紙部件做成的幻想中的飛禽：完美的鷹與鴿子的揉合。難民們把它命名為「自由鳥」，表達了對自由的深切渴望。

「自由鳥」和「金色冒險號」應當成為二十世紀末中國人投奔怒海追求自由的偷渡潮的經典象徵。

當「金色冒險號」撞上長島海灘之際，偷渡運動正是高潮。太平洋、大西洋上，數十艘滿載中國難民的偷渡船正志在必得地向美國進發。美國國內，反非法移民已經成為一股不可忽視的社會情緒。對於美國政府來說，囚禁「金色冒險號」船民，無疑是想向全世界發出一個明白無誤的信息：絕不容忍非法移民偷越美國邊境！

毫無疑問，政府必須執行法律。但是，在法律之上，難道就再無某些更高的人類公理了嗎？

——華盛頓總統祈求上帝：「讓這個國家提供更多更多的安全慈悲的避難所給其他國家的那些不幸者們。」

——林肯總統寫道：「基於自由和正義的原則，對所有國家的被迫害者給予避難，這一傳統在美國必須培養和鼓勵。」

——杰佛遜總統疾呼：「當年我們的父輩遠涉重洋到達這塊土地的時候，曾受到寬宏接待和熱情幫助，今天我們有什麼理由去拒絕那些從壓迫下逃亡出來的不幸者？」

正是秉承這種人類正義的傳統，在大規模接收猶太人、古巴人和越南人之後，美國已成為世界上接收被迫害者最多的國家。

因此，拘禁「金色冒險號」難民的政府行為，在並不構成違法的前提下，仍然遭到抨擊。《紐約時報》和《華盛頓郵報》這兩家最具影響力的報紙，都把中國難民與早年自由島上曾關押過的移民相提並論。

有誰不知道紐約港外那座聳立在自由島上的女神像呢？她左手懷抱法典，而右手將自由的火炬高擎過頭，構成一個偉大的、令人仰望的意義。女神像上還鐫刻著催人淚下的詩句：「把那些受苦受難的人交給我吧！」——曹長青就此激憤地寫道：「美國之所以成為一個偉大的國家，正是這種人道哲學放射出光芒。……今天，美國政府如果要放棄這一人道傳統，這一立國之本，首先要做的，是柯林頓總統率參眾兩院議員去自由島，把女神像上的詩句鑿下來，換成『把那些富人和獨裁者交給我吧』。」

但是，在自然法和公理早已式微的現代法制社會，「金色冒險號」繞不過細密如網的法律。

幾年來，「是否已經入境」這一問題，成為雙方律師們爭執的焦點。如果承認入境，難民們將享受美國法律的保護，其中最重要的是可能獲得保釋。雖然保釋並不意味著必定獲得居留，但將使他們擁有自由、尊嚴與希望。

難民們的義務律師們對移民局律師的判定提出異議。聯邦法院裁定：難民已經入境。

移民局律師上訴，聯邦法院再次以五位法官投票，三票對二票裁定：難民沒有入境。

難民律師不服，上訴最高法院，等待最後的判決。

訴訟進入了一個極為艱難的相持階段：最高法院的裁決遙遙無期。判明情況及適用法律的時間可能在兩年之後。其時，難民們已經被拘禁了兩年。也就是說，等法律程序結束，他們可能已在獄中被關押了四年。這幾乎相當於一項中等罪行的刑期了！而且，結果是什麼？

仍然可能是遣返。

絕望的人們只好自動要求返國，一批又一批揮淚離去。美國政府提供機票，但在祖國等待他們的是什麼呢？——拘禁和高額罰金。堅持留下來的人，只有在同樣的絕望中苦熬歲月。典獄長和法警盡可能為他們提供方便。他們懂得，無休無止的等待是對被囚禁者最大的折磨。「金色展望」的同情者們也無言以對：讓他們堅持等待嗎，誰能保證將等到的是一個好結果？就這樣勸他們走嗎，又於心何忍？他們只有向上帝禱告，懇請上帝垂顧這些身陷絕境的人們。

周日的祈禱一次也沒有中斷。

又是一個祈禱的日子，吳弘達去看望難民。約克的朋友們低聲告訴我：難民們不願見他。——為什麼？——不是針對他的，媒體及任何中共不喜歡的人，他們都不敢見了。回去的人打來電話：這邊發生的事，那邊都知道。

在草地上臨時搭起的小講臺上，吳弘達發表了演說，對難民們絕望的處境深表同情，並保證將為他們的獲釋奔走努力。他為同胞們請求庇護作證，並尖銳地指出：隔著太平洋，在美國的監獄裡都怕，可見這個政權的蠻橫與恐怖！要庇護的理由嗎，這就是！

在歌聲中，我們一同舉起手向監獄的高牆揮動。

我看見了他閃動的淚光……

剛到約克時的一百一十七人，除部分獲得保釋，大都絕望地自動要求遣返了。剩下的人，也不過是聽天由命罷了。

曾經給他們帶來同情、聲譽和金錢的摺紙手工藝品也不再做了。

任何媒體、同情者也再不願見了。

什麼事情都不願做了。

——在法律的鐵牆前，中國難民和約克人結成的同盟軍已撞得頭破血流。在這場看起來毫無希望的戰爭中，只有約克人還在堅持……

當然，這不僅僅是為了那些他們素昧生平的中國難民，也是為了自己，為了自己崇高的理想。金色冒險號之母瓊・瑪茹斯婷女士和其他的人都向我這樣說過：這是我一生中最充實、最有價值的生活。能把上帝的愛帶給這些無助的人，這是我最大的幸福！

那麼，每周一次、風雨無阻的祈禱會還要開下去嗎？

還要開到第多少次呢？

——第一百八十三次。

一九九七年二月二十三日黃昏，大約七十餘名「金色展望」的約克人聚積在監獄前草地上，舉行了第一百八十三次祈禱會。瓊・瑪茹斯婷牧師宣布了柯林頓總統再次向顧德林眾議員的保證：「所有金色冒險號的船民都會獲得保釋，並可以重新提起上訴，向美國尋求政治庇護。所有的金色冒險號船民都可以獲釋，釋放的時間仍然訂在三月一日。」

這一次，移民局的動作比總統快。二月二十六日正午，三十九名「金色冒險號」船民走出監房，身穿移民局為他們定做的藍衣白褲，手提裝著約克人為他們購買的日常用品的白色塑膠提袋，魚貫登車。監獄大門開啟，三年八個月零十九天的惡夢終於過去。

關押在維吉尼亞、加尼福尼亞和路易斯安那的十四名船民也同時獲釋。

組織偷渡以獲取暴利的「蛇頭」迅即開始向在美的難民親友勒索巨額偷渡費。紐約市警察總局極為重視，密切注視事態發展，並呼籲知情者舉報。

「金色冒險號」抵達美國時有二百九十人左右。十人溺水身亡，少數逃脫。(另據《亞洲周刊》劉寧榮報導：六人淹死，六人逃離現場。)近四年來，因不堪囚禁自動要求遣返的有九十九人。陸續獲釋的有一百一十六人。(三十五人獲政治庇護，四十人獲保釋，十二人轉往中美洲第三國收留。）最後獲得保釋的有五十五人。

美國移民局發言人喬丹說：美國政府已經盡其所能。

某些往事很像斷落的牙齒
你忍不住要去舔它留下的豁口。

——對於我們中國，「金色冒險號」就是這樣一顆斷落的牙齒，一顆難忘的斷落的牙齒。我們將長久地舔舐它留在我們心中的永遠的創痛。

對於美利堅合眾國，它曾是一個令人難堪的疑問：「如果連美國這樣一個講求人權、自由、人道主義的國家都無法改變我們悲慘命運的話，那麼整個人類文明又有什麼意義呢？」——人類文明還是有意義的，因為「金色冒險號」最終成為自由女神腳下一個美麗的現代傳說：

「把那些受苦受難的人交給我吧！」

後記

原本就沒有打算寫後記一類的文字，求得余英時先生的序，更有一種圓滿之感。漸漸地卻事有異樣，連日來，余先生序言結尾處那個佛經故事縈繞夢魂，不得片刻安寧。眼前蒸騰起的，是鸚鵡濡羽撲火的慘烈畫面……

也許該作一後記了。

余先生說，這些文字，每一篇都是血淚所成。自然是一番美意，但卻觸動了我的心事。記得是去年，在華盛頓有一個亞洲作家大會，主持者安排正在普林斯頓講學的著名日本作家大江健三郎作主題演講，大江先生卻推薦我去。會議主題是「冷戰後的亞洲文學」，但我卻很難感受到這「後」：不是嗎，亞洲還籠罩著陰霾的戰雲，在朝鮮半島，在臺灣海峽；還四處流散著無可掩飾的專制與赤貧。而在我的祖國，更是罷工、抗議、騷亂甚至暴動幾乎無日不有，正直者囚禁於監獄，冤魂遊盪於大地，每年死刑動輒數千，哪有一絲「後冷戰」的妥協合作式的祥和？於是便照直說了，順便還調侃了柯林頓總統一番：不久前，「後冷戰」的柯林頓說漏了嘴，稱中國為「前共產黨國家」。遺憾的是，我們中國人、亞洲人無法具備這種超前意識，我們仍然身處十分艱困的境地，我們手中的筆，仍然要為自由、人權這類基本價值而不懈戰鬥。

在這裡，唱反調並不以為忤，於是便搏來一片掌聲。回答問題時卻生出枝節：總是有人以我揭露暴政的文字為例，表示激烈贊同，或問我是否還要繼續這樣寫下去，竟使我悲從中來。我說，文學應該是美的，應該獻給人類一種無與倫比的優美。考慮到幾個語種的同聲翻譯，我吟誦了一首婦幼皆知的唐詩：「床前明月光，疑是地上霜。舉頭望明月，低頭思故鄉。」無論是意境還是音韻，何等清麗優美！而我為什麼要面對殘忍與血腥？我的每一篇文字，一筆一劃，都是蘸著人民的血淚寫成的！為什麼會是這樣？為什麼？我和我的中國同行，都崇拜著文學的清純優美，我們真的不願意！可我們又不得不這樣寫，用人民的血和淚來寫，我真的不明白……言未盡，卻已聲淚俱下，竟至於泣不成聲。

片刻靜默之後，有人當廳立起，高喊道：鄭義，我們支持你，不要矛盾，就要這樣寫下去！繼而，又有人以現實為例發表贊同「血淚文字」的長篇意見，也有人指出中共已經發生了重要變化並隨即陷入被「圍剿」……接下來一場混戰，主席維持秩序，同聲翻譯們緊張而亢奮……

——今天依然如此。讀罷余先生序數日後，我方才醒悟到，不想自撰序言或後記，那隱於潛意識深處的，依然是這種莫可言狀之沉痛。我自己該如何向讀者介紹這本《自由鳥》呢？有罪惡的證詞，有自由與尊嚴的辯護，每一頁皆浸了哀痛與嘆惋。若是在大陸出版倒也罷了，偏是只能在臺灣出。不成了強迫閱讀嗎？臺灣讀者又與此類文字何干？理論不是理論，散文不成散文，純是些非驢非馬。作為作家，實在是很慚愧的。其實，將這些文字結集付梓，原本想了結這一番悲情，金盆洗手，改邪歸正。我長像很醜，但天性愛美的。不信可找《遠村》一讀，真是優美淡遠。就是未達怨而不怒之化境的《神樹》，那山、那樹、還有那些熱辣純情的山村女人，寫得多美呀！在小說家這行當裡，我有足夠之自信，是不憚於與大師過招的。《自由鳥》使我意識到一種靈魂的撕裂。該是及早結束這種兩面作戰之困境的時候了。常有一個親切的聲音在遙相呼喚：田園將蕪胡不歸？歸去來兮！

再回過頭說一句那鸚鵡撲火的故事，結局仍似過於樂觀。對於我們這個不信神的民族，大約不易得到神的垂憫，再大的火，還得自家去撲。倘若真到了都要濡羽赴火的份上，只怕是再也分辨不出哪些鸚鵡本是歌唱家或藝術家了。那「不忍之心」，也許是「狗改不了吃屎」之類的天性。

這個難產的後記寫得太晚了，不知能否在發排之前趕上。我要向三民書局的編輯先生致謝、致歉。實在趕不上便也罷了。像我這樣賣瓜的對自己的瓜說不出個所以然的，少見。也要向始終支持我的妻子致謝與致歉。像她這樣眷家糊口又苦口婆心催促丈夫寫那些不值錢小說的，也少見。

一九九八年四月三十日於普林斯頓

三民叢刊書目

①邁向已開發國家　孫　震著
②經濟發展啟示錄　于宗先著
③中國文學講話　王更生著
④紅樓夢新解　潘重規著
⑤紅樓夢新辨　潘重規著
⑥自由與權威　周陽山著
⑦勇往直前　石永貴著
　・傳播經營札記
⑧細微的一炷香　劉紹銘著
⑨文與情　琦　君著
⑩在我們的時代　周志文著
⑪中央社的故事（上）　周培敬著
　・民國二十一年至六十一年
⑫中央社的故事（下）　周培敬著
　・民國二十一年至六十一年
⑬梭羅與中國　陳長房著
⑭時代邊緣之聲　龔鵬程著
⑮紅學六十年　潘重規著
⑯解咒與立法　勞思光著
⑰對不起，借過一下　水　晶著
⑱解體分裂的年代　楊　渡著
⑲德國在那裏？（政治、經濟）　郭恆鈺、許琳菲等著
　・聯邦德國四十年
⑳德國在那裏？（文化、統一）　郭恆鈺、許琳菲等著
　・聯邦德國四十年
㉑浮生九四　蘇雪林著
　・雪林回憶錄
㉒海天集　莊信正著
㉓日本式心靈　李永熾著
　・文化與社會散論
㉔臺灣文學風貌　李瑞騰著
㉕干儛集　黃翰荻著

㉖作家與作品　謝冰瑩著
㉗冰瑩書信　謝冰瑩著
㉘冰瑩遊記　謝冰瑩著
㉙冰瑩憶往　謝冰瑩著
㉚冰瑩懷舊　謝冰瑩著
㉛與世界文壇對話　鄭樹森著
㉜捉狂下的興嘆　南方朔著
㉝猶記風吹水上鱗
・錢穆與現代中國學術　余英時著
㉞形象與言語
・西方現代藝術評論文集　李明明著
㉟紅學論集　潘重規著
㊱憂鬱與狂熱　孫瑋芒著
㊲黃昏過客　沙究著
㊳帶詩蹺課去　徐望雲著
㊴走出銅像國　龔鵬程著
㊵伴我半世紀的那把琴　鄧昌國著
㊶深層思考與思考深層
・轉型期國際政治的觀察　劉必榮著
㊷瞬間　周志文著
㊸兩岸迷宮遊戲　楊渡著
㊹德國問題與歐洲秩序　彭滂沱著
㊺文學關懷　李瑞騰著
㊻未能忘情　劉紹銘著
㊼發展路上艱難多　孫震著
㊽胡適叢論　周質平著
㊾水與水神
・中國的民俗與人文　王孝廉著
㊿由英雄的人到人的泯滅
・法國當代文學論集　金恆杰著
51重商主義的窘境　賴建誠著
52中國文化與現代變遷　余英時著
53橡溪雜拾　思果著
54統一後的德國　郭恆鈺主編
55愛廬談文學　黃永武著
56南十字星座　呂大明著
57重疊的足跡　韓秀著
58書鄉長短調　黃碧端著
59愛情・仇恨・政治
・漢姆雷特專論及其他　朱立民著

60 蝴蝶球傳奇　顏匯增 著
・真實與虛構
61 文化啓示錄　南方朔 著
62 日本這個國家　章　陸 著
63 在沉寂與鼎沸之間　黃碧端 著
64 民主與兩岸動向　余英時 著
65 靈魂的按摩　劉紹銘 著
66 迎向眾聲　向　陽 著
・八〇年代臺灣文化情境觀察
67 蛻變中的臺灣經濟　于宗先 著
68 從現代到當代　鄭樹森 著
69 嚴肅的遊戲　楊錦郁 著
・當代文藝訪談錄
70 甜鹹酸梅　向　明 著
71 楓　香　黃國彬 著
72 日本深層　齊　濤 著
73 美麗的負荷　封德屏 著
74 現代文明的隱者　周陽山 著
75 煙火與噴泉　白　靈 著
76 七十浮跡　項退結 著
・生活體驗與思考
77 永恆的彩虹　小　民 著
78 情繫一環　梁錫華 著
79 遠山一抹　思　果 著
80 尋找希望的星空　呂大明 著
81 領養一株雲杉　黃文範 著
82 浮世情懷　劉安諾 著
83 天涯長青　趙淑俠 著
84 文學札記　黃國彬 著
85 訪草（第一卷）　陳冠學 著
86 藍色的斷想　陳冠學 著
・孤獨者隨想錄
A・B・C全卷
87 追不回的永恆　彭　歌 著
88 紫水晶戒指　小　民 著
89 心路的嬉逐　劉延湘 著
90 情書外一章　韓　秀 著
91 情到深處　簡　宛 著
92 父女對話　陳冠學 著

93 陳冲前傳　嚴歌苓著
94 面壁笑人類　祖　慰著
95 不老的詩心　夏鐵肩著
96 雲霧之國　合山　究著
97 北京城不是一天造成的　喜　樂著
98 兩城憶往　楊孔鑫著
99 詩情與俠骨　莊　因著
100 文化脈動　張　錯著
101 桑樹下　繆天華著
102 牛頓來訪　石家興著
103 深情回眸　鮑曉暉著
104 新詩補給站　渡　也著
105 鳳凰遊　李元洛著
106 文學人語　高大鵬著
107 養狗政治學　鄭赤琰著
108 烟　塵　姜　穆著
109 河　宴　鍾怡雯著
110 滬上春秋　章念馳著
111 愛廬談心事　黃永武著
112 吹不散的人影　高大鵬著
113 草鞋權貴　嚴歌苓著
114 是我們改變了世界　張　放著
115 夢裡有隻小小船　夏小舟著
116 狂歡與破碎　林幸謙著
117 哲學思考漫步　劉述先著
118 說涼　水　晶著
119 紅樓鐘聲　王熙元著
120 寒冬聽天方夜譚　保　真著
121 儒林新誌　周質平著
122 流水無歸程　白　樺著
123 偷窺天國　劉紹銘著
124 倒淌河　嚴歌苓著
125 尋覓畫家步履　陳其茂著
126 古典與現實之間　杜正勝著
127 釣魚臺畔過客　彭　歌著
128 古典到現代　張　健著
129 帶鞍的鹿　虹　影著
130 人文之旅　葉海煙著

131 生肖與童年 小　民著
132 京都一年 喜　樂圖
133 山水與古典 林文月著
134 冬天黃昏的風笛 林文月著
135 心靈的花朵 呂大明著
136 親　戚 戚宜君著
137 清詞選講 韓　秀著
138 迦陵談詞 葉嘉瑩著
139 神樹 葉嘉瑩著
140 琦君說童年 鄭　義著
141 域外知音 琦　君著
142 遠方的戰爭 張堂錡著
143 留著記憶・留著光 鄭寶娟著
144 滾滾遼河 陳其茂著
145 王禎和的小說世界 紀　剛著
146 永恆與現在 高全之著
147 東方・西方 劉述先著
148 嗚咽海 夏小舟著
程明琤著

149 沙發椅的聯想 梅　新著
150 資訊爆炸的落塵 徐佳士著
151 沙漠裡的狼 白　樺著
152 風信子女郎 虹　影著
153 塵沙掠影 馬　遜著
154 飄泊的雲 莊　因著

⑮155 和泉式部日記

林文月 譯・圖

本書為日本平安時代文學作品中與《源氏物語》、《枕草子》鼎足而立的不朽之作。書中以簡淨的日記形式，記錄了一段不為俗世所容的戀情。優美的文字，纏綿的情詩，展現出愛情生活中細膩的起伏感受與歡愁，穿越時空，緊扣你我心弦。

⑮156 愛的美麗與哀愁

夏小舟 著

愛情之於女人，常常是引誘飛蛾撲火的明燈，是絢麗的毒花，可女人偏偏渴望愛情。作者列舉許多男女的愛情、婚姻故事，郎才女貌未必幸福，摯情摯愛未必有緣，只是男人與女人之間如同萬物的規則，一物降一物，鹵水點豆腐，魔高一尺，道高一丈。

⑮157 黑　月

樊小玉 著

丁小玎隨著所在的中國公司到國外做勞務承包。因為是公司的英語翻譯，加上辦事勤快，見了人又總是一個柔柔和和的笑，於是很快就引起當地大部分男人的注意；而小玎能否在心儀的外交人員與愛慕自己的餐廳老闆間找到最後情感的歸宿？……

⑮158 流香溪

季仲 著

作者透過一群「沿江吉普賽人」在流香溪畔發生的動人故事，牽引出現代觀念與傳統文化的價值矛盾、中日文化的碰撞衝突、人與自然的挑戰，以及善與惡的拉扯等；全書行文時而如行雲流水，時而又如波濤洶湧，讀來意趣盎然，發人深省。

⑮ 史記評賞　賴漢屏　著

司馬遷《史記》一三〇篇，既是「究天人之際，通古今之變」的史學鉅著，也是我國古代傳記文學的精華。本書作者自幼即喜讀《史記》，從師學習，如今蘊藉已深，以其深厚的治學基礎，發為見解獨具的文采丰華，帶領讀者一探《史記》博雅的世界。

⑯ 文學靈魂的閱讀　張堂錡　著

文學的力量使孤寂的心靈得到慰藉，貧乏的人生變得富有，唯有肯駐足品味的人才能透晰其所傳達出最深藏的祕密。本書共分三輯，窺視文學蘊含的殷情深意；感受其求新求變以及對大環境的價值。各自激發不盡的聯想與深沈的感動。

⑯ 抒情時代　鄭寶娟　著

在平淡無奇的生活中，你可曾留意生命中點點滴滴不平凡的小故事？作者以其平實的筆觸，刻劃出看似平凡卻令人難以遺忘的人生軌跡，你我都可能身在其中。書中情節所到之處，或許平凡、或許悲傷，但卻也不時充滿著生命的躍動，值得細細體會。

⑯ 九十九朵曇花　何修仁　著

人生有多少夢境會在現實中重複出現？是山間的樵歌？白雲間的群雁？還是昔日遠方純樸、悠閒的鄉間漫步？作者來自屏東，以濃郁深摯的筆調，縷縷細述人生中最動人的記憶，伴隨你我，步履於南臺灣的舊日情懷，一同感受人間最純摯的情感。

⑯③ 說故事的人

彭歌 著

這是作者多年來觀察文壇、社會與新聞界的肺腑之言。輯一故事與小說自不同角度探討小說寫作；輯二人與文刻劃出許多已逝人物卓然不凡的風範；輯三海外生涯則寫遊記、觀賞職籃等旅居海外之觀感。讀了此書，彷彿親身經歷了一趟時空之旅。

⑯④ 日本原形

齊濤 著

從明治維新以來，日本的一舉一動都對世界有著深遠的影響，尤其對臺灣來說，其影響更是巨大。作者長期旅日，摒除坊間「媚日」或「仇日」的論調，以客觀的描述，剖析日本的現形。對想要了解日本時勢與脈動的人來說，是不得不看的一本好書。

⑯⑤ 從張愛玲到林懷民

高全之 著

作者以嚴謹誠虔的態度，客觀分析的筆調，來評論臺灣當代小說，深深讓讀者了解近代文學的特點，進而深入九位作者的作品中，提供一些深刻的創見，帶領你我欣賞文學的美與實，進而體驗文學對生命喜悅、悲哀等生動的描述。

⑯⑥ 莎士比亞識字不多？

陳冠學 著

莎士比亞識字不多！一直以來被誤認是個偉大的作者。讀過本書，應能還莎士比亞一個清白，他絕對不是一個掠美者。這把聖火在臺灣重新點燃，希望將來這聖火能夠由臺灣再度傳回英國，傳到世界各地，也好讓莎士比亞的靈魂得到真正的安息。

⑯⑦ 情思・情絲

龔華 著

「妳，像野薑花；清香，混合在黎明裏，催我甦醒。沒有妳，我睜不開眼睛，走進陽光的世界。她，是我在黃昏裏，永遠踩不到的影子。像夜來香，惑我走進黑夜的濃郁……」本書集結了龔華在〈中副〉發表的散文，篇篇情意真摯，意境深遠，值得細細品味。

⑯⑧ 說吧，房間

林白 著

一個是離婚、失業的中年婦女，一個是愛熱鬧的單身貴族。兩個背景、個性迥然不同的女子，為何會發展出一段患難與共的交情？且看兩個女子的心情告白。本書在作者犀利細膩的筆調下，深刻描繪出都會女子的愛恨情仇、悲歡離合，值得細細品味。

⑯⑨ 自由鳥

鄭義 著

六四事件的悲憤情緒才剛平復，對八九民運功過的批判聲音竟已隨之響起。對此，大陸流亡作家鄭義，以一幕幕民運歷程與鐵幕紀實，申訴著他的心痛與不平。文中流露對同胞的關懷和自由的嚮往，深深地牽引著每一個中國人心中的沈痛與感動。

⑰⓪ 魚川讀詩

梅新 著

詩是抒情的天堂，但並非每個人都能領會其中的意涵。本書是梅新先生的遺作，首創以雜文式的筆調評論詩作，不依恃理論，反而使篇章更形活潑，有就事論事的評述，也有尖銳的諷喻，語帶機鋒，趣味盎然。引領您一窺知性與感性的詩情世界。

⑰好詩共欣賞

葉嘉瑩 著

本書作者葉嘉瑩教授，融會西方接受美學、符號學及中國詩論，來解讀陶淵明、杜甫、李商隱的作品，分析了三人作品的形象、情意和其中所含的隱微深意，並從興發感動讀者的角度來詮釋作品的成功與否，是喜愛古典詩的讀者不可錯過的好書。

⑰永不磨滅的愛

楊秋生 著

現代人的生活壓力大，使得人生危機四伏，生活充滿徬徨、疲倦和無力感。如何化解此一危機？作者以多年學佛的體驗，以及和家人朋友互動的點點滴滴，而了解到愛的真義，並希望能將愛分享給每個人，以重燃信心和希望。

⑰晴空星月

馬遜 著

大崙山上，晴空萬里，夜色如銀，星月交輝。作者因佛緣，追隨曉雲法師的步履，出掌華梵大學，以發揚佛教教育為己任。本書除叮嚀青年學子的話語外，還有對社會大眾闡發佛法精神的演講。其智慧的話語，如醍醐灌頂，為淨化心靈的一帖良方。

⑰風　景

韓秀 著

韓秀，一個出生於紐約，卻長年往返於世界各地的奇女子。在雅典、在開羅、在布達佩斯、在臺北、在高雄、在北京，作者皆能以其敏銳的心觀察她所造訪過的每一寸土地，以其向具纖細的筆觸，使一幅又一幅的動人「風景」躍然出現在您的面前！

⑰⑤ 談歷史 話教學

張元 著

作者以二位高一新生對歷史課程的困惑為引子，藉著師生座談對話的方式，從北京人時代到西晉，針對高中歷史教材，試圖以「史料閱讀」的方法鮮明地建構各代的歷史圖像，在活潑的對白間既談歷史意涵又話歷史教學，相當適合高中教學的參考。

⑰⑥ 兩極紀實

位夢華 著

任何人想要親臨兩極之地恐怕都不是件容易的事。作者因從事研究工作之便，足跡跨越兩極，將在極地所見所聞之動物奇觀、自然景致乃至當地所受文明衝擊，或以幽默輕鬆，或以深沈關懷的筆調娓娓道來，是無緣親至極地的讀者絕不可錯過的佳作。

⑰⑦ 遙遠的歌

夏小舟 著

世上只有兩種人，男人和女人。然而男女之間的恩愛情仇，卻糾葛難解。本書作者以一篇篇幽默的短篇故事，道盡世間男女的愛恨嗔痴。在她細膩委婉的筆下，愛情的本質和婚姻的面貌都一一呈現，必可帶給你前所未有的感受與體悟。

⑰⑧ 時間的通道

簡宛 著

「人生，是一條時間的通道，每一個人所走的方向和目標雖然不一樣，但是經過的路程卻是相似的……」當人們沈溺於歲月不待人的迷茫和感嘆時，作者平實的筆調將帶著我們對生活多用一點心思和一點執著，會使我們的「通道」裏，留下一點痕跡。

⑰ 燃燒的眼睛

簡宛 著

作者以自身多年來在美國的異域生活為背景，輔之敏銳的觀察力、豐富的情感、濃郁深摯的筆調，從而幻化出一篇篇感人肺腑的故事。尤其對於旅居海外異鄉遊子們的心境描寫更是深刻動人，是一本值得再三玩味的小說。

⑱ 月兒彎彎照美洲

李靜平 著

沒來美國時還不知那生活啥款；來了才知樣——啊！真夭壽！來到美國，是穿梭在黑白紅黃人群間；或在房裡看華語電視？是在壁爐邊吃耶誕大餐；還是窩伴著一桌熱火鍋？在忙碌的陽光下，可想起夜空裡一彎新月？月兒彎彎，訴說的又是誰的故事？

⑱ 愛廬談諺詩

黃永武 著

諺詩，是指用諺語聯成的詩，由於聯接巧妙加上意外組合，因此往往會有不可料想的妙趣出脫。如捉豬上板櫈，走馬看天花；成人不自在，做鬼也風流，等等。本書將帶你悠遊中國式幽默，探索諺語的源頭，喜愛好書的你，可千萬不能錯過！

⑱ 劉真傳

黃守誠 著

劉真，一位自四十年代開始影響國內教育最鉅的教育家。本書自劉真先生家學淵源寫起，隨著時間軌跡，記錄了他如何在風雨飄搖的年代裡為教育此類百年大業做出努力；因此雖然本書為劉真先生個人傳記，卻同時也是了解現今教育體制的最佳參照。

⑱③ 天涯縱橫

位夢華 著

以兩極生態氣候的研究為基礎，作者建構了此書的論理與想像世界。內容從極地景致、開拓艱辛及天文物理觀念，引申至有關宇宙天人及環保的許多想法，包容科學與文學，兼具知性與感性。讓您在該諧而深切的筆調中，激發對地球的關懷與熱愛。

⑱④ 新詩論

許世旭 著

中國詩歌，無論新舊，是一座甘泉，若不掬飲，口渴神焦，……。作者係韓國人士，長年沈浸在中國文學之中，對於在中國新詩的源起及兩岸新詩風格的異同，均有獨到而精闢的見解。是讀者拓寬視野，更深入了解中國新詩之發展所必備的好書。

⑱⑤ 天　譴

張　放 著

「一不埋怨天，二不埋怨地，只是咱家命不濟，生長在這亂世裡。」于祥生，一位山東流亡學生，民國三十八年隨政府搭乘濟和輪來到澎湖，卻萬萬沒料到會遭逢一場史無前例的政治騙局，他的人生、情愛就在這時代悲劇與宿命的安排下，無奈地上演。

⑱⑥ 綠野仙蹤與中國

賴建誠 著

一本融和理性與感性的著作，以經濟分析的專業素養，將關懷的筆觸，延著供需曲線帶進閱讀的天空。那一篇篇翔實的數據，是驗證生活的另一種形式；那一篇篇雋詠的小品，則是理性思維的靠墊。不管你來自士農工商，本書都能提供一場知性洗禮。

⑱⑦ 標題飆題

馬西屏　著

一個出色的報紙標題不僅要精簡準確地傳達新聞訊息，更要能表現文字的優美和趣味，這可是一門藝術。近年來報紙解禁，各種充滿巧思創意的標題紛紛跳上版面，等著要攫取你的注意。小心！一場報刊標題的革命正在編輯枱上悄悄進行……

國家圖書館出版品預行編目資料

自由鳥／鄭　義著.--初版.--臺北市
：三民，民87
面；　公分.--(三民叢刊;169)
ISBN 957-14-2882-5 (平裝)

855　　87005770

網際網路位址　http://sanmin.com.tw

著作人　鄭　義
發行人　劉振強
著作財產權人　三民書局股份有限公司
臺北市復興北路三八六號
發行所　三民書局股份有限公司
地　址／臺北市復興北路三八六號
電　話／二五〇〇六六〇〇
郵　撥／〇〇〇九九九八——五號
印刷所　三民書局股份有限公司
門市部　復北店／臺北市復興北路三八六號
重南店／臺北市重慶南路一段六十一號
初　版　中華民國八十七年六月
編　號　S 85419
基本定價　肆　元
行政院新聞局登記證局版臺業字第〇二〇〇號

ISBN 957-14-2882-5 (平裝)